U0109397

古典詩歌研究彙刊

第三十輯

龔鵬程 主編

第 **4** 冊

胡仔《苕溪漁隱叢話》研究（下）

楊 良 玉 著

國家圖書館出版品預行編目資料

胡仔《苕溪漁隱叢話》研究（下）／楊良玉 著 -- 初版 -- 新
北市：花木蘭文化事業有限公司，2021〔民110〕
目 4+232 面；17×24 公分
（古典詩歌研究彙刊 第三十輯；第 4 冊）
ISBN 978-986-518-542-8（精裝）
1.（宋）胡仔 2. 學術思想 3. 詩話 4. 詩評
820.91   110011266

ISBN-978-986-518-542-8

9 789865 185428

古典詩歌研究彙刊
第三十輯 第 四 冊   ISBN：978-986-518-542-8

胡仔《苕溪漁隱叢話》研究（下）

作　　者　楊良玉
主　　編　龔鵬程
總 編 輯　杜潔祥
副總編輯　楊嘉樂
編　　輯　許郁翎、張雅淋、潘玟靜　美術編輯　陳逸婷
出　　版　花木蘭文化事業有限公司
發 行 人　高小娟
聯絡地址　235 新北市中和區中安街七二號十三樓
　　　　　電話：02-2923-1455 ／傳真：02-2923-1452
網　　址　http://www.huamulan.tw 信箱 service@huamulans.com
印　　刷　普羅文化出版廣告事業
初　　版　2021 年 9 月
全書字數　322104 字
定　　價　第三十輯共 8 冊（精裝）新台幣 15,000 元

胡仔《苕溪漁隱叢話》研究（下）

楊良玉 著

目

次

第五章　《苕溪漁隱叢話》對歷代詩人的評論

第一節　論陶淵明

胡仔在《叢話》前後集一百卷中，搜集並集中了許多當時詩話針對某一詩人詩歌的評論，以方便後學學習詩歌，有助於瞭解詩人及詩作，並進行許多學術性的考證糾謬功夫，本篇主要以以胡仔（「苕溪漁隱曰」）對陶淵明的詩歌評論為主要論述範疇。

《叢話》前後集一百卷，先秦至漢魏六朝共佔七卷，而陶淵明一人卻獨佔了三卷，是唐朝以前唯一單列的大家。可見陶淵明在胡仔心目中無可取代的崇高地位，胡仔除了搜集各家對陶淵明的評論推崇，他自己也有五則對陶淵明的推崇評論，不僅推崇其詩善於論理，更肯定其操守「固窮守道」、好賢尚友的道德修養，及其自作挽辭「齊死生，了物我」的曠達。

《叢話》前集卷三、卷四「五柳先生」共 40 則，及後集卷三「陶靖節」15 則，總共三卷共 55 則，為專門討論陶潛的則數。其中有胡仔「苕溪漁隱曰」按語的 13 則〔註1〕。此外，尚有一些散論在其他卷帙

〔註 1〕《叢話》前集卷三 4 則、卷四 2 則，《叢話》後集卷三 7 則，但真正論及陶潛者只有 3 則。

－201－

的則數。

　　三卷有關陶潛專論的內容主要搜集宋代諸大家如蘇軾、黃庭堅、歐陽脩等及諸家詩話對淵明詩文的評論。這些雖不是胡仔本人的按語，但搜羅在《叢話》上，也算是胡仔對這些評論的肯定與讚同。

　　陶潛的詩歌，在六朝還不甚受重視，在鍾嶸的《詩品》，只列為「中品」，到了唐代，亦不甚見推崇。

　　陶潛的傳記，被放在《宋書·隱逸傳》，在趙宋之前，一直被當成隱士形象，直到北宋之後，尤其在蘇軾極力推崇陶淵明的詩歌之後，陶淵明的文學家典範，才在宋朝確立出來。所以陶淵明在宋代嶄露頭角，成為詩歌的典範，不得不歸功於東坡及後來黃庭堅等當時最重要的大家的推崇與尊奉。

　　胡仔自己對陶潛詩文的評論有 5 則，皆集中《叢話》後集，其中有 3 則集中在後集卷三「陶靖節」一卷中，另外在後集卷一「楚漢魏六朝上」及後集卷六「杜子美」各有 1 則。

　　　　苕溪漁隱曰：「江浙間，每歲重陽，往往菊亦未開，不獨嶺
　　　　南為然。蓋菊性耿介，須待草木搖落，方於霜中獨秀。故淵
　　　　明詩云：『黃菊開林耀，青松冠岩列。懷此貞秀姿，卓為霜
　　　　下傑。』此善論其理也。」（《叢話》後集卷六，杜子美，頁
　　　　41）

此則胡仔評論陶潛〈和郭主簿〉〔註2〕詩「黃菊開林耀，青松冠岩列。懷此貞秀姿，卓為霜下傑」，為「善論其理」，善於將菊花耿介的特性，呈現出來。菊花須待草木搖落之後，方於霜中獨秀。

　　菊花不與百花在春天裡爭奇鬥艷，直到萬木蕭條的秋天，才在眾芳凋零、草木搖落之際，在嚴霜的樹林之間綻放出屬於它獨特耀眼的

〔註2〕〈和郭主簿〉「和澤周三春，清涼素秋節。……芳菊開林耀，青松冠岩
　　　列。懷此貞秀姿，卓為霜下傑。銜觴念幽人，千載撫爾訣。檢素不獲
　　　展，厭厭竟良月。」（《陶淵明詩箋注》，丁仲祜，台北：藝文印書館，
　　　中華民國94年初版七刷，頁74）胡仔「黃菊開林耀」，今版本為「芳
　　　菊開林耀」，文字稍異。

光采。寒冬時，眾樹草木凋零，唯有青翠的松樹高高挺立在山巖之間，都是懷著堅貞且獨立不凡的特質，堪稱為風霜之中的英雄豪傑。

陶潛此詩表面上讚賞青松黃菊，卓然不群，霜中豪傑的卓然特色，實則寄寓著陶潛個性中不隨俗、不媚俗的獨特性格，實乃詩人高尚品德、堅貞節操的露。

> 苕溪漁隱曰：「淵明〈贈羊長史詩〉云：『路若經商山，為我少躊踟；多謝綺與用，精爽今如何？紫芝誰復採，深谷久應蕪。』余謂淵明高風峻節，固已無愧於四皓，然猶仰慕之，尤見其好賢尚友之心也。」（《叢話》後集卷一，楚漢魏六朝上，頁7）

陶潛〈贈羊長史詩〉前有一小序云：「左軍羊長史，銜使秦川，作此與之。」〔註3〕交代此詩作源起。乃陶潛友人羊松齡奉左將軍朱齡石的命令，前往秦川（關中）道賀劉裕北伐俊粲，告捷成功。羊松齡途經潯陽，陶潛作此詩給他。

詩中陶潛請羊松齡在經過商山（陝西省商縣東南）時，煩為他稍微停下腳步，代其向曾經隱居商山的用里先生、綺里季等四皓致意，不知他們而今精魂何在？還有誰會在深山裡採擇紫芝？幽深的山谷裡，恐怕應久已荒蕪了吧（無人隱居，故幽谷荒蕪、紫芝無人採）！

陶潛明知羊松齡此去的目的，是要向劉裕統一江山祝賀的，但陶潛卻沒有託言任何祝賀之語給當時勢力最大的劉裕，反而只對秦時曾隱居商山的四皓〔註4〕，發出由衷的愛慕敬仰之心。

〔註3〕〈贈羊長史詩〉，序云：「左軍羊長史，銜使秦川，作此與之。」全詩如下：「愚生三季後，慨然念黃虞。得知千載外，正賴古人書。聖賢留遺跡，事事在中都。豈忘遊心目，關河不可逾。九域甫已一，逝將理舟輿。聞君當先邁，負痾不獲俱。路若經商山，為我少躊躇。多謝季與用，精爽今何如？紫芝誰與採，深谷久應蕪。駟馬無貰患，貧賤有交娛。清謠結心曲，人乖運見疏。擁懷累代下，言盡意不舒。」（《陶淵明詩箋注》，丁仲祜，台北：藝文印書館，中華民國94年初版七刷，頁78～80）

〔註4〕東園公、用里先生、綺里季、夏黃公四人隱居於商山（陝西商縣東南），

　　胡仔推崇陶潛本人，固已高風峻節，不仕於亂世，和四皓作一比較，可謂毫不遜色，卻仍仰慕前代先賢，可見其好賢尚友之心。此則最主要是對陶潛人格高尚的推崇。

　　　　苕溪漁隱曰：「〈止酒詩〉云：『坐止高蔭下，步止蓽門裏。好味止園葵，大歡止稚子。』余嘗反復味之，然後知淵明之用意，非獨止酒，於此四者，皆欲止之。故坐止於樹蔭之下；則廣廈華居，吾何羨焉？步止於蓽門之裏；則朝市聲利，我何趨焉？好味止於啖園葵；則五鼎方丈，我何欲焉？大歡止於戲稚子；則燕歌趙舞，我何樂焉？在彼者難求，而在此者易為也。淵明固窮守道，安於丘園，疇肯以此易彼乎？」（《叢話》後集卷三，陶靖節，頁 19）

胡仔對陶潛〈止酒詩〉內涵的作進一步賞析評論，認為此詩乃陶潛「固窮守道」的宣言：坐僅止於樹蔭之下；散步僅止自己家的柴門之前；美味僅止於自己菜園中的葵菜；最大的歡樂僅止於逗弄小孩子們。

　　〈止酒詩〉所顯示的，是淵明對於自己生活的居住、飲食、娛樂，只追求生活最基礎而需要的生活水準，而不像世俗人們一樣，盲目地追求居住上的豪華享受；塵世中的名聲利益；飲食上的飯菜滿滿的擺了一桌的豐厚；娛樂上追求燕歌趙舞等歌聲婉轉、舞姿曼妙等聲色的極致享受。

　　　　苕溪漁隱曰：「鍾（嶸）評淵明詩為古今隱逸詩人之宗，余謂陋哉斯言，豈足以盡之！不若蕭統云：『淵明文章不群，詞彩精拔，跌宕昭彰，獨超眾類，抑揚爽朗，莫之與京，橫素波而傍流，干青雲而直上，語時事則指而可想，論懷抱則曠而且真，加以貞志不休，安道苦節，不以躬耕為恥，不以無財為病，自非大賢篤志，與道汙隆，孰能如此乎！』此言盡之矣。」（《叢話》後集卷三，陶靖節，頁 17）

　　年皆八十餘，時稱「商山四皓」。漢高祖劉邦原欲廢惠帝，呂后得張良之計，請商山四皓出來輔佐惠帝，使得惠帝的以順利接帝位。

胡仔不同意鍾嶸《詩品》對陶淵明的評論只偏重在其隱士的部份——「古今隱逸詩人之宗」〔註5〕，而肯定蕭統在〈陶淵明集序〉中對淵明的評論，不僅推崇其辭藻文采，精美出眾，跌宕起伏，情意顯明，超類拔萃，抑揚頓挫，音調爽朗，沒有人可以與之相比。橫渡波濤旁通四方，衝破青雲直上藍天。議論時事，意旨可以想見；論述懷抱，曠達而淳真。加上堅貞的志節，沒有休止退縮的一天，安貧樂道且能苦守氣節，不以親自耕作為恥辱，不以沒有錢財為痛苦，如果不是一個立志堅定的大賢人，能夠與道一齊興衰（有道則現，無道則隱），誰又能如此呢？從蕭統對陶潛的評論中，可以見到陶潛在其眼中不僅只是一個隱士而已，他對陶的辭藻文采亦大力推揚讚賞，但這樣的看法，在六朝中，可說絕無僅有，蕭統隻眼獨具，發現陶潛質樸的文字底下蘊藏著美玉的光采。

　　胡仔肯定蕭統對陶潛的評論，將陶潛從鍾嶸所立的隱士的形象，提升為詩人的形象，此不僅是胡仔一人的看法，也是宋朝，尤其北宋中期以後文人學士的看法。

　　　　苕溪漁隱曰：「淵明自作挽辭，秦太虛亦效之。余謂淵明之辭了達，太虛之辭哀怨。淵明三首，今錄其一，云：『有生必有死，早終非命促。昨暮同為人，今旦在鬼錄。魂氣散何之，枯形寄空木。嬌兒索父啼，良友撫我哭。得失不復知，是非安能覺。千秋萬歲後，誰知榮與辱？但恨在世時，飲酒不得足！』太虛云：『嬰纍徒窮荒，茹哀與世辭。官來錄我橐，吏來驗我屍。藤束木皮棺，槀葬路傍陂。家鄉在萬里，妻子天一涯。孤魂不敢歸，惝惘猶在茲。昔忝柱下史，通籍黃金閨。奇禍一朝作，飄零至於斯。弱孤未堪事，還骨知何時？修途

〔註5〕鍾嶸《詩品》三卷，將古今文士 120 人，分為上中上三品，陶潛列為中品——「宋徵士陶潛」，評其「……文體省淨，殆無長語。篤意真古，辭興婉愜。……古今隱逸詩人之宗也。」（《歷代詩話》，清·何文煥輯，台北：漢京文化事業有限公司，中華民國 72 年初版，頁 13）

繚山海，豈免從闍維。荼毒復荼毒，彼蒼那得知？歲晚瘴江急，鳥獸鳴聲悲。空濛寒雨零，慘淡陰雲吹。殯宮生蒼蘚，紙錢掛空枝。無人設薄奠，誰與飯黃緇。亦無挽歌者，空有挽歌辭。』東坡謂太虛『齊死生，了物我，戲出此語。』其言過矣。此言惟淵明可以當之；若太虛者，情鍾世味，意戀生理，一經遷謫，不能自釋；遂挾忿而作此辭。豈真若是乎？」

（《叢話》後集卷三，陶靖節，頁 20～21）

此則胡仔就陶淵明、秦觀自作挽辭的評論。並評論淵明的自挽辭呈現「了達」的思想，秦觀的自挽辭則表達了「哀怨」的情懷。〔註6〕

胡仔並反對東坡對秦觀挽辭「齊死生，了物我」的推崇，認為這樣的評語只有淵明可以當之無愧。

但胡仔並未對「了達」作進一步分析評論。個人以為胡仔所謂的「了達」，即是針對東坡所謂「齊死生，了物我」的詮釋，這種概念主要來自於莊子的齊物論，主張泯滅生死，我人、得失、是非、榮辱之間的對立，故淵明的自挽辭一開始就談到「有生必有死，早終非命促。」的觀念，一個人一旦出生了，便注定走向死亡的道路，只是時間有長有短，淵明認為早點離開人生，並非夭折短壽，破除人們貪求長壽而害怕死亡的執著。

「昨暮同為人，今旦在鬼錄」，昨天還一同談天歡笑的親友，今天卻已分屬兩個不同的世界。「魂氣散何之，枯形寄空木」，也不知道三魂七魄不知跑到哪裡，只見枯槁的形骸還暫寄在棺木中。

「嬌兒索父啼，良友撫我哭。」看到平日鍾愛的孩子們哭著要爸爸，而親朋好友們則雙手撫著棺木為我痛哭。此為淵明預想死後親友孩子們為其傷心啼哭的情景。

「得失不復知，是非安能覺？千秋萬歲後，誰知榮與辱？」但是死後連是得是失都沒有感覺了，誰是誰非又豈能分辨？千年之後，誰

〔註 6〕有關秦觀挽詞的賞析，將放在第五章第三節「論宋代重要詩人」——秦觀評論。

又會在乎是榮或是辱呢？一切的是非、得失、榮辱，在死後都化為烏有，所以活著的時候，也沒有什麼好計較的。

　　所以，最後結論乃是「但恨在世時，飲酒不得足！」只遺憾活著的時候，喝酒沒有喝個過癮！

　　個人以為，陶潛此自挽辭在曠達的背後，實乃蘊藏著詩人無可奈何的悲哀，酒只是一個暫的讓淵明「汎此忘憂物，遠我遺世情」（〈飲酒〉其七）借以忘憂的物品，忘掉「日月擲人去，有志不獲騁」（雜詩其二）的悲哀，忘記自己在已然流逝的歲月中，不能施展自己的才能抱負的感傷。

　　胡仔尚有一則按語，引陶潛〈歸去來辭‧序〉注解自己生活的困境。

　　　苕溪漁隱曰：「淵明有云：『余家貧，耕植不足以自給，幼稚盈室，缾無儲粟，生生所資，未見其術。』三復此語，真余之實錄也。余投閑二十載，生事素微，食指既眾，家日益貧。退之詩云：『時命雖乖心轉壯，技能虛富家逾窘。』亦似為余發，時時哦之，不覺失笑。余嘗有詩云：『壯圖鵬翼九萬里，末路羊腸百八盤。』蓋言老而多艱耳。」（《叢話》前集卷四，頁 26）

胡仔以陶潛在〈歸去來辭‧序〉的自述「因家裡貧窮，光靠耕田種植，並不能夠供給全家人的生活所需，幼小的孩子擠滿一屋子，米缸裡卻沒有多餘的存糧，維持生活所憑藉的，卻沒有其他的伎倆。」來詮釋自己生活的困頓。

　　陶潛所敘說的，正是一般讀書人的寫照，所謂「百無一用是書生」，許多讀書人除了讀書，在謀生一途上，顯得一無是處。

　　這正是胡仔投閑二十載的生活實錄。胡仔和陶潛可謂異代知己──「同是天涯淪落人」，生活現實上的拮據困苦，如出一轍。

　　胡仔寫了一聯詩，描述自己老而多艱的生活寫照：年輕時雄心壯志，想要像大鵬鳥一樣，盤旋在九萬里的高空上，沒想到晚年卻極端失

志，猶如小心行走在彎彎曲曲的小路一般。

小結

胡仔對陶潛的推崇與肯定，主要在其「高風峻節」的人格，及「安貧守道」的志節。推崇陶潛〈和郭主簿〉詩「善論其理」，將菊花耿介不隨俗的個性呈現無遺。肯定〈贈羊長史詩〉詩，表現陶潛高風峻節、好賢尚友之心。舉出〈止酒詩〉為陶潛「固窮守道」的宣言，讚美陶潛的〈自挽辭〉，表達詩人「齊死生，了物我」的曠達修養。

第二節　論唐代重要詩人

胡仔《叢話》前集六十卷、後集四十卷，共一百卷，依照時代先後排列，其中先秦至漢魏六朝共佔七卷，〔註7〕唐、五代共三十五卷，〔註8〕宋朝從開國迄南渡初年共五十八卷。〔註9〕

唐、五代共三十五卷，佔了《叢話》三分之一強。單列的名家只有四家：杜甫十三卷、李白兩卷、韓愈四卷、白居易兩卷，其餘皆為合卷。

胡仔未論及初唐作家，論及的盛唐作家有杜甫、李白、王維、王縉、秦系等；中唐作家有韓愈、柳宗元、嚴維、劉夢得、賈島、袁高、朱放、楊汝士等；晚唐作家有李商隱、杜牧、溫庭筠、聶夷中、聶夷中、羅隱、王建、韓偓、陸龜蒙等。尚有一些合論的作家，由於卷帙繁

〔註7〕《苕溪漁隱叢話》前集有四卷，包括兩卷國風漢魏六朝，兩卷五柳先生。《苕溪漁隱叢話》後集有三卷，包括兩卷楚漢魏六朝，一卷陶靖節。

〔註8〕《苕溪漁隱叢話》前集有二十卷，包括一卷李謫仙、九卷杜少陵、三卷韓吏部、一卷香山居士、其他唐人合卷及五紀雜記共六卷。《苕溪漁隱叢話》後集有十五卷，包括一卷李太白、四卷杜子美、一卷韓退之、一卷醉吟先生、其他唐人合卷及五紀雜記共要八卷。

〔註9〕《苕溪漁隱叢話》前集有三十六卷，包括兩卷六一居士、一卷梅聖俞、四卷半山老人、九卷東坡、三卷山谷、一卷秦少游、四卷歷代僧道神仙、一卷長短句、一卷麗人雜記、其他宋人合集十卷。《苕溪漁隱叢話》後集有二十二卷，包括一卷六一居士、五卷東坡、兩卷山谷、兩卷歷代僧道神仙、一卷長短句、一卷麗人雜記、其他宋人合集十卷。

浩，故只能在盛唐、中唐、晚唐，各選一、二位代表作家探討研究，其餘作家則留待將來再續作整理。

> 苕溪漁隱曰：「古今詩人，以詩名世者，或只一句，或只一聯，或只一篇，雖其餘別有好詩，不專在此，然播傳於後世，膾炙於人口者，終不出此矣，豈在多哉？……唐之李、杜、韓、柳，本朝之歐、王、蘇、黃，清辭麗句，不可悉數，名與日月爭光，不待摘句言之也。」(《叢話》後集卷二，頁10～13)

胡仔推重盛唐的李、杜，中唐的韓、柳，本節亦將以胡仔所推崇者為優先考量。《叢話》中搜集並集中許多當時詩話針對某一詩人詩歌的評論資料，方便後學學習詩歌，有助於後學瞭解詩人及詩作，胡仔並進行許多學術性的考證糾繆功夫，本篇不涉及他人的詩歌評論，而以胡仔本人的論述「苕溪漁隱曰」為主。

有關於唐詩的分期，宋嚴羽《滄浪詩話》云「以時而論，……唐初體，盛唐體，大曆體，元和體，晚唐體」〔註10〕已為唐朝詩歌作了分期。而明朝高棅《唐詩品彙》〔註11〕則提出了「初唐、盛唐、中唐、晚唐」的四唐說〔註12〕，並以初唐為正始，盛唐為正宗、大家、名家、羽翼，中唐為接武，晚唐為正變、餘響，方外異人（僧、道、婦女及生平失考之作者）為旁流〔註13〕。本論文將時代先後，分析胡仔對唐詩

〔註10〕《歷代詩話》，清・何文煥輯，台北：漢京文化事業有限公司，中華民國72年1月初版，頁689。

〔註11〕明高棅《唐詩品彙》編成於明洪武二十六年（1393），凡九十卷，共選作者六百二十人，詩五千七百六十九首，將入選作家和作品，按時期和體裁區分為正始、正宗、大家、名家、羽翼、接武、正變、餘響、旁流。

〔註12〕明・高棅《唐詩品彙・總敘》：「有唐三百年，詩眾體備矣，故有往體近體長短篇、五七言律句絕句等製，莫不興於始，成於中，流於變而陊之於終，至於聲律興象文詞理致，各有品格高下之不同，略而言之，則有初唐、盛唐、中唐、晚唐之不同……」(《唐詩品彙》，上海古籍，中華民國77年初版，頁8)

〔註13〕《唐詩品彙・凡例》，頁14。

人的批評。

　　胡仔《叢話》論及的盛唐作家有杜甫、李白、王維、岑參、孟浩然等。由於論及杜甫多達 34 則，80 多首詩，因為胡仔論詩，以「子美之詩為宗」，故將之特立一節，置於第四章第一節「以杜甫之詩為宗」，本節則略，盛唐詩人，此節選盛唐時期頗具影響的詩仙李白、詩佛王維兩家。

　　胡仔曾論述過的中唐作家有韓愈、柳宗元、白居易、劉夢得、李賀、賈島、嚴維、袁高、楊汝士、朱放、王建等。雖然，胡仔推崇唐朝的「唐之李、杜、韓、柳……清辭麗句，不可悉數，名與日月爭光」（《叢話》後集卷二，頁 13），但因胡仔論及柳宗元的卷帙則數不多，且柳宗元在《叢話》前、後集，都是與孟郊、賈島、盧仝合卷〔註14〕，沒有單獨專論。故中唐挑選韓愈、白居易兩位有單獨專論的作家研究論述。

　　胡仔論及之晚唐作家有：李商隱、杜牧、溫庭筠、聶夷中、羅隱、韓偓、陸龜蒙等。本節以篇幅的限制，所以僅探討李商隱與杜牧兩位晚唐詩人。

一、李白評論

　　《叢話》前集卷五「李謫仙」22 則、《叢話》後集卷四「李太白」24 則，兩卷共 46 則有關李白詩歌軼事的則數。其中胡仔的按語有 11 則〔註15〕。尚有散於其他卷帙的則數。

　　　　苕溪漁隱曰：「余嘗愛李太白〈夏日山中詩〉：『脫巾掛石壁，
　　　　露頂洒松風。』其清涼可想也。」（《叢話》前集卷五十九「長
　　　　短句」，頁 409）

此則胡仔評論李白的〈夏日山中〉一詩，所呈現的文字，讓人感受到

〔註14〕《叢話》前集卷十九，後集卷十一。
〔註15〕其中前集卷五有 5 則胡仔的按語，後集卷四「李太白」有 6 則胡仔的
　　　　按語。

「清涼」的觸感。全詩如下：

懶搖白羽扇，裸袒青林中。脫巾掛石壁，露頂灑松風。〔註16〕

全詩表現出一種無拘無束自由自在的思維與神態：在茂密的樹林中，脫掉束縛身體的衣服，也脫下束縛的衣帶、髮冠高掛在石壁邊，露出頭頂享受松風的吹拂。在頗受理學家影響，深受禮教思維束縛的宋代，應該是滿嚮往的一件事吧！

苕溪漁隱曰：「太白〈望廬山瀑布〉絕句云：『日暮香爐生紫煙，遙看瀑布掛長川。飛流直下三千尺，疑是銀河落九天。』束坡美之，有詩云：『帝遣銀河一派垂，古來惟有謫仙詞。』然余謂人白前篇古詩云：『海風吹不斷，江月照還空。』磊落清壯，語簡而意盡，優於絕句多矣。」（《叢話》後集卷四「李太白」，頁23）

東坡喜歡李白的〈望廬山瀑布〉其二的絕句，但胡仔卻對鍾情於李白〈望廬山瀑布水〉其一的古詩，認為古詩「磊落清壯，語簡而意盡」。胡仔只引了古詩的其中兩句，今試觀全詩：

西登香爐峰，南見瀑布水。掛流三百丈，噴壑數十里。欻如飛電來，隱若白虹起。初驚河漢落，半灑雲天裏。仰觀勢轉雄，壯哉造化功。海風吹不斷，江月照還空。空中亂潈射，左右洗青壁。飛珠散輕霞，流沫沸穹石。而我樂名山，對之心益閑。無論漱瓊液，還得洗塵顏。且諧宿所好，永願辭人間。〔註17〕

此詩從瀑布的背景香爐峰寫起。接著敘述高高懸掛在三百丈高瀑布的雄偉，水珠飛濺的寬闊。以「飛電」和「白虹」形容瀑布水勢之快捷及遠觀的形狀。初見瀑布讓人誤以為是天上的銀河掉落下來，灑落在半

〔註16〕《李太白詩歌全集》古近體詩卷二十二，清・王琦注，劉建新校勘，北京：今日中國出版社，1997年11月第一版，頁761。

〔註17〕《李太白詩歌全集》古近體詩卷二十，清・王琦注，劉建新校勘，北京：今日中國出版社，1997年11月第一版，頁694～695。

空中。仰頭觀看瀑布，更讓人驚嘆大地的造化之功。瀑布自高空傾瀉而下，海風吹不散它的奔騰飛濺的水珠，夜空之下，皎潔的月色照耀之下更顯得瀑布的潔淨，銀白猶如白練。瀑布之水自半空中傾落，飛濺激射，洗清了兩岸的石壁。飛濺的水珠散為流霞，流動的水沫在高山的大石頭間沸騰。最後六句，李白自敘：我的個性喜好名山，面對廬山瀑布的壯觀景致，使我的心緒更加悠閒適意。雖然這並非仙家的玉液瓊漿，卻可以讓我洗滌塵垢沾染的容顏。能夠一償名山瀑布的宿願，但願能夠留在這裡，而永遠辭別紛紛擾攘的人間。

雖然歷代大部份的大，欣賞的是李白〈望廬山瀑布水〉其二的絕句，但胡仔駐足欣賞的卻是〈望廬山瀑布水〉其一的古詩，胡仔並特別提出「海風吹不斷，江月照還空」兩句形容風月之下的瀑布，個人以為此兩句確實能將瀑布的空靈蘊藉之美呈現出來。雖然李白這兩句有關廬山瀑布的歌詠，所受到的關注，遠遠不如絕句受到矚目，但亦自有喜好者，如明代瞿佑的《歸田詩話》也肯定李白此二句：「太白又有『海風吹不斷，山月照還空』，亦奇妙句，惜世少稱之者。」〔註18〕而蘇軾鍾愛的〈望廬山瀑布〉其一的絕句如下：

> 日暮香爐生紫煙，遙看瀑布掛長川。飛流直下三千尺，疑是
> 銀河落九天。〔註19〕

陽光照射在廬山香爐峰上，山間的雲氣冉冉上升，瀰漫著紫色的雲霧。瀑布像是一條巨大的白練高掛於山川之間。瀑布飛奔而下就如同從雲端飛流衝下三千尺一樣，讓人懷疑是天上的銀河從高空掉落下來。

全詩俐落地在有限的四句中，描繪廬山瀑布，四句中皆有筆力千鈞的字眼，如「生」字呈現了陽光照射在香爐峰上所產生冉冉地升起的紫煙；「掛」字則鬼斧神工地將大自然擬人化，彷彿瀑布是掛上去

〔註18〕明瞿佑《歸田詩話》卷中「廬山瀑布」條，收錄於《續歷代詩話》，丁仲祜，台北藝文印書館，中華民國72年6月四版，頁1495。

〔註19〕此詩其他的版本第二句為「遙看瀑布掛前川」。《李太白詩歌全集》，清·王琦注，劉建新校勘，北京：今日中國出版社，1997年11月第一版，頁695。

似的;「直」字既顯示了廬山之高峻陡峭,又可見瀑布從高空直落,勢不可擋之狀;「疑」字則增添了不可置信的神情,以襯託廬山瀑布實乃人間罕有,讓人惚恍地懷疑是否是天上的銀河掉了下來!怪不得深得蘇軾的讚賞,並認為廬山的瀑布詩,除了謫仙李白之外,就沒有其他人可以與之相媲美——「帝遣銀河一派垂,古來惟有謫仙詞。」〔註20〕甚至將李白之後,描寫廬山瀑布的徐凝〔註21〕的詩歌,批評為「惡詩」〔註22〕,並認為不管瀑布再多的飛流濺沫,也清洗不了徐凝所作的惡詩。

個人以為,「鍾鼎山林,各有天性」,每個人欣賞之物,各有不同,同一個人的詩,每個人喜好也各不相同。就如《叢話》前集記載,同樣是林逋之梅詩,歐陽脩喜歡的是「疎影橫斜水清淺,暗香浮動月黃昏」,而黃庭堅喜歡的卻是「雪後園林纔半樹,水邊籬落忽橫枝。」王直方則喜歡「池水倒窺疎影動,屋簷斜入一枝低」。所以黃庭堅以為「文章大概亦如女色,好惡止繫於人」。〔註23〕

〔註20〕蘇軾〈戲徐凝瀑布詩〉:「帝遣銀河一派垂,古來唯有謫仙詞。飛流濺沫知多少,不與徐凝洗惡詩。」

〔註21〕徐凝〈廬山瀑布〉:「虛空落泉千仞直,雷奔入江不暫息。千古長如白練飛,一條界破青山色。」(《全唐詩》卷474~24,頁5377)

〔註22〕按:憑心而論,徐凝的〈廬山瀑布〉實在不必擔起「惡詩」的罪名,此詩白居易、張祜都曾經予以肯定,唯東坡「戲言」此詩為惡詩。既是「戲言」,也不必太認真,就此給徐凝此詩判了死罪。徐凝之詩給廬山瀑布一個特寫,說瀑布筆直地從空而降,瀑布聲像打雷一樣,不停地奔向大江,千古以來就像一條飛動的白色的絲絹,大力撥開了青山的顏色。徐凝此詩,說來也是頗有氣勢,只是局限在瀑布而已。不像李白有背景(首句香爐峰)有遠觀(次句)、有動態之美(第三句)有想像(第四句),所以讀起來顯得空靈生動,不像徐凝之詩寫實而具體,給人用力過甚之感。

〔註23〕山谷云:「歐陽文忠公極賞林和靖『疎影橫斜水清淺,暗香浮動月黃昏』之句,而不知和靖別有〈詠梅〉一聯云:『雪後園林纔半樹,水邊籬落忽橫枝。』似勝前句,不知文忠何緣棄此而賞彼。文章大概亦如女色,好惡止繫於人。」苕溪漁隱曰:「王直方又愛和靖『池水倒窺疎影動,屋簷斜入一枝低』,以謂此句於前所稱,真可處伯仲之間。余觀此句,略無佳處,直方何為喜之,真所謂一解不如一解也。」(《叢話》

　　個人以為，李白這二首歌詠盧山瀑布的詩，其二的絕句顯得豪邁奇偉，誇張的想像，充滿陽剛之美。而其一的古詩，則娓娓述敘，從各個角度描寫盧山瀑布，猶如工筆畫，全詩顯得輕靈精巧，並有作者參與其間，得與分享其心情，兩詩各有特色，不宜以高下區分也。

　　　　苕溪漁隱曰：「太白〈宮詞〉云：『梨花白雪香。』子美〈詠竹〉云：『風吹細細香。』二物初無香，二公皆以香言之，何也？太白有句云：『金龜換酒處。』子美有句云：『金魚換酒來。』世言換酒，必曰『金貂』；殊不知二公有金龜、金魚之異名。」（《叢話》後集卷四，頁 26）

胡仔認為梨花與竹子皆無香，但李白、杜甫卻以香言之，乃是詩病。

　　胡仔以實事求是的精神與考證，不能接受白雪無香，而李白〈宮詞〉〔註 24〕卻寫出「梨花白雪香」的句子，事實上李白是以之來形容楊貴妃的雪白的膚色和體香。

　　修辭學上有所謂的「通感」（移覺），是把人的聽覺、視覺、嗅覺、味覺、觸覺等主觀感覺，可以互相轉移，以突出表達作者濃烈的主觀感受。以此來解釋李白把「白雪」時「色」轉為「香」，那就沒有什麼不妥了。

　　個人認為萬物自有其姿態與韻味，白雪本身或者無味無嗅，但是夾帶著春天繁花氣息的雪，未必完全無香。細細聞嗅，萬物自有屬於它自己的芳香，必需心中沈靜才嗅聞的到。就如同水的香甜，必須在沒有其他雜味的干擾之下，靜心細細品味方能領略一樣。

　　　　苕溪漁隱曰：「……余又觀李太白〈北風行〉云：『燕山雪花大如席。』〈秋浦歌〉云：『白髮三千丈。』其句可謂豪矣，奈無此理何？……」（《叢話》後集卷二十六「東坡」，頁 190）

前集卷二十七，頁 188～189）

〔註 24〕詩名應為〈宮中行樂詞〉二首其二，全詩如下：「柳色黃金嫩，梨花白雪香。玉樓巢翡翠，珠殿鎖鴛鴦。選妓隨朝輦，微歌入洞房。宮中誰第一？飛燕在昭陽。」（《李太白詩歌全集》樂府卷四，清・王琦注・劉建新校勘，北京：今日中國出版社，1997 年 11 月第一版，頁 166）

此則同上一則一樣，可見到胡仔一板一眼，嚴肅而一絲不苟態度。此則胡仔批評李白的〈北風行〉和〈秋浦歌〉：「句可謂豪矣，奈無此理。」

試看李白的樂府詩〈北風行〉：

> 燭龍棲寒門，光曜猶旦開。日月照之何不及此，唯有北風號怒天上來。燕山雪花大如席，片片吹落軒轅台。幽州思婦十二月，停歌罷笑雙蛾摧。倚門望行人，念君長城苦寒良可哀。別時提劍救邊去，遺此虎文金鞞釵。中有一雙白羽箭，蜘蛛結網生塵埃。箭空在，人今戰死不復回。不忍見此物，焚之已成灰。黃河捧土尚可塞，北風雨雪恨難裁。〔註25〕

此詩前六句描寫北方的苦寒，日照不及，只有凜冽的北風，伴隨著蕭蕭的風聲。「燕山雪花大如席」，乃是使用誇飾的手法，形容雪花大得像草席，來強調氣候的嚴寒。雖然誇大，但是仍立足於北方寒冷的基礎上，所以，應仍可以為人所接受。〔註26〕

而李白的〈秋浦歌〉十七首之十五「白髮三千丈」〔註27〕，用三千丈來形容白頭髮的長度，雖然，於理不合，但乃是用文學慣用的「誇飾」的修辭法，用以形容煩惱憂愁之多，但胡仔不能欣賞這樣的文學手法，以「奈無此理。」當作是一種詩病。

由以上幾則可見胡仔欣賞李白詩歌的豪氣，如〈闕題〉的「暮誇紫鱗去，海氣侵肌涼。」〈夏日山中詩〉的「脫巾掛石壁，露頂洒松風。」的灑脫不羈。但是不能接受「梨花白雪香」這種「通感」的修辭法，及

〔註25〕《李太白詩歌全集》樂府卷二，清‧王琦注‧劉建新校勘，北京：今日中國出版社，1997 年 11 月第一版，頁 102。

〔註26〕魯迅在〈漫談「漫畫」〉一文中說：「燕山雪花大如席，是誇張，但燕山究竟有雪花，就含著一點誠實在裏面，使我們立刻知道燕山原來有這麼冷。如果說『廣州雪花大如席』，那就變成笑語了。只有在真實基礎上的誇張才有生命力。」（收錄於《且介亭雜文二集》，台北：風雲時代出版公司，中華民國 79 年 3 月初版，頁 23～25）

〔註27〕《李太白詩歌全集》古近體詩卷七，清‧王琦注‧劉建新校勘，北京：今日中國出版社，1997 年 11 月第一版，頁 265。

「燕山雪花大如席」、「白髮三千丈」的「誇飾」修辭法。由此可見，胡仔的詩歌評論，將文學視同科學，科學固應實事求是，一絲不苟，但文學卻不能缺乏奇特的想像、誇張的修辭，以及通感等各種表現情感的手法。

另一則，則是通過杜甫詩歌對李白的推崇，來評論李白的詩歌「俊逸清新」。

> 《蔡寬夫詩話》云：「……予為進士時，嘗舍於汴中逆旅，數同行亦論杜詩，旁有一押糧運使臣，或顧之曰：『嘗亦觀乎？』曰：『平生好觀，然多不解。』因舉『白也詩無敵，飄然思不群』相問，曰：『既言無敵，安得卻似鮑照、庾信？』時座中雖笑之，然亦不能遽對，則似亦不可忽也。」苕溪漁隱曰：『庾不能俊逸，鮑不能清新，白能兼之，此無敵也。武弁何足以知之。』（《叢話》前集卷二十二「西崑體」，頁 145）

杜甫此詩乃〈春日憶李白〉[註28]，胡仔針對押糧官不能理解杜甫詩中既推崇李白詩歌無敵，天下第一，何以又說他「清新庾開府，俊逸鮑參軍」的困惑。胡仔加以詮釋此詩云：「庾（信）不能俊逸，鮑（照）不能清新，（李）白能兼之」。也就是李白詩歌能兼有庾信的清新和鮑照的俊逸。

二、王維評論

《叢話》前集卷十五「王摩詰」[註29]有 6 則，《叢話》後集卷九「王右丞」[註30]有 7 則，共 13 則有關王維則數，其中胡仔按語有 5 則[註31]，尚有其他散在其他卷帙之中的則數。

[註28] 杜甫〈春日憶李白〉「白也詩無敵，飄然思不群。清新庾開府，俊逸鮑參軍。渭北春天樹，江東日暮雲。何時一樽酒，重與細論文。」（《杜詩鏡銓》，清·楊倫，台北：華正書局，1978 年 12 月出版，頁 30～31）

[註29] 《叢話》前集與駱賓王、韋應物、孟浩然合卷。

[註30] 《叢話》後集與韋應物、孟浩然合卷。

[註31] 《叢話》前集沒有按語，5 則皆集中在《叢話》後集，其中 3 則與王維有關。

　　　　苕溪漁隱曰：「『桃紅復含宿雨，柳綠更帶朝煙。花落家童未

　　　掃，鳥啼山客猶眠。』每哦此句，令人坐想輞川春日之勝，

　　　此老傲睨閒適於其間也。」（《叢話》前集卷九「杜少陵」，頁

　　　60）

胡仔推崇王維〈田園樂〉〔註32〕詩，詩中有畫，「令人坐想輞川春日之

勝，此老傲睨閒適於其間」。

　　　此為王維初隱輞川時所作的之詩，共有七首，此為其六，描寫隱

居生活的閒適及田園之樂。

　　　桃紅色的桃花瓣上，還沾滿了昨夜的雨滴。碧綠的柳絲，籠罩在

一片薄薄的輕霧中。經過了昨晚一夜的雨，桃花紛紛灑落了滿地，黃鶯

鳥啼叫，卻叫不醒尚在酣睡的山中之客。

　　　此詩優美如畫，每一句都呈現一個畫面，怪不得蘇軾讚賞王維

「詩中有畫，畫中有詩」〔註33〕。王維既是詩人，又是畫家，將大自

然的美景與詩意呈現無遺。山中花朵悄悄的開落，薄霧中嫩柳的姿態，

鳥兒的啼叫聲，都顯得一派寧靜，全透過「山客」寧靜的詩心詩眼而呈

現了出來。

　　　　苕溪漁隱曰：「子美〈九日藍田崔氏莊〉云：『明年此會知誰

　　　健，醉把茱萸仔細看。』王摩詰〈九日憶東山兄弟〉云：『遙

　　　知兄弟登高處，遍插茱萸少一人。』朱放〈九日與楊凝崔淑

　　　期登江上山有故不往〉云：『那得更將頭上髮，學他年少插茱

　　　萸。』此三人，類各有所感而作，用事則一，命意不同。後

　　　人用此為九日詩，自當隨事分別用之，方得為善用故實也。」

　　　（《叢話》後集卷六「杜子美」，頁 39～40）

此則胡仔推崇杜甫、王維、朱放三人，雖然同樣是表現「重陽節」——

〔註32〕此詩《全唐詩》卷 128_67，末句作「鶯」非「鳥」，為「鶯啼山客猶

　　　眠」，頁 1306。

〔註33〕蘇軾〈書摩詰藍田煙雨圖〉評論唐代王維的作品中指出：「味摩詰之

　　　詩，詩中有畫；觀摩詰之畫，畫中有詩。」（《蘇軾文集》卷 70，孔凡

　　　禮點校，頁 2209）

登高、插茱萸之習俗的詩，三人卻各呈現出三種不同的風情，乃是各有所感，命意不同，此乃善於用事也。

王維此詩表現出濃濃的親情，想到重陽節這天，兄弟們一齊登上高山，喝菊花酒，插上茱萸避邪，全家人齊聚歡樂的畫面，讓身在異鄉的遊子，深深感失落之感，而帶出「每逢佳節倍思親」的深沈情感。與杜甫表現出人生無常，須及時行樂、活在當下的思想不同。與朱放喟嘆歲月流逝，年華不再的感傷亦不同。故胡仔讚賞他們三人皆能善於用事，表達出屬於自己獨一無二的情感思想。〔註34〕

　　苕溪漁隱曰：「摩詰〈山中送別詩〉云：『山中相送罷，日暮
　　掩柴扉。春草年年綠，王孫歸不歸？』蓋用《楚詞》：『王孫
　　遊兮不歸，春草生兮萋萋。』此善用事也。……」（《叢話》
　　後集卷九「王右丞」，頁60）

胡仔推崇王維〈山中送別詩〉為「善於用事」，但並未進一步指出何以善於用事。王維此詩從送走朋友之後下筆，時已黃昏，落寞地關起柴門，也隔絕了外面的世界。明年春草又綠的時候，朋友啊，你會不會回來？

此詩沒有直接寫送別朋友時的離情別緒，但卻在剛分手之際，就想到朋友明年春天不知道會不會回來？來顯現思念的深厚。

末兩句王維使用《楚詞・招隱士》中的詩句與詩意，「王孫遊兮不歸，春草生兮萋萋」──春草已長得很茂盛了，王孫卻還沒回來之意，來表達自己期待朋友不要像那位王孫公子一樣，去而不返，而是能夠再一次前來覓舊談心，所以問朋友，明年春天，你會不會來呢？作為結束，餘味不盡，所以胡仔認為王維此詩善於用事，事為我使，我不為事使，且完全不露用事的痕跡。

　　苕溪漁隱曰：「老杜〈和早朝大明宮詩〉，賈至為唱首，王
　　維、岑參皆有之，四詩皆佳絕。王維詩云：『絳幘雞人送曉

〔註34〕此則在第四章第三節「用事」，亦曾敘及，此不贅敘。

籌，尚衣方進翠雲裘。九天閶闔開宮殿，萬國衣冠拜冕旒。
日色纔臨仙掌動，香煙欲傍袞龍浮。朝罷須裁的五色詔，佩
聲歸到鳳池頭。』……。」（《叢話》前集卷一「杜少陵」，
頁 67）

此則胡仔推崇賈至、王維、岑參、杜甫四人所寫的〈早朝大明宮詩〉
「詩皆佳絕」。但如何「絕佳」並未嘗試作進一步分析說明，而只引出
全詩。

王維此詩詩名乃〈和賈舍人早朝大明宮之作〉〔註35〕，寫作背景
乃唐肅宗乾元元年（758），賈至為中書舍人，杜甫任左拾遺，岑參為右
補闕，王維為太子中允遷集賢殿學士。四人同在中書、門下二省。賈至
作〈早朝大明宮詩呈兩省僚友〉詩，王、杜、岑三人各和詩一首。

王維此詩通過上朝前、上朝時、朝罷三個階段，寫群臣至大明宮
〔註36〕拜見皇帝，早朝的莊嚴氣氛和大唐的威儀。

首聯想像上朝前宮中的畫面「絳幘雞人送曉籌，尚衣方進翠雲
裘。」頭覆紅色頭巾負責宮中報辰值宿衛士，掌供皇帝冠服的「尚衣」
官吏，正送上繡有翠雲的皮衣給皇上更衣。

頷聯、頸聯則描寫上朝時的景況：「九天閶闔開宮殿，萬國衣冠拜
冕旒。日色纔臨仙掌動，香煙欲傍袞龍浮。」皇宮的宮門大開，所有的
臣子與外國使節一齊跪拜朝見皇帝。隨著時序的轉移，日光照射在承
露的仙掌上，御爐的香烟則依傍著天子的龍袍飄游。

尾聯則描寫早朝結束之後，「朝罷須裁五色詔，佩聲歸到鳳池
頭。」〔註37〕賈至得起草用五色紙寫的詔書，你的玉佩聲將會鏗鏘地

〔註35〕收錄於《全唐詩》卷 128 第 5 首，頁 1296。
〔註36〕唐高宗後，皇帝常居大明宮。此詩乃群臣朝拜皇帝之詩。
〔註37〕「五色詔」指詔書。晉陸翽《鄴中記》：「石季龍與皇后在觀上為詔書
五色紙著鳳口中。鳳既銜詔侍人放數百丈緋繩轆轤回轉鳳凰飛下謂之
鳳詔。鳳凰以木作之五色漆畫腳皆用金。」後因以「五色詔」指詔書。
「鳳池」指中書省。《晉書・荀勗傳》：「（荀）勗久在中書，專管機事。
及失之。甚罔罔悵恨。或有賀之者，勗曰：『奪我鳳凰池，諸君賀我
邪！」

跟隨你走向中書省鳳凰池前。王維此詩，將大唐皇帝上朝時，群臣和各國使節朝拜的威儀，大唐的中興氣象完全呈現出來。

> 苕溪漁隱曰：「唐自四月一日，寢廟薦櫻桃後，頒賜百官，各
> 有差。摩詰詩：『歸鞍競帶青絲籠，中使頻傾赤玉盤。』摩詰
> 詩渾成……」（《叢話》後集卷九「王右丞」，頁60）

胡仔此則推崇王維〈敕賜百官櫻桃〉詩「渾成」。此詩全詩如下：

> 芙蓉闕下會千宮，紫禁朱櫻出上闌。才是寢園春薦後，非關
> 御苑鳥銜殘。歸鞍競帶青絲籠，中使頻傾赤玉盤。飽食不須
> 愁內熱，大官還有蔗漿寒。〔註38〕

此詩王維描述唐朝四月一日的常制－櫻桃宴。王維此詩寫於天寶十一年（752），唐玄宗在長安城東南隅的曲江池畔的芙蓉園紫雲樓上宴飲歌舞，會見百官，皇帝禁苑的櫻桃已經成熟，茂盛的櫻桃早已長出了闌干外。這是皇帝在寢園〔註39〕祭祖之後，大賜群臣所擺設的櫻桃宴，可不是被鳥兒啄剩的櫻桃。〔註40〕

「歸鞍競帶青絲籠，中使頻傾赤玉盤」說明使者不斷傾倒櫻桃給眾人，群臣將吃不完的櫻桃裝滿了一個又一個竹筐，夾帶在回家所乘的馬上。

「飽食不須愁內熱，大官還有蔗漿寒」指即使吃多了屬性燥熱的櫻桃也不須擔心上火，因為宮中還備有可以予以調和的屬性寒涼的甘蔗汁。

> 苕溪漁隱曰：「古今詩人，以詩名世者，或只一句，或只一聯，
> 或只一篇，雖其餘別有好詩，不專在此，然播傳於後世，膾

〔註38〕收錄於《全唐詩》卷128第3首，頁1295。

〔註39〕西漢自景帝開始，在帝陵後陵都築有陵園，這應是宮城的縮影。漢早期的寢園就在陵園內，位於陵墓的附近，應屬於陵墓的主要禮制建築，又稱為陵寢。寢園主要用於祭祖，亦即所謂侍奉墓主靈魂日常起居的住所。

〔註40〕櫻桃樹易老化，易生病，果實也容易遭到鳥兒的糟蹋。據說，因為鶯兒愛食所以叫「鶯含桃」，後來音轉就叫櫻桃了。納蘭性德在〈浣溪沙〉中有「櫻桃半是鳥銜殘」之句。

炙於人口者，終不出此矣，豈在多哉？……『漠漠水田飛白
鷺，陰陰夏木轉黃鸝』，乃王維也；……」(《叢話》後集卷二
「楚漢魏六朝」，頁 11)

此則胡仔推崇王維「漠漠水田飛白鷺，陰陰夏木轉黃鸝」〔註41〕詩句
膾炙人口，播於後世，既是肯定王維此聯詩句，但《叢話》在另一則按
語中，卻又說：

古之詩人，如王維猶竊李嘉祐『水田飛白鷺，夏木轉黃
鸝』。……皆可軒渠一笑也。(《叢話》後集卷十八「羅隱」，
頁 127)

此則明顯地譏笑王維此聯名句乃是竊自李嘉祐的詩句「水田飛白鷺，
夏木轉黃鸝」〔註42〕，有關此則，在「奪胎換骨」一節中，有較詳細
的論述，此不贅述。

出以上兩則可見，胡仔的詩論，或許由於在不同的時間陸續完
成，或者在觀念上前後有所改變，不免有前後矛盾之處。

三、韓愈評論

有關韓愈的專論，分別於《叢話》前集卷十六、卷十七、卷十八
「韓吏部」63 則〔註43〕，及《叢話》後集卷十「韓退之」23 則。四卷
共 86 則有關韓愈的則數，其中胡仔按語的有 23 則〔註44〕。尚有其他
散在其他卷帙之中的則數。

苕溪漁隱曰：「古今聽琴阮琵琶箏瑟諸詩，昔欲寫其音聲節

〔註41〕王維〈積雨輞川莊作〉「積雨空林煙火遲，蒸藜炊黍餉東菑。漠漠水田
飛白鷺，陰陰夏木囀黃鸝。山中習靜觀朝槿，松下清齋折露葵。野老
與人爭席罷，海鷗何事更相疑。」(《全唐詩》卷 128_19，頁 1298)
〔註42〕李嘉祐「水田飛白鷺，夏木囀黃鸝。」此聯詩集中無之，保存在李肇
《國史補》中，稱嘉祐有此句，王右丞取以為七言。《全唐詩》卷 207_49
則以〈句〉為名，保存此聯詩，頁 2169。
〔註43〕《叢話》前集卷十六有 17 則，卷十七有 20 則，卷十八有 26 則。
〔註44〕《叢話》前集卷十六有 4 則，卷十七有 2 則，卷十八有 8 則，《叢話》
後集卷十有 9 則。

奏，類以景物故實狀之，大率一律，初無中的句互可移用，
是豈真知音者。但其造語藻麗，為可喜耳。『呢呢兒女語，恩
怨相爾汝。劃然變軒昂，勇士赴敵場。浮雲柳絮無根蒂，天
地闊遠隨飛揚。喧啾百鳥群，忽見孤鳳凰。躋攀分寸不可上，
失勢一落千丈強。』此退之聽琴詩也。……」（《叢話》前集
卷十六「韓吏部」，頁 103）

胡仔推崇韓愈〈聽穎師琴〉以景物故實來形容音聲節奏，而其「造語藻
麗」令人喜愛。全詩如下：

昵昵兒女語，恩怨相爾汝。劃然變軒昂，勇士赴敵場。浮雲
柳絮無根蒂，天地闊遠隨飛揚。喧啾百鳥群，忽見孤鳳凰。
躋攀分寸不可上，失勢一落千丈強。嗟余有兩耳，未省聽絲
篁。自聞穎師彈，起坐在一旁。推手遽止之，濕衣淚滂滂。
穎乎爾誠能，無以冰炭置我腸。〔註45〕

此詩一開始要小兒女卿卿我我，竊竊細語，來形容琴聲纏綿宛轉。三、
四句描繪琴聲由輕柔細碎突然變為雄壯高揚。猶如勇敢的戰士們，奔
赴戰場一樣高亢激昂。五、六句寫琴聲悠揚，好像天上的浮雲，也像無
根的柳絮，在天地之間漫無邊際地浮蕩著。七、八句則摹擬琴聲原本像
是吱吱喳喳的群鳥鳴聲，卻又突然出現了一隻孤獨的鳳凰，發出了清
越的鳴聲。接下來兩句，則是極力描繪琴聲的起伏，琴聲越彈越高，就
像孤鳳凰想一步一步艱難地向上攀登，最後卻陡然地往下一滑，如同
墜落千丈崖谷中。最後幾句感歎自己，空有兩隻耳朵，卻不懂欣賞音
樂。然而自從聽了穎師的彈琴聲之後，卻感動地坐也不是、站也不是。
只好伸出手去攔住他——請不要再彈奏下去了，我的淚水早已沾滿了
衣襟。最後兩句，稱讚穎師的好琴藝——真是有本領的木，請不要一下
拿冰塊、一下拿炭火放在我的心腸中吧！

　　本詩刻意地用一連串的形象化的比喻，賦予抽象的音樂予以形象

〔註45〕《韓昌黎詩繫年集釋》，錢仲聯編，台北：學海出版社，中華民國 74
　　　年 1 月初版，頁 1005。

化地摹寫，以喚起讀者對樂聲的想像。此詩曾被歐陽脩譏評「乃是聽琵琶詩」〔註46〕，但以琴名世的三吳僧義海，則反駁歐陽脩批評不確，認為韓愈此詩乃是真正聽琴詩。〔註47〕

> 孔毅夫《雜記》云：「退之詩好押狹韻，累句以示工，而不知重疊用韻之為病也。〈雙鳥詩〉押兩頭字，〈李花詩〉押兩花字。」苕溪漁隱曰：『讀皇甫湜〈公安園池詩〉，亦押兩閑字，『日夜不得閑』，『君子不可閑』。蓋退之好重疊用韻，以盡己之詩意，不恤其為病也。』（《叢話》前集卷十七「韓吏部」，頁110）

對於孔毅夫《雜記》指出韓愈〈雙鳥詩〉押兩「頭」字〔註48〕，〈李花詩〉押兩「花」字〔註49〕，這種重疊用韻的作法乃是詩病。但胡仔則認為應以「詩意」為優先考量，認為韓愈「好重疊用韻，以盡己之詩

〔註46〕「歐陽公一代英偉，然斯語誤矣。昵昵兒女語，恩怨相爾汝。言輕柔細屑，真情出見也。劃然變軒昂，勇士赴敵場。精神餘溢，竦觀聽也。浮雲柳絮無根蒂，天地闊遠隨飛揚。縱橫變態，浩乎不失自然也。喧啾百鳥群，忽見孤鳳凰。又見穎孤絕，不同流俗下俚聲也。躋攀分寸不可上，失勢一落千丈強。起伏抑揚，不主故常也。皆指下絲聲妙處，惟琴為然。琵琶格上聲，烏能爾邪？退之深得其趣，未易譏評也。」（《叢話》前集卷十六，頁104）

〔註47〕《叢話》前集卷十六《西清詩話》引，頁105。

〔註48〕〈雙鳥〉：「雙鳥海外來，飛飛到中州。一鳥落城市，一鳥集岩幽。不得相伴鳴，爾來三千秋。兩鳥各閉口，萬象銜口頭。春風捲地起，百鳥皆飄浮。兩鳥忽相逢，百日鳴不休。有耳聒皆聾，有口反自羞。百舌舊饒聲，從此恒低頭。得病不呻喚，泯默至死休。……」（《韓昌黎詩繫年集釋》，錢仲聯編，台北：學海出版社，中華民國74年1月初版，頁836）

〔註49〕《韓昌黎詩繫年集釋》糾正此詩為二首。自「當春天地爭奢華」以下分焉。前乃株李，後篇乃醉於群李之下，意義甚明。編者誤合而一之。〈李花〉二首：「平旦入西園，梨花數株若矜夸。旁有一株李，顏色慘慘似含嗟。……冰盤夏薦碧實脆，斥去不御慚其花。」「當春天地爭奢華，洛陽園苑尤紛拏。誰將平地萬堆雪，剪刻作此連天花。……清寒瑩骨肝膽醒，一生思慮無由邪。」（《韓昌黎詩繫年集釋》，錢仲聯編，台北：學海出版社，中華民國74年1月初版，頁777）良玉按：若是二首，就沒有重押韻的問題。

意，不衁其為病」。並舉韓愈另一首詩〈讀皇甫湜公安園池詩書其後二首〉其二〔註50〕，亦是押兩「閑」字。此則可見胡仔詩歌用韻的主張，以詩意為優先考量要素，用韻其次，至於為了成就詩意，重疊用韻並不算毛病。

> 《蔡寬夫詩話》云：「……退之詩豪健雄放，自成一家，世特恨其深婉不足。〈南溪始泛〉三篇，乃末年所作，獨為閑遠，有淵明風氣，……苕溪漁隱曰：「退之詩如『何人有酒身無事，誰家多竹門可款』之句，尤閑遠有味。」（《叢話》前集卷十八「韓吏部」，頁119）

此則推崇韓愈〈遊青龍寺贈崔大補闕〉詩〔註51〕「何人有酒身無事，誰家多竹門可款」，「閑遠有味」，惜未再作進一步說明。

　　此詩乃憲宗元和元年（806）九月〔註52〕，韓愈與友人崔群〔註53〕同遊京城南門之東的青龍寺所作。韓愈勸年少得志的崔群〔註54〕，在這太平盛世，不須急著上諫書立功。反而勸其把握時光及時行樂。身邊有酒且一身無事，正好可去大敲竹門，趁此寒冬尚未至，天氣暖和的時

〔註50〕〈讀皇甫湜公安園池詩書其後二首〉其二：「我有一池水，蒲葦生其間。蟲魚沸相嚼，日夜不得閑。我初往觀之，其後益不觀。觀之亂我意，不如不觀完。用將濟諸人，捨得業孔顏。百年詎幾時，君子不可閑。」（《韓昌黎詩繫年集釋》，錢仲聯編，台北：學海出版社，中華民國74年1月初版，頁1084）

〔註51〕〈遊青龍寺贈崔大補闕（寺在京城南門之東）〉「……年少得途未要忙，時清諫疏尤宜罕。何人有酒身無事，誰家多竹門可款。須知節候即風寒，幸及亭午猶妍暖。……」（《韓昌黎詩繫年集釋》，錢仲聯編，台北：學海出版社，中華民國74年1月初版，頁563）

〔註52〕《韓昌黎詩繫年集釋》引方成珪《昌黎先生詩文年譜》：「元和元年九月作，以『日出卯南暉景短』句見之。」（錢仲聯編，台北：學海出版社，中華民國74年1月初版，頁564）

〔註53〕《韓昌黎詩繫年集釋》引顧嗣立《舊唐書》：「崔群，字敦詩，清河武城人。登進士第，累遷右補闕。」（錢仲聯編，台北：學海出版社，中華民國74年1月初版，頁564）

〔註54〕《韓昌黎詩繫年集釋》引陳景雲曰：「補闕十七登第，少公八歲。元和初列官諫署，年方逾壯，故有『年少得途』句。」（錢仲聯編，台北：學海出版社，中華民國74年1月初版，頁567）

節，盡情享受浮生半日閒。

> 苕溪漁隱曰：「唐自四月一日，寢廟薦櫻桃後，頒賜百官，各
> 有差。……退之詩：『香隨翠籠擎初重，色映銀盤瀉未
> 停。』……櫻桃初無香，退之言香，亦是語病。」（《叢話》
> 後集卷九「王右丞」，頁60）

此則胡仔批評韓愈的〈和水部張員外宣政衙賜百官櫻桃詩〉有詩病：

> 漢家舊種明光殿，炎帝還書本草經。豈似滿朝承雨露，共看
> 傳賜出青冥。香隨翠籠擎初重，色映銀盤瀉未停。食罷自知
> 無所報，空然慚汗仰皇扁。〔註55〕

其中頸聯的「香隨翠籠擎初重，色映銀盤瀉未停」，胡仔認為櫻桃本身
無香，而韓愈卻說盛著芳香櫻桃的翠籠，舉起來顯得沈重。故胡仔認為
韓愈在此言香，就詩歌來說，是一種「語病」。

個人以為聞香覺重，乃是修辭上之「通感」，韓愈將櫻桃的美色視
覺，轉為香氣的嗅覺，想像香氣四溢、沈甸甸的櫻桃，一方面是對櫻桃
美色的描繪，想像它在銀盤上滾動流轉，一方面是對櫻桃美味的讚嘆。
故個人不認為韓愈此詩有「語病」。

> 苕溪漁隱曰：「『天街小雨潤如酥，草色遙看近卻無。最是一
> 年春好處，絕勝煙柳滿皇都。』此退之〈早春詩〉也。……
> 曲盡其妙。」（《叢話》後集卷十「韓退之」，頁73～74）

韓愈此〈早春〉〔註56〕詩作於穆宗長慶三年（823）春，乃韓愈五十六
歲的晚年作品。胡仔只推崇此詩「曲盡其妙」，而未再作進一步詮釋。
個人以為此詩最主要是將早春的蓬勃的生意，藉著「春風吹又生」的青
草，呈現出來。筆法自然，而生意盎然。且表現出把握當下最美好時刻

〔註55〕《韓昌黎詩繫年集釋》〈和水部張員外宣政衙賜百官櫻桃詩〉版本第六
　　　句為「色映銀盤寫未停」，余以為胡仔的版本「色映銀盤瀉未停」較佳。
　　　「瀉」字可以表現櫻桃在盤中滾來滾去的活潑動態。（台北：學海出版
　　　社，中華民國74年1月初版，頁1239）
〔註56〕詩名應為〈早春呈水部張十八員外二首〉其二。《韓昌黎詩繫年集釋》，
　　　錢仲聯編，台北：學海出版社，中華民國74年1月初版，頁1257。

的心態與想法。

　　首句描寫京城的街道上，下著毛毛細雨，使得空氣濕潤如酥。第二句從遠處、近處觀賞春天長得最蓬勃的青草——遠觀時，春草一片碧綠，近看時，卻看不見了。接著詮釋，此時，正是一年中，最美的時刻，遠遠勝過暮春時，茂盛的楊柳在整個京城中隨風搖擺的景致。

　　韓愈之詩常為宋代大詩人們「奪胎換骨」所取法的對象，或「取其義」，如東坡〈鐵柱杖詩〉、山谷〈筇竹杖贊〉取韓愈〈赤藤杖〉詩義〔註57〕；或「取其語」，如東坡〈次韻李邦直感舊〉用韓愈〈送湖南李正字歸〉〔註58〕詩語；東坡〈滿庭芳〉詞用韓愈〈除官赴闕至江州寄鄂岳李大夫〉語義〔註59〕；荊公〈春日絕句〉用退之〈桃源圖詩〉詩語〔註60〕，東坡以韓愈〈聽穎師琴詩〉為〈水調歌頭〉詞〔註61〕；陳與義〈九日詞〉用韓愈〈淮西碑〉詩語〔註62〕；由上皆可見韓愈在宋朝的影響，由於此乃屬於「奪胎換骨」範疇，故本節從略。

四、白居易評論

　　白居易共有二卷專論，分別於《叢話》前集卷二十一的「香山居士」24 則，《叢話》後集卷十三「醉吟先生」22 則，兩卷共 46 則有關白居易的則數，其中胡仔的按語有 11 則〔註63〕，尚有其他散在其他卷帙之中的則數。

　　白居易在宋初影響宋代詩壇甚巨，《蔡寬夫詩話》云：

　　　國初沿襲五代之餘，士大夫皆宗白樂天詩，故王黃州主盟一
　　　時。……〔註64〕

〔註57〕《叢話》前集卷十八，頁 117。
〔註58〕《叢話》後集卷二十八，頁 211。
〔註59〕《叢話》前集卷四十，頁 275。
〔註60〕《叢話》前集卷三十五，頁 235。
〔註61〕《叢話》後集卷十，頁 70。
〔註62〕《叢話》後集卷三十四，頁 265。
〔註63〕《叢話》前集卷二十一有 4 則，《叢話》後集卷十三有 9 則。
〔註64〕《叢話》前集卷二十二，頁 144。

上則可見白居易在宋代初期的地位與影響。北宋首位宋詩歌的代表——王禹偁，即是「白體」平易詩風之闡釋與發揚者。

王安石曾經感嘆：

> 世間好語言，已被老杜道盡；世間俗言語，已被樂天道盡。
> 〔註65〕

亦可見杜甫、白居易在北宋時期的影響。

> 《冷齋夜話》云：「白樂天每作詩，令一老嫗解之，問曰：『解否？』嫗曰解，則錄之，不解，則又復易之。故唐末之詩，近於鄙俚。」又張文潛云：「世以樂天詩為得於容易而來，嘗於洛中一士人家見白公詩草數紙，點竄塗之，及其成篇，殆與初作不侔。」苕溪漁隱曰：「樂天詩雖涉淺近，不至盡如《冷齋》所云。余舊嘗於一小說中曾見此說，心不然之，惠洪乃取而載之《詩話》，是豈不思詩至於老嫗解，烏得成詩也哉？余故以文潛所言正其謬耳。」（《叢話》前集卷八「杜少陵」，頁50）

胡仔批評釋惠洪《冷齋夜話》取材不嚴謹，將小說道聽途說之語也載入詩話。認為白居易之詩就算「淺近」，也不至於連老太婆都能瞭解，如果淺近到連老太婆都能瞭解，這還算是一首詩嗎？說明了詩歌仍有其獨特的詩歌藝術。

> 苕溪漁隱曰：「古今聽琴阮琵琶箏瑟諸詩，昔欲寫其音聲節奏，類以景物故實狀之，大率一律，初無中的句互可移用，是豈真知音者。但其造語藻麗，為可喜耳。……『大弦嘈嘈如急雨，小弦切切如私語；嘈嘈切切錯雜彈，大珠小珠落玉盤。間關鶯語花底滑，幽咽泉流水下灘。』又『銀瓶乍破水漿迸，鐵騎突出刀鎗鳴。』此樂天聽琵琶詩也。……」（《叢話》前集卷十六「韓吏部上」，頁104）

〔註65〕《叢話》前集卷十四，引陳輔之《詩話》，頁9。

胡仔推崇白居易〈琵琶行〉「以景物故實狀之……造語藻麗」，以真實的景物形容抽象的樂聲，文字詞藻華麗，令人喜愛。並舉其中形容琵琶聲音的詩句；「大弦嘈嘈如急雨，小弦切切如私語」——最粗的弦，聲音喧響沈雄，如陣陣的急雨；最細的弦，聲音細切輕幽，如同竊竊私語。「嘈嘈切切錯雜彈，大珠小珠落玉盤。」而各種高低粗細的弦聲交錯彈奏出來，就如同是大珠、小珠流瀉在玉盤上一樣，發出鏘鏗的樂聲。「間關鶯語花底滑，幽咽泉流水下灘」有時弦聲宛轉，如同花下傳來美妙的鶯聲；有時弦聲凝窒不暢，就似冰下幽咽的流泉。

　　「銀瓶乍破水漿迸，鐵騎突出刀鎗鳴」，形容琵琶聲一下子爆發出清脆的強音，就如同銀瓶突然破裂，水漿一下子四處濺射一樣；也像鐵騎突然衝殺而出，刀槍齊鳴。

　　胡仔在《叢話》後集卷二特別舉出白居易以〈琵琶行〉名世〔註66〕，可見對此篇之喜愛見賞。

> 苕溪漁隱曰：「……大觀間，循道嘗宰績溪，績溪乃余桑梓之邦，因此傳錄，得趙循道詩多，大率體格全學白樂天，故句語皆平易。如『青燈影冷棋三戰，紅火爐溫酒一盃。』『四山來不斷，一水去無窮。』餘不及此者亦多。」（《叢話》前集卷五十二「趙循道」，頁358）

此則胡仔乃評論北宋趙企〔註67〕之詩，而論及白居易之詩風。趙企之詩「體格全學白樂天，故句語皆平易」。可見胡仔對「白居易體」之評語為「平易」。

> 苕溪漁隱曰：「『梨花一枝春帶雨』，『桃花亂落如紅雨』，『小

〔註66〕苕溪漁隱曰：「古今詩人，以詩名世者，或只一句，或只一聯，或只一篇，雖其餘別有好詩，不專在此，然播傳於後世，膾炙於人口者，終不出此矣，豈在多哉？……白樂天〈琵琶行〉：……凡此皆以一篇名世者，……」（《叢話》後集卷二，頁10～13）

〔註67〕趙企字循道，南陵（今安徽）。生卒年不詳。宋神宗時進士。大觀年間，為績溪（安徽）令。宣和初，通判台州。企事散見於《宋詩紀事》卷三八、《宋詩紀事小傳補正》卷二。《全宋詞》錄其詞二首。

院深沉杏花雨』,『黃梅時節家家雨』,（宋本、徐鈔本此句作
『梅子黃時雨』。）皆古今詩詞之警句也。……」(《叢話》後
集卷十二「醉吟先生」,頁97)

胡仔推崇白居易的「梨花一枝春帶雨」〔註68〕、李賀的「桃花亂落如
紅雨」〔註69〕、「小院深沉杏花雨」〔註70〕、趙師秀的「黃梅時節家家
雨」〔註71〕,都堪稱古往今來的警策佳句。

「梨花一枝春帶雨」乃白居易〈長恨歌〉中時詩句,此詩描寫唐
玄宗與楊貴妃的愛情,因為安祿山之亂,而造成佳人殞命馬嵬坡,相愛
的兩人從此生死兩隔,玄宗請來能致人魂魄的臨邛道士鴻都客,極力
地「上窮碧落下黃泉」尋找楊貴妃的魂魄。最後在虛無縹緲的海上仙
山,找到剛睡醒「雲鬢半偏新睡覺,花冠不整下堂來」的太真仙子,而
她卻因為寂寞含愁而淚流滿面——「玉容寂寞淚闌干」,以「梨花一枝
春帶雨」——彷彿是春天裡沾滿雨水的一枝梨花。來形容楊貴妃淚流
滿面楚楚可憐的形象,畫面既生動又惹人愛憐。

苕溪漁隱曰:「樂天有句云:『放眼看青山,任頭生白髮。』

〔註68〕白居易〈長恨歌〉「……楊家有女初長成,養在深閨人未識。天生麗質
難自棄,一朝選在君王側。回眸一笑百媚生,六宮粉黛無顏色。……
上窮碧落下黃泉,兩處茫茫皆不見。忽聞海上有仙山,山在虛無縹緲
間。……玉容寂寞淚闌干。梨花一枝春帶雨。含情凝睇謝君王,一別
音容兩渺茫。……在天願作比翼鳥,在地願為連理枝。天長地久有時
盡,此恨綿綿無絕期。」(《全唐詩》卷435_19,頁4818～4820)
〔註69〕李賀〈將進酒〉「琉璃鐘,琥珀濃,小槽酒滴真珠紅。烹龍砲鳳玉脂泣,
羅屏繡幕圍香風。吹龍笛,擊鼉鼓,皓齒歌,細腰舞。況是青春日將
暮,桃花亂落如紅雨。勸君終日酩酊醉,酒不到劉伶墳上土。」(《全
唐詩》卷393_41,頁4434)
〔註70〕未找到,不知何人。
〔註71〕宋·趙師秀〈有約〉「黃梅時節家家雨,青草池塘處處蛙。有約不來過
夜半,閒敲棋子落燈花。」良玉按:趙師秀(1170～1219),時代比胡
仔(1110～1170)略晚,故此處應是引賀鑄(1052～1125)「梅子黃時
雨」方是。〈青玉案〉「凌波不過橫塘路,但目送、芳塵去。錦瑟華年
誰與度?月台花榭,瑣窗朱戶,只有春知處。碧雲冉冉蘅皋暮,彩筆
新題斷腸句。試問閒愁都幾許?一川煙草,滿城風絮,梅子黃時雨。」
(《全宋詞》,頁513)

其超放如此。」(《叢話》後集卷十三「醉吟先生」,頁98)
胡仔評論白居易〈洛陽有愚叟〉詩句「放眼看青山,任頭生白髮。」呈
現出「超放」的情思。惜未有進一步的論述。全詩如下:

洛陽有愚叟,白黑無分別。浪跡雖似狂,謀身亦不拙。點檢
盤中飯,非精亦非糲。點檢身上衣,無餘亦無闕。天時方得
所,不寒復不熱。體氣正調和,不饑仍不渴。閑將酒壺出,
醉向人家歌。野食或烹鮮,寓眠多擁褐。抱琴榮啟樂,荷鍤
劉伶達。放眼看青山,任頭生白髮。不知天地內,更得幾年
活。從此到終身,盡為閑日月。〔註72〕

清趙翼《甌北詩話‧白香山詩》條,則推崇白居易此古詩,乃是
「連用疊調」的創體:

香山於古詩律詩中,又多創體,自成一格,如〈洛陽有愚叟〉
五古內:「檢點盤中飯,非精亦非糲。檢點身上衣,無餘亦無
闕。天時方得所,不寒又不熱。體氣正調和,不饑亦不
渴。」……連用疊調,此一體也。〔註73〕

個人以為,白居易此詩呈現出濃厚的老莊式逍遙、齊物的思想與
人生態度,對於生活所需的食品、衣物,僅求溫飽,不求錦衣玉食,只
祈求能過著「閑將酒壺出,醉向人家歌」的悠閒生活,因為「不知天地
內,更得幾年活?」所以,對人生表現曠達的思想,「放眼看青山,任
頭生白髮。」——放眼恣意地欣賞青山,至於頭上的白髮,就任由它自
由生長吧!煩惱也是於事無補。

苕溪漁隱曰:「……樂天所云『櫻桃樊素口,楊柳小蠻腰』,
但自吒其佳麗,塵俗哉!」(《叢話》後集卷二十九「東坡」,
頁214)

胡仔批評白居易「櫻桃樊素口,楊柳小蠻腰」,此兩句描寫他晚年在洛

〔註72〕白居易,〈洛陽有愚叟〉,《全唐詩》卷453_2,頁5121~5122。
〔註73〕趙翼,《甌北詩話》卷四,台北:木鐸出版社,中華民國71年4月初
版,頁39。

陽的家妓樊素的櫻桃小口，小蠻的纖纖細腰，胡仔認為白詩乃是炫耀他的家妓，讓人感到「塵俗」。

> 苕溪漁隱曰：「……樂天有云：『始知為客苦，不及在家貧。』……佳句也。」（《叢話》後集卷三十四「唐子西」，頁261）

胡仔推崇白居易〈客中守歲〉「始知為客苦，不及在家貧」為「佳句」，但未說明原因。全詩如下：

> 守歲樽無酒，思鄉淚滿巾。始知為客苦，不及在家貧。畏老偏驚節，防愁預惡春。故園今夜裏，應念未歸人。〔註74〕

此詩乃白居易身在異鄉，乃逢過年，自己一個人，孤獨地在異鄉守歲，雖然感受到身處異鄉的痛苦，卻覺得這實在比不上困在家中的貧困潦倒。個人以為，胡仔之所以認為白詩此聯為「佳句」，應是和胡仔自己切身的遭遇有關，胡仔「投閑二十載」〔註75〕、「蹭蹬銓選四十載」〔註76〕，困在家中的窮途潦倒，就不必多說了。

　　基本上，胡仔認為白居易的詩為「淺近」、「平易」，間有佳句，則主要是以其內容所表現的思想為評。

五、李商隱評論

　　《叢話》搜集李商隱詩文軼事，集中在《叢話》前集卷二十二「西崑體」有 16 則，其中有關李商隱者有 9 則，《叢話》後集卷十四「玉谿生」7 則，故總共 16 則有關李商隱之資料。此二卷中，胡仔按語有 3 則，〔註77〕但只有 1 則評論李商隱詩歌。尚有其他散置在其他卷帙之中的則數。

> 苕溪漁隱曰：「古今詩人，以詩名世者，或只一句，或只一聯，

〔註74〕白居易，〈客中守歲（在柳家莊）〉，《全唐詩》卷 436_91，頁 4840。
〔註75〕〈序漁隱詩評叢話後集〉，頁 1。
〔註76〕《叢話》後集備三十四，頁 264。
〔註77〕前集卷二十二有 1 則，與李商隱無關；後集卷十四有 2 則，1 則評論李商隱詩歌。

或只一篇,雖其餘別有好詩,不專在此,然播傳於後世,膾炙於人口者,終不出此矣,豈在多哉?……。『宣室求賢訪逐臣,賈生才調更無倫,可憐夜半虛前席,不問蒼生問鬼神。』此李商隱也。……凡此皆以一篇名世者……。」(《叢話》後集卷二「楚漢魏六朝下」,頁 10～12)

胡仔肯定李商隱的七言絕句〈賈生〉,膾炙於人口,播傳於後世。

賈誼(西元前 200～168),得年 33 歲。是西漢的政論家、文學家。洛陽人,從小博覽群書,以善寫文章聞名。政治上,他主張改曆法,易服色,定官名,興禮樂,主張重農抑商,積貯糧食。建議削弱諸侯王的勢力,加強中央集權,曾多次上疏治安之道,這些奏疏稱為〈治安策〉,提出強本節侈、重禮抑法、發展農業、嚴定長幼等觀點的政論。

李商隱此詩以四句來表達賈誼「懷才不遇」的不幸。西漢賢明的漢文帝在宣室中訪求賢士,而賈誼的才氣縱橫,無人能比。只可惜文帝興致勃勃和賈誼談論到深夜,甚至專注到不知不覺地將身體挪移前傾,結果詢問的卻不是國家民生的大計卻是有關鬼神之事。

此詩為賈誼深深喟嘆,生於明時,遭逢明帝,可是皇帝卻沒有採納他任何卓越的諸如〈治安策〉、〈過秦論〉之類的政論,讓賈誼的治國抱負未能施展,只能徒呼負負。此詩李商隱除了表現賈誼的「懷才不遇」之外,也慨嘆統治者徒有求賢之意,而未能真正地重用人材。

並非沒有遇到好的時代,也不是沒有碰到好的國君,也不是沒有機會獲得國君的賞識,但是漢文帝這種賞識之法,讓博學多聞的賈誼無能無力,也讓李商隱感到懷才不遇、報國無門的悲哀。

苕溪漁隱曰:「古今聽琴阮琵琶箏瑟諸詩,昔欲寫其音聲節奏,類以景物故實狀之,大率一律,初無中的句互可移用,是豈真知音者。但其造語藻麗,為可喜耳。……玉谿生〈錦瑟詩〉云:『莊生曉夢迷蝴蝶,望帝春心託杜鵑。滄海月明珠有淚,藍田日暖玉生煙。』此亦是以景物故實狀之……」(《叢話》前集卷十六「韓吏部上」,頁 103～104)

　　胡仔以為昔時聽各種樂器，卻以文字寫諸樂器的音聲節奏，並沒有能掌握事物重點的句子可以移用，故詩人多以景物故實來形容音聲節奏，如李商隱的〈錦瑟詩〉，其「造語藻麗」為可喜也。

　　此詩為李商隱晚年回顧一生而作。並引來元遺山〈論詩絕句〉有：「望帝春心託杜鵑，佳人錦瑟怨華年，詩家總愛西崑好，只恨無人作鄭箋。」之嘆！此詩有人以為悼亡，有人以為自傷，其實不管詩歌的背景，亦不妨礙歷代人們對此詩的愛好。此詩頷聯以戰國時代的莊周，在清晨時作了一場蝴蝶夢，醒來之後，尚兀自迷惘惆悵──是他莊周作夢變成了蝴蝶，還是蝴蝶作夢變成了莊周？而自己像蜀國的望帝杜宇一樣，死了之後，只能將所有哀怨的心事寄託在杜鵑鳥一聲聲的悲鳴聲中罷了。

　　頸聯則以一日、一夜，兩幅美麗的畫面呈現。明亮的月光，照在人海上，就像一粒粒晶瑩的淚珠。溫暖的陽光照射在藍田山上美麗的玉石，產生縷縷如夢似幻的輕煙。

　　個人以為此詩除了字面上讓人產生如夢似幻的美感之外，背後所蘊含的意義，也讓不同的人，有不同的解讀。明知人生如夢般的短暫，卻仍舊迷惘哀傷，許多不能說的秘密，只能藉著隱晦的詩歌，曲折地表達出來。而自己傷痛到不能自己的淚水，就如同大海上晶瑩的淚珠。那些美麗令人可憶的往事，則如煙似霧，消失無蹤了。全詩有濃濃的感傷情調，讓讀者也隨其文字而深陷其惆悵失落的愁緒。

　　胡仔將此詩當成以景物來描寫琴瑟之聲，可就大大誤會了。此詩只是藉著錦瑟起興，整首詩與描摹錦瑟的音樂聲毫無無關。而胡仔欣賞此詩，僅只於其文字的「藻麗」而已，似乎未能更進一步深刻瞭解其內涵。

　　　苕溪漁隱曰：「義山詩，楊大年諸公皆深喜之，然淺近者亦多，
　　　如〈華清宮詩〉云：『華清恩幸古無倫，猶恐蛾眉不勝人，未
　　　免被他褒女笑，只教天子暫蒙塵。』用事失體，在當時非所
　　　宜言也……義山又有〈馬嵬〉詩云：『如何四紀為天子，不及

盧家有莫愁。』〈渾河中詩〉云：『咸陽原上英雄骨，半是君
家養馬來。』如此等詩，庸非淺近乎！」（《叢話》後集卷十
四「玉谿生」，頁104～105）

此則胡仔批評李商隱詩「淺近者」亦多。並指出李商隱〈華清宮詩〉用
事失禮，非當時所宜言，而〈馬嵬〉詩、〈渾河中詩〉則是「淺近」。

　　此詩描寫唐玄宗的愛妃楊玉環在華清池所受至的恩寵，自古以
來，無人可比。驪山的溫泉水，每天滋潤著白嫩的肌膚，而她就只擔心
自己的美貌勝不過別人。歷史上，美人禍國殃民的，如周幽王的寵妃褒
姒使西周滅亡，而楊貴妃不過使唐玄宗倉惶奔蜀（天寶十四年，安史之
亂），蒙受風塵。不免要被褒姒所取笑了。

　　周幽王荒淫無道，為了博得褒姒一笑，不惜在驪山烽火戲諸侯，
終於亡國。而唐玄宗專寵楊貴妃，耽於聲色，不理朝政，導致安史之
亂。雖然周幽王與唐玄宗都是在驪山，為了女色而疏於政事，但比起周
幽王的亡國來說，唐玄宗算是幸運，只是愴惶奔蜀，忍受風霜之苦。最
後其子肅宗李亨即位，玄宗退居為太上皇而已。

　　此詩以反諷的方式，諷刺唐玄宗與楊貴妃，雖然李唐還不至於因
此而滅亡，無論如何，大唐天子為了女色而置天下蒼生於不顧，甚至搞
得自己灰頭土臉，都不是一件光采的事。

　　李商隱這種強而有力的政治諷刺詩，使得封建衛道人士們大大不
能接受，胡仔有濃厚的儒家「溫柔敦厚」的詩教觀念，故而批評李義山
「用事失體，在當時非所宜言也。」完全站在封建倫理的立場，認為做
為臣子的不該有批評皇帝的言論。但後人卻可以從李商隱此篇而深刻
感受到，唐朝作家言論自由的程度，到了令後人驚歎的地步。

　　〈馬嵬〉二首其二，全詩如下：

海外徒聞更九州，他生未卜此生休。空聞虎旅傳宵柝，無復
雞人報曉籌。此日六軍同駐馬，當時七夕笑牽牛。如何四紀
為天子，不及盧家有莫愁。

此詩以一今一昔，強烈對比的句法，諷刺唐玄宗與楊貴妃的愛情。寫得

並不「淺近」，但看在像胡仔這樣維護傳統「溫柔敦厚」詩教、維護封建皇帝尊嚴的儒士看來，就不是很能接受了。

李商隱〈渾河中〉全詩如下：

　　九廟無塵八馬回，奉天城壘長春苔。咸陽原上英雄骨，半向
　　君家養馬來。〔註78〕

李商隱此詩歌頌渾瑊的英勇奮戰，為國捐軀的精神，並寄寓了詩人對當時國無良將的感慨。

此詩背景乃唐德宗建中四年（783），朱泚叛亂，唐德宗逃奔到奉天（陝西乾縣），渾瑊率兵堅守孤城，次年，與李晟等收復京師，平定了朱泚之亂。前兩句言唐王朝的宗廟已平安無事，皇帝也乘著馬匹返回長安了。奉天城中的戰壘，也長滿了春天碧綠的苔蘚。表現渾瑊在奉天保衛的功績。

三四句言在咸陽一帶的原野上犧牲的英雄們，大多數是曾經在渾瑊家中服役過的人。此處用渾瑊家的養馬的僕役來凸顯渾瑊的英勇偉大，連養馬的僕役都變成了埋骨沙場的英雄，那麼他們的主人，就更不必說了。

胡仔引此詩三四句，而批評「淺近」，恐怕只知其一，未知其二，未能深一層瞭解此詩。

此處李商隱將渾瑊家的養馬的僕役比作漢武帝時養馬的金日磾〔註79〕，金日磾是少數民族，而渾瑊也是少數民族，《舊唐書》稱他「忠勤謹慎，功高不伐，時論方之金日磾。」〔註80〕而本詩中卻以渾瑊的部下比金日磾，乃是作者活用典故的例子〔註81〕。所以，此詩可謂非常

〔註78〕《全唐詩》卷539_28，頁6419。
〔註79〕《漢書・霍光金日磾傳》卷68（列傳38）云「金日磾本匈奴休屠王太子，武帝時歸漢，在黃門養馬，武帝看中他的篤慎忠心，提拔他為侍中。後以功封侯。」（《百衲本二十四史・漢書》，台灣：商務書局，中華民國70年1月台5版，頁853～855）
〔註80〕《新校本舊唐書》卷134（列傳84），楊家駱主編，台北：鼎文書局，中華民國70年元月初版，頁3710。
〔註81〕此處參考《李商隱詩選注》，陳永正，台北：遠世出版社，2003年台灣

貼切刻劃少數民族渾珹的英勇功績，未可以「淺近」等閒視之。

　　個人以為胡仔對李商隱的評論未免以偏蓋全，李商隱一生壯志未酬，遂將鬱鬱之氣化為不朽詩篇。其詩工麗，長於諷諭，善於用典，自成一格，諸「無題」詩，十、九皆為寄意之作。當時必有深隱而不能直陳者，故以冷僻之文字寄其難言之苦哀。金元遺山有「詩家總愛西崑好，只恨無人作鄭箋」之憾，而胡仔卻以為李商隱之詩「淺近者」亦多，略舉一、二並不是真正「淺近」實例，仔細看來，只是李商隱的政治諷刺詩歌，不能為主張「溫柔敦厚」詩觀，及保衛封建皇帝尊嚴的胡仔所接受罷了，故個人以為胡仔所評論李商隱詩的詩歌風格，頗為不公。

六、杜牧評論

　　《叢話》前集卷二十三「杜牧之」收有 13 則，《叢話》後集卷十五「杜牧之」共 13 則，但有關杜牧者只有 20 則〔註82〕杜牧相關資料。其中胡仔按語有 9 則〔註83〕。尚有散在其他卷帙的則數。

　　胡仔批評杜牧的詩歌，共有兩則，一貶一褒。

　　　　苕溪漁隱曰：「牧之於題詠，好異於人，如〈赤壁〉云：『東風不與周郎便，銅雀春深鎖二喬。』〈題商山四皓廟〉云：『南軍不袒左邊袖，四皓安劉是滅劉。』皆反說其事。至〈題烏江亭〉，則好異而叛於理，詩云：『勝負兵家不可期，包羞忍恥是男兒，江東子弟多才俊，捲土重來未可知。』項氏以八千人渡江，敗亡之餘，無一還者，其失人心為甚，誰肯復附之，其不能卷土重來決矣。」（《叢話》後集卷十五，頁 108）

此則胡仔批評杜牧的詠史詩三首──〈赤壁〉、〈題商山四皓廟〉、〈題

　　　　二版三刷，頁 146。

〔註82〕《叢話》前集卷二十三「杜牧之」13 則中有，4 則無關杜牧；《叢話》後集卷四十「杜牧之」13 則中有 2 則無關杜牧。

〔註83〕前集有 2 則，後集有 7 則。

烏江亭〉，反說其事，標新立異，「好異而叛於理」。

〈赤壁〉詩全詩如下：

> 折戟沈沙鐵未銷，自將磨洗認前朝。東風不與周郎便，銅雀
> 春深銷二喬。

此詩從沈埋在沙土裡的折斷了的鐵戟寫起，讓詩人的思緒穿越時光，回到六百多年前的赤壁之戰，於是發出「如果不是東風給周瑜方便，歷史恐伯改寫，美麗的大喬與小喬〔註84〕，恐怕要成為曹操的戰利品，而關在銅雀臺〔註85〕中」的喟歎。

歷代對於杜牧〈赤壁〉詩，肯定者有之，否定者亦有之。

否定者宋代除了胡仔之外，尚有許顗《彥周詩話》，清代則趙翼《甌北詩話》，清·孫濤《全唐詩話續編》則引胡仔此論於其詩論中。

> 杜牧作〈赤壁詩〉……意謂赤壁不能縱火，為曹公奪二喬置
> 之銅雀台上也。孫氏霸業，繫此一戰，社稷存亡，生靈塗炭
> 都不問，只恐捉了二喬，可見措大不識好惡。（許顗《彥周詩
> 話》）

> 杜牧之作詩，恐流於平弱，故措詞必拗峭，立意必奇辟，多
> 作翻案語，無一平正者。……如〈赤壁〉云：「東風不與周郎
> 便，銅雀春深鎖二喬。」〈題四皓廟〉云：「南軍不袒左邊袖，
> 四老安劉是滅劉。」〈題烏江亭〉云：「勝敗兵家事不期，包
> 羞忍恥是男兒。江東子弟多才俊，捲土重來未可知。」此皆
> 不度時勢，徒作異論，以炫人耳，其實非確論也。（清·趙翼
> 《甌北詩話》）〔註86〕

肯定者，則有清代賀裳《載酒園詩話》、賀貽孫《詩筏》、何文煥

〔註84〕橋玄的兩個女兒，後人將「橋」訛為「喬」。大喬嫁孫策，小喬嫁周瑜。

〔註85〕銅雀臺（今河北省臨漳縣西）為曹操所建。樓頂立有一丈五尺高的大銅雀，故名。曹操的姬妾歌妓均住其中。

〔註86〕趙翼，《甌北詩話》卷十一，台北：大鐸出版社，中華民國71年4月初版，頁163。

《歷代詩話考索》。

> 小杜〈赤壁〉詩，古今膾炙，漁隱獨稱好異。（賀裳《載酒園
> 詩話》）〔註87〕

> 彥周此語，足供揮麈一噱，但於作詩之旨，尚未夢見。牧之
> 此詩，蓋嘲赤壁之功，出於僥倖，若非天與東風之便，則周
> 郎不能縱火，城亡家破，二喬且將為俘，安能據有江東哉？
> 牧之詩意，即彥周伯業不成意，卻隱然不露，令彥周輩一班
> 淺人讀之，只從怕捉二喬上猜去，所以為妙。詩家最忌直敘，
> 若竟將彥周所謂社稷存亡，生靈塗炭，孫氏霸業不成等意，
> 在詩中道破，抑何淺而無味也！惟借「銅雀春深鎖二喬」說
> 來，便覺風華蘊藉，增人百感，此政是風人巧於立言處。彥
> 周蓋知其一，不知其二者也。（賀貽孫《詩筏》）〔註88〕

> 彥周誚〈赤壁〉詩「社稷存亡都不問，只恐捉了二喬，是措
> 大不識好惡。」夫詩人之詞微以婉，不同論言直遂也。牧之
> 之意，正謂幸而成功，幾乎家國不保。彥周未免錯會。（何文
> 煥《歷代詩話考索》）〔註89〕

宋代許顗《彥周詩話》譏杜牧這讀書人，「不識好惡」，竟然不顧生靈塗
炭，而只恐捉了二喬。清代趙翼《甌北詩話》亦認為杜牧詩「多作翻案
語，無一平正者」，並認為〈赤壁〉、〈題四皓廟〉、〈題烏江亭〉這幾首
詩，都是「不度時勢，徒作異論，以炫人耳」的詩歌，但並不是確實的
言論。

　　清代賀貽孫《詩筏》則譏許顗的淺薄無知，讀不出杜牧背後隱藏
的詩意，杜牧認為赤壁之戰，出於僥倖，並非全是周瑜之功，他只是因

〔註87〕《清詩話續編·載酒園詩話》，台北：藝文印書館，中華民國 74 年 9
　　　月初版，頁 254。
〔註88〕《清詩話續編·詩筏》，台北：藝文印書館，中華民國 74 年 9 月初版，
　　　頁 189～190。
〔註89〕何文煥，《歷代詩話考索》，收錄於《歷代詩話》，台北：漢京文化事業
　　　有限公司，中華民國 72 年 1 月初版，頁 816。

緣際會,如果當時沒有東南風相助,結果恐怕勝負大異。二喬被俘用以象徵東吳的霸業不成,讀來令人有風華蘊藉之感,是詩人巧於立言之處,但許顗卻看不懂!何文煥亦認為詩歌的手法是微婉的,不同於論文的直接陳述。

漢獻帝建安十三年(208)10月,赤壁(湖北蒲圻縣西北)一戰,造成了三國鼎立的局面。曹操北方戰士因不習水戰,誤用前來詐降的黃蓋所獻的苦肉計,用鐵鏈把船鑑連在一起,使船隻不晃動。而周瑜採用火攻的戰略,若是當時沒有及時的東南風來助勢,東吳想要贏得這一場,恐怕難上加難。故杜牧云「東風不與周郎便,銅雀春深鎖二喬」,如果這「東風不來」,則勝敗的結果恐怕易位,歷史也將改寫,最後可能的局面可能是二喬被幽禁在銅雀臺,成為曹操的戰利品。

個人以為,杜牧此詩只不過借他人酒杯,澆自己懷才不遇的塊壘罷了。杜牧〔註90〕所處的晚唐,內憂外患,內有宦官擅權,藩鎮割據,外有吐蕃、回鶻侵凌,杜牧雖有滿腹才華,卻難要展現他經世的志向。所以,此詩杜牧所想表達的不過是「時勢造英雄」的看法罷了,每個人所處的時代不同,際遇也不同,具備相同才華的人,卻往往有不同的人生機遇與下場,也從中寄託了自己懷才不遇的感慨!

杜牧〈題商山四皓廟〉,其全詩如下:

> 呂氏強梁嗣子柔,我於天性豈恩讎。南軍不袒左邊袖,四老
> 安劉是滅劉。〔註91〕

此詩提到呂氏個性的強勢,而太子個性柔弱沒有主張〔註92〕,並非漢高祖劉邦對於骨肉天性有什麼成見。如果南軍不願響應周勃的擁護劉

〔註90〕杜牧,字牧之,京兆萬年(陝西省西安市)人。生於唐德宗貞元十九年(803),卒於唐宣宗大中七年(853),得年五十一歲。

〔註91〕《全唐詩》卷523_106,頁5987~5988。

〔註92〕《史記·呂太后本紀》:「孝惠為人仁弱,高祖以為不類我,常欲廢太子立戚姬子如意……呂后為人剛毅,佐高祖定天下,所誅大臣,多呂后力。」(《史記會注考證》,日·瀧川龜太郎,台北:洪氏出版社,中華民國72年10月10日再版,頁183)

氏而袒露左臂，那麼商山四皓下山扶輔佐太子劉盈，原為想穩住劉家天下，實際卻是促使它更早滅亡！

歷代，眾人歌詠商山四皓——東園公、角里先生、綺里季、夏黃公四人，為避秦亂隱居於商山（陝西商縣東南）的高風亮節，並將漢代天下能正常運作歸功於四皓。但杜牧卻著眼於「繼承人」的重要，沒有好的繼承人，將陷王朝於危險之境。當時劉邦曾以太子柔弱而想更立趙王如意，呂后求助於張良〔註93〕，用張良之計請來商山四皓助陣，引起劉邦側目，而認為羽翼已成，終於取消更換太子的計劃。但是當時若非周勃等舊臣，剷除諸呂，劉氏的天下恐怕在柔弱的漢惠帝手中，很快就拱手讓人了，前有呂氏的姻親諸呂，後有皇后賈南風擅權，所以杜牧認為「南軍不袒左邊袖，四皓安劉是滅劉」，如果當時守衛未央宮的南軍，不支持太尉周勃「安劉誅呂」而袒左袖〔註94〕，那麼光是靠商山四皓，根本無法輔佐柔弱的漢惠帝劉盈，所以，杜牧認為：商山四皓的行為，表面上看起來是「安劉」，實際上卻是擁護一位不適任的太子，完全是「滅劉」的行為。

個人以為，以今日的眼光，來看一千多年前杜牧的看法，仍應予以擊掌肯定，國家的繼承人，確實需要選擇一個有能力的賢者，才能帶領全民走向一條康莊大道；反之，不適任的繼承人，所影響者不只是他個人一己而已，將會置全國百姓於危殆的處境，不可不慎。所以，個人很認同杜牧有此精準的歷史眼光。

至於杜牧的〈題烏江亭〉詩，嗟嘆曾經叱咤一時的西楚霸王項羽，

〔註93〕《史記‧留侯世家》「上欲廢太子，立戚夫人子趙王如意，⋯⋯呂后恐，不知所為⋯⋯使建成侯呂澤劫留侯⋯⋯彊要曰『為我畫計』⋯⋯（上）曰：『羽翼已成，難動矣。』⋯⋯」（《史記會注考證》，日‧瀧川龜太郎，台北：洪氏出版社，中華民國72年10月10日再版，頁808～809）

〔註94〕《史記‧呂太后本紀》：「帝使太尉（周勃）守北軍⋯⋯太尉將之，入軍門，行令軍中曰：『為呂氏右袒，為劉氏左袒！』軍中皆左袒為劉氏⋯⋯。」（《史記會注考證》，日‧瀧川龜太郎，台北：洪氏出版社，中華民國72年10月10日再版，頁190）

未能「包羞忍恥」，忍受人生的失敗挫折，準備再一次地「捲土重來」，卻選擇以壯烈的自刎的方式，結束自己寶貴生命，而感到嘆息。

胡仔評論杜牧的議論，喜歡與別人論點不同，背叛於常理，是「好異而叛於理」。胡仔認為：項羽既然帶領了八千江東弟子渡江打天下，失敗之後，沒剩下一兵一卒，可說完全辜負江東父老的託負期望，完全失去人心，有誰肯再追隨他而「捲土重來」呢？

對於項羽是否該「捲土重來」，其實每個人有自己的觀點。如王安石的〈烏江亭〉就認為江東子弟是不願再跟隨項羽征戰了，李清照的〈夏日絕句〉則推崇項羽無論是生是死，都充滿英雄氣慨：

> 百戰疲勞壯士哀，中原一敗勢難回。江東子弟今雖在，肯與君王捲土來？（〈烏江亭〉）〔註95〕

> 生當作人傑，死亦為鬼雄。至今思項羽，不肯過江東。（〈夏日絕句〉）〔註96〕

王安石認為就算江南子弟就算還活著，是否還肯追隨項羽「捲土重來」，令人質疑？李清照則是推崇項羽不肯渡過江東的英雄氣慨，不愧為人中之傑，鬼中之雄。

本來，每個人的個性氣質不同，背景不同，想法不同，雖然不是每個人都讚同杜牧的議論，但杜牧生活在唐朝末年的封閉時代中，能有自己獨特的思考與看法，殊屬難得，應予以肯定。

> 苕溪漁隱曰：「〈宮詞〉云：『監宮引出暫開門，隨例雖朝不是恩，銀鑰卻收金鎖合，月明花落又黃昏。』此絕句極佳，意在言外，而幽怨之情自見，不待明言之也。詩貴夫如此，若使人一覽而意盡，亦何足道哉。」（《叢話》後集卷十五，頁109）

〔註95〕《王文公文集》卷67，上海：人民出版社，1974年9月第一版，頁718～719。

〔註96〕《李清照集》，台北：河洛出版社，中華民國64年3月初版，頁65～66。

此則胡仔推崇杜牧〈宮詞〉〔註97〕絕句極佳，主要是符合傳統「意在言外，而幽怨之情自見。」的含蓄詩觀。

此詩描述太監暫時引領嬪妃們走出宮門，但這只是按照慣例朝拜皇帝，並不是什麼恩寵，等待儀式一結束，銀鑰一抽，金鎖仍舊緊緊鎖住這群妙齡的美少女，任憑她們在日昇月落、花開花落的無情歲月之中，送走一個又一個的黃昏（也莽送她們無言的青春）。

杜牧此詩雖然只是單純敘述嬪妃深宮的生活，不發一言議論，但對深宮中眾多嬪妃們悲苦不幸的一生，寄予了深深的同情，也對為取悅皇帝一人而造成這種不合理的制度，進行了嚴厲的批判。

唐代重要詩人評論小結

（一）「句豪無理」評李白

胡仔欣賞李白的絕句，〈夏日山中詩〉「脫巾掛石壁，露頂洒松風。」呈現出讓人「清涼」的舒暢感受。

讚美李白的古詩，〈望廬山瀑布水〉其一「海風吹不斷，江月照還空。」以為「磊落清壯，語簡而意盡」。

但胡仔不太能接受李白詩歌用「通感」、「誇飾」的修辭法。批評李白用「通感」修辭法所寫的〈宮中行樂詞〉「梨花白雪香」的描寫有語病，因為胡仔認為梨花無香，奈何言香，犯了「不當於理」的詩病。批評李白〈北風行〉「燕山雪花大如席」、〈秋浦歌〉「白髮三千丈」等用誇飾的手法描寫燕山的大雪花、滿頭又白又長的愁緒，批評「句可謂豪矣，奈無此理何？」。胡仔的批評在理性思維與文學想像之間，劃下一道鴻溝。

（二）「善於用事」評王維

胡仔推崇王維的田園詩，「令人坐想輞川春日之勝，此老傲睨閑適於其間」，呈現田園畫面與閒適，如〈田園樂〉其六：「桃紅復含宿

〔註97〕良玉按：此詩詩名〈宮祠〉，收錄於《全唐詩》卷 524_42，此為〈宮祠〉二首之二，頁 5997。

雨，柳綠更帶朝煙。花落家童未掃，鳥啼山客猶眠。」那種詩中有畫，充滿田園風光與悠閒的詩篇。

推崇王維詩歌「善於用事」。如〈九日憶東山兄弟〉、〈山中送別詩〉。

〈九日憶東山兄弟〉用的雖是重陽節的典故，卻善於投入自己人在異鄉面對佳節的情感，想像在家鄉中的兄弟登高望遠，卻少了自己的畫面——「遙知兄弟登高處，遍插茱萸少一人。」呈現出屬於當下自己情感心境的主題，可謂善於用事。

王維〈山中送別詩〉「春草年年綠，王孫歸不歸？」反用《楚詞·招隱士》「王孫遊兮不歸，春草生兮萋萋」中的詩句與詩意，來表達自己期待朋友明年春天青草再綠的時候，能再次前來把酒談心，詩意含蓄而餘味不盡，為「善於用事」。

推崇王維〈和賈舍人早朝大明宮之作〉詩「佳絕」。此詩通過上朝前、上朝時，朝罷，三個階段，寫群臣至大明宮拜見皇帝，呈現盛唐早朝的莊嚴氣氛和威儀氣勢。

讚美王維〈敕賜百官櫻桃〉詩「歸鞍競帶青絲籠，中使頻傾赤玉盤。」不僅反映出唐朝皇帝在四月賜百官櫻桃的常制，且表現出「渾成」的風格。

但胡仔對於王維歷受肯定的名句「漠漠水田飛白鷺，陰陰夏木轉黃鸝」（〈積雨輞川莊作〉），卻頗不以為然，認為乃是竊自李嘉祐「水田飛白鷺，夏木囀黃鸝」的詩句。

（三）「閑遠有味」評韓愈

胡仔推崇韓愈〈聽穎師琴〉「呢呢兒女語，恩怨相爾汝。劃然變軒昂，勇士赴敵場。浮雲柳絮無根蒂，天地闊遠隨飛揚。喧啾百鳥群，忽見孤鳳凰。躋攀分寸不可上，失勢一落千丈強。」用一連串形象化的比偷，賦予抽象的音樂以形象化地摹寫，用以喚起讀者對樂聲的想像，且其「造語藻麗」令人喜愛。

胡仔欣賞韓愈〈遊青龍寺贈崔大補闕〉詩「何人有酒身無事，誰家多竹門可款」，呈現出「閑遠有味」的情致。

對於韓愈被人指為有「重疊用韻」疵病的，如〈雙鳥詩〉押兩「頭」字、〈李花詩〉押兩「花」字、〈讀皇甫湜公安園池詩書其後〉二首其二押兩「閑」字，胡仔則提出以「詩意」為優先考量，為其辯駁云：「（韓愈）好重疊用韻，以盡己之詩意，不恤其為病」。

但胡仔對於韓愈〈和水部張員外宣政衙賜百官櫻桃詩〉「香隨翠籠擎初到，色映銀盤瀉未停。」這種修辭上移視覺為嗅覺的「通感」的手法，則無法接受，認為櫻桃無香卻言香，對是詩病。

胡仔對於韓愈晚年作品，頗為欣賞，如〈早春〉詩——「天街小雨潤如酥，草色遙看近卻無。最是一年春好處，絕勝煙柳滿皇都。」描繪早春的蓬勃的生意，筆法自然，生意盎然。胡仔評論此詩「曲盡其妙」。

（四）「平易淺近」評白居易

胡仔推崇白居易〈琵琶行〉「大弦嘈嘈如急雨，小弦切切如私語；嘈嘈切切錯雜彈，大珠小珠落玉盤。間關鶯語花底，幽咽泉流水下灘。……銀瓶乍破水漿迸，鐵騎突出刀鎗鳴。」能以真實的景物形容抽象的琵琶樂聲，且其「造語藻麗」——文字詞藻華麗，令人喜愛。

讚美白居易〈長恨歌〉「梨花一枝春帶雨」，以春天裡沾滿雨水的梨花，形容楊貴妃淚流滿面楚楚可憐的形象，堪稱「古今詩詞之警句」。

但批評白居易描寫其晚年洛陽的家妓——「櫻桃樊素口，楊柳小蠻腰」，炫耀他的家妓櫻桃小口、纖纖細腰，讓人感到「塵俗」。

胡仔對於「白居易體」之評論為「平易」、「淺近」，讚賞白居易〈洛陽有愚叟〉「放眼看青山，任頭生白髮。」的「超放」，與〈客中守歲〉詩「始知為客苦，不及在家貧」為「佳句」，皆是以其詩中所表達的思想為評。

（五）「淺近失體」評李商隱

胡仔肯定李商隱的〈賈生〉詩：「宣室求賢訪逐臣，賈生才調更無倫，可憐夜半虛前席，不問蒼生問鬼神。」乃是膾炙於人口，播傳於後世的佳作。

欣賞李商隱的〈錦瑟詩〉「莊生曉夢迷蝴蝶，望帝春心託杜鵑。滄海月明珠有淚，藍田日暖玉生煙。」的「造語藻麗」，為可喜也。

批評李商隱諷刺時事的咏史詩，「用事失體，非當時所宜言」，如〈清華宮詩〉「華清恩幸古無倫，猶恐蛾眉不勝人，未免被他褒女笑，只教天子暫蒙塵。」

李商隱的詩歌，一向被詩評家們指讀晦澀難解，但胡仔卻譏評李商隱詩「淺近」者亦多，如李商隱〈馬嵬〉、〈渾河中〉詩。

〈馬嵬〉詩「如何四紀為天子，不及盧家有莫愁。」諷刺唐玄宗當了四十幾年的皇帝，卻無法保護自己身邊弱女子。〈渾河中詩〉「咸陽原上英雄骨，半向君家養馬來」歌詠渾瑊對唐朝的軍功，以渾瑊家的養馬的僕役都成了埋骨沙場的英雄，來凸顯渾瑊的英勇偉大。二詩皆因內容不符封建倫理，被胡仔目為「淺近」之作。

（六）「好異叛理」評杜牧

胡仔對杜牧向來很受讚賞的咏史詩〈赤壁〉「東風不與周郎便，銅雀春深鎖二喬」、〈題烏江亭〉「江東子弟多才俊，捲土重來未可知」，持論與一般人不同，認為乃杜牧「好異而叛於理」，標新立異之作。

對於杜牧不太受注視的〈宮詞〉詩「監宮引出暫開門，隨例雖朝不是恩，銀鑰卻收金鎖合，月明花落又黃昏。」卻極肯定，認為詩意「極佳，意在言外，而幽怨之情自見」。符合詩歌含蓄的特質。

第三節　論宋代重要詩人

胡仔《叢話》前、後集一百卷，宋朝就佔了五十八卷〔註98〕。由

〔註98〕《苕溪漁隱叢話》前集有三十六卷，包括兩卷六一居士、一卷梅聖俞、

此比例可見，胡仔的《叢話》偏重在有宋一朝的詩學成就，尤其是他身所處的北宋及南宋初期。

宋朝的五十八卷中，單列的名家只有六家：歐陽脩三卷、梅聖俞一卷、王安石四卷、東坡十四卷、山谷五卷、秦少游一卷，其餘為合卷。

《叢話》前後集中，所論及的宋代作家獨多，除了以上所說的大家之外，尚有張耒（文潛）、晁補之（無咎）、陳師道（履常、無己、後山）、呂本中（居仁）、蘇舜卿（子美）、韓駒（子蒼）、唐庚（子西）、陳與義（去非、簡齋）、蘇轍（子由）、蘇過（叔黨）、王禹偁（元之）、宋祁（子京）、韓琦（稚圭）、范仲淹（希文、文正）、王安國（平甫）、王安中（初寮）、寇準、包拯、林逋（和靖）、蔡肇（天啟）、郭祥正（功甫）、謝逸（無逸）、謝邁（幼槃）、蘇庠（養直）、張元幹（仲宗）、賀鑄（方回）、秦湛（處度）、周邦彥（美成）、趙令畤（德麟）、徐俯（師川）、蔡確（持正）、李清照（易安）、丁謂（謂之）、蔡襄（君謨）、杜衍（正獻）、楊傑（次公）、鄭獬（毅夫）、李建中（西臺）、陳克（子高）、蔡京（元長）、王以寧（周士）、宋大觀、石敏若、王安中之父、汪藻（彥章）、司馬槱（才仲）、晁端禮（次膺）、朱敦儒（希真）、曹組（元寵）、花蕊夫人、徐積、郭忠恕等。僧道則有：洪覺範（釋惠洪）、雪竇顯禪師、福州僧、參寥、政黃牛、呂洞賓、癩可等。

還有一些名不見經傳的詩人，如胡宿（武平）、趙企、左都、鄭子覃、劉義、聶崇義、陳亞、呂擴、謝暉、董武子、徐伸、孫覿、趙承之、孫平父、廣漢營妓僧兒等。

由上可見《叢話》所列的名家總共十一家，六朝以前只有陶潛，唐朝只有杜甫、李白、韓愈、白居易四人，宋朝則是對宋詩有開創之功

四卷半山老人、九卷東坡、三卷山谷、一卷秦少游、四卷歷代僧道神仙、一卷長短句、一卷麗人雜記、其他宋人合集十卷。《苕溪漁隱叢話》後集有二十二卷，包括一卷六一居士、五卷東坡、兩卷山谷、兩卷歷代僧道神仙、一卷長短句、一卷麗人雜記、其人宋人合集十卷。

　　的歐陽脩與梅聖俞，拓展之功的王安石、東坡、山谷、秦少游。

　　由於卷帙繁浩，故本節僅取《叢話》中論述較多，對宋詩較有影響的五人——歐陽脩、王安石、蘇軾、黃庭堅、秦觀。

一、歐陽脩評論

　　胡仔對歐陽脩的評論卷數，分別是《叢話》前集卷二十九、三十的「六一居士」共38則〔註99〕，《叢話》後集卷二十三的「六一居士」31則。共有三卷69則。胡仔按語有18則〔註100〕。尚有散在其他卷帙之則數。

　　　　苕溪漁隱曰：「《石林詩話》云：『歐公一日被酒，語其子棐云：
　　　　吾詩〈廬山高〉，今人莫能為，惟李太白能之；〈明妃曲〉後
　　　　篇，太白不能為，惟杜子美能之；至於前篇，則子美亦不能，
　　　　惟吾能之也。』近觀《本朝名臣傳》，乃云：『歐陽修為詩，
　　　　謂人曰：〈廬山高〉惟韓愈可及；〈琵琶前引〉，韓愈不可及，
　　　　杜甫可及；〈後引〉，李白可及，杜甫不可及。其自負如此。』
　　　　則與《石林》所紀全不同。〈琵琶引〉即〈明妃曲〉也。此三
　　　　詩並錄於此。〈廬山高贈同年劉凝之歸南康〉，其詩云：『廬山
　　　　高哉幾千仞兮，根盤幾百里，巀然屹立乎長江。長江西來走
　　　　其下，是為揚瀾左蠡兮，洪濤巨浪，日夕相舂撞。雲消風止
　　　　水鏡淨，泊舟登岸而遠望兮，上摩雲霄之晻靄，下壓后土之
　　　　鴻龐。試往造乎其間兮，攀緣石磴窺空碭，千岩萬壑響松檜，
　　　　懸崖巨石飛流淙，水聲聒聒亂人耳，六月飛雪洒石矼。仙翁
　　　　釋子亦往往而逢兮，吾常惡其學幻而言吰。但見丹霞翠壁，
　　　　遠近映樓閣，晨鐘暮鼓，杳靄羅旛幢。幽花野草不知其名兮，
　　　　風吹露濕香澗谷，時有白鶴飛來雙。幽尋遠去不可極，欲絕

〔註99〕　《叢話》前集卷二十九有22則，《叢話》前集卷三十有16則。
〔註100〕　《叢話》前集卷二十九有7則，《叢話》前複卷三十有4則，《叢話》
　　　　　後集卷二十三有7則。但針對歐陽脩的評論，卷二十九只有2則、三
　　　　　十有1則、後集有4則，總共7則。

—247—

世遺紛厖。羨君買田築室老其下，插秧盈疇兮，釀酒盈缸。欲令浮嵐暖翠千萬狀，坐臥常對乎軒窗。君懷磊砢有至寶，世俗不辨珉與玒。策名為吏二十載，青衫白首困一邦，寵榮聲利不可以苟屈兮，自非青雲白石有深趣，其氣兀硉何由降。丈夫壯節似君少，嗟我欲說，安得巨筆如長杠。』〈明妃曲和王介甫作〉，其一云：『胡人以鞍馬為家，射獵為俗，泉甘草美無常處，鳥驚獸駭爭馳逐。誰將漢女嫁胡兒，風沙無情貌如玉，身行不過中國人，馬上自作思歸曲。推手為琵卻手琶，胡人共聽亦咨嗟。玉顏流落死天涯，琵琶卻傳來漢家。漢宮爭按新聲譜，遺恨已深聲更苦。纖纖女手生洞房，學得琵琶不下堂，不識黃雲出塞路，豈知此聲能斷腸。』其二云：『漢宮有佳人，天子初未識，一朝隨漢使，遠嫁單于國。絕色天下無，一失難再得，雖能殺畫工，于事竟何益。耳目所及尚如此，萬里安能制夷狄？漢計誠已拙，女色難自誇，明妃去時淚，灑向枝上花。狂風日暮起，飄泊落誰家。紅顏勝人多薄命，莫怨春風當自嗟。』余觀介甫〈明妃曲〉二首，辭格超逸，誠不下永叔，……」（《叢話》後集卷二十三「六一居士」，頁 166～167）

以上胡仔所引《石林詩話》與《本朝名臣傳》所記歐陽脩〈廬山高〉、〈明妃曲〉後篇、〈明妃曲〉前篇的排序與自比前人，容或不同，但是以李白、杜甫、韓愈等他最尊崇的唐詩人相比較，亦可見歐陽脩對此三詩的自負程度了。

〈廬山高〉是歐陽脩於皇佑五年（1053）（47 歲），送母歸葬故鄉江西永豐縣後，返職途中，登遊廬山，並拜訪因不滿當時官場渾濁，辭官而隱居於陶潛故里（今星子縣）的好友劉凝之（中允）而作。劉凝之在鄱陽湖畔的落星灣建築草廬，購置了些薄地在三峽澗邊，親自灌園澆菜，閒時引吭高歌，吟誦陶詩，怡然自樂。歐陽修有感於劉凝之高山一樣的節操，於是寫下了此首他自名得意的詩篇。

〈廬山高〉一詩前半敘述廬山周圍的山勢、廬山瀑布、及在廬山隨處可見的寺廟的旗幟、隱居山中的仙翁釋子……等。後半則是推崇好友劉凝之能急流勇退，過著躬耕自足的生活。此詩可以很明顯地看出宋詩「以文為詩」、「以詩議論」的特色。

〈明妃曲〉二首乃歐陽脩為了和王安石所作的〈明妃曲〉〔註101〕而作的作品。此二詩可看出典型「以文為詩」、「以詩議論」的宋詩特色。前篇以七言為主，間雜一句四言。首起敘胡漢風俗習慣之異，點出明妃的悲哀，王昭君以琵琶寄託自己悲傷委曲的心曲，連異地的胡人，聽了都能體會曲中所傳達的感作，但傳回漢地，卻很諷刺地被當作「新聲譜」而爭相學習，王昭君藉琵琶所寄託的遺恨與苦聲，對於這些完全沒有出過塞的人來說，簡直是對牛彈琴，由此更顯示出昭君孤立無依，不被瞭解的悲哀。

後篇以五言為主，間雜四句七言，而七言卻正是全詩中最警策的詩句。「耳目所及尚如此，萬里安能制夷狄？」連近在眼前的美色都能被隱瞞了，更何況是遠在千里之外的夷狄？議論深刻，令人深思。最後只能消極地道出像王昭君這樣的美女，從來都是「紅顏勝人多薄命」，所以也只能「莫怨春風當自嗟」，只能自嗟薄命罷了。此詩一樣發揮宋詩「以文為詩」、「以詩議論」的特色。

　　苕溪漁隱曰：「六一居士守汝陰日，因雪會客賦詩，詩中玉、月、梨、梅、練、絮、白、舞、鵝、鶴、銀等事，皆請勿用。詩曰：『新陽力微初破萼，客陰用壯猶相薄。朝寒稜稜風莫犯，暮雪綏綏止還作。驅馳風雲初慘澹，炫晃山川漸開廓。光芒可愛初日照，潤澤終為和氣爍。美人高堂晨起驚，幽士虛窗靜聞落。酒壚成徑集蚌蠔，獵騎尋蹤得狐狢。龍蛇掃起斷復續，猊虎圍成呀且攫。共貪終歲飽麰麥，豈恤空林饑鳥雀。沙墀朝賀迷象笏，桑野行歌沒芒屩。乃知一雪萬人喜，顧我

〔註101〕王安石於仁宗嘉祐四年（1059）作〈明妃曲〉二首，歐陽脩、司馬光皆有和作。

不飲胡為樂。坐看天地絕氛埃，使我胸襟如洗瀹。脫遺前言
笑塵雜，搜索萬象窺冥漠。潁雖陋邦文士眾，巨筆人人把矛
槊。自非我為發其端，凍口何由開一噱？」其後，東坡居士
出守汝陰，禱雨張龍公祠，得小雪，與客會飲聚星堂，忽憶
歐陽文忠公作守時，雪中約客賦詩，禁體物語，於艱難中特
出奇麗，爾來四十餘年，莫有繼者。……二公賦詩之後，未
有繼之者，豈非難措筆乎？」(《叢話》前集卷二十九「六一
居士」，頁 202～203)

此則胡仔推崇歐陽脩的〈雪〉詩〔註102〕「禁體物語」，禁止形容雪花的
玉、月、梨、梅、練、絮、白、舞、鵝、鶴、銀等陳言，必須自創新語
新意，「於艱難中特出奇麗」，使一般人難於措筆。

　　此詩乃皇祐二年（105），歐陽脩在潁州任上，雪中宴客時所作。
題下注：「玉、月、梨、梅、練、絮、白、舞、鵝、鶴、銀等事，皆請
勿用。」因為禁用陳言，須自出新意，所以令諸賓客難以下筆。直到四
十多年後，才有東坡繼起的作品。

　　歐陽脩此雪詩，力求擺脫陳言，「脫遺前言笑塵雜」一概不用前人
吟雪的塵俗蕪雜的陳言，只好「搜索萬象窺冥漠」，在幽深廣漠的萬象
中冥思苦索。

　　此詩一開始即極力刻畫春寒下雪的景致，繼而分寫初雪「驅馳風
雲初慘澹」、雪盛「炫晃山川漸開廓」、雪晴「光芒可愛初日照」、雪融
「潤澤終為和氣爍」的景況。繼而分寫美人、幽士、酒客、獵戶，不
同的人面對雪景的不同反應與活動。其次描繪雪後情景：雪後道路像
龍蛇一樣彎彎曲曲——「龍蛇掃起斷復續」，庭院中有人已堆出張牙
舞爪，模樣凶惡的獅子、老虎的模樣——「猊虎圍成呀且攫」。……上
朝賀雪的官員、田野散步的農夫，大家都為這一場瑞雪而歡欣——
「一雪萬人喜」。最後述敘寫作此詩的緣由，也算是雪後文人對雪景所

────────────

〔註102〕《歐陽修全集・居士外集》（一），台北：河洛圖書出版社，中華民國
　　　　64 年 3 月初版，頁 206。

作的活動。

　　此詩亦不免「以文為詩」、「以詩議論」的宋詩特色，又文字奇倔，頗有韓愈奇險之風。

　　　　苕溪漁隱曰：「古今聽琴阮琵琶箏瑟諸詩，昔欲寫其音聲節
　　　　奏，類以景物故實狀之，大率一律，初無中的句互可移用，
　　　　是豈真知音者。但其造語藻麗，為可喜耳。……『孤禽曉警
　　　　秋野露，空澗夜落春巖泉』，又『經緯文章合，調和雌雄鳴。
　　　　颯颯驟風雨，隆隆隱雷霆。無射變凜冽，黃鍾催發生。詠歌
　　　　文王《雅》，怨刺《離騷》《經》。二《典》意澹薄，三《盤》
　　　　語」爭。』此永叔聽琴詩也。……『春風和暖百鳥語，磽确
　　　　山路行人行。啄木飛從何處來？花間葉底時丁丁。林空山靜
　　　　啄愈響，行人舉頭飛鳥驚。』此永叔聽琵琶詩也。……『綿
　　　　蠻[口間]囀花間舌，嗚咽交流冰下泉。』此永叔聽箏詩也。……」
　　　　（《叢話》前集卷十六「韓吏部上」，頁 104）

此則胡仔推崇歐陽脩聽琴詩、聽琵琶詩、聽箏詩，以景物來形容樂器的聲音節奏，而其「造語藻麗」。並舉其兩首聽琴：

　　　　孤禽曉警秋野露，空澗夜落春巖泉。（〈送琴僧知白〉）〔註103〕

　　　　經緯文章合，調和雌雄鳴。颯颯驟風雨，隆隆隱雷霆。無射
　　　　亦凜冽，黃鍾催發生。詠歌文王《雅》，怨刺《離騷》《經》。
　　　　二《典》意澹薄，三《盤》語丁寧。（〈江山彈琴〉）〔註104〕

〔註103〕《歐陽修全集·居士外集》（一）〈送琴僧知白〉：「吾聞夷中琴已久，
　　　　常恐老死無其傳。夷中未識不得見，豈謂今逢知白彈。遺音彷彿尚可
　　　　愛，何況之子傳其全。孤禽曉警秋野露，空澗夜落春巖泉。二年遷謫
　　　　寫三峽，江流無底山侵天。登臨探賞久不厭，每欲圖畫存於前。豈知
　　　　山高水深意，久以寫此朱絲弦。酒酣耳熱神氣王，聽之為子心蕭然。
　　　　崇陽山高雪三尺，有客擁鼻吟苦寒。負琴北走乞其贈，持我此句為之
　　　　先。」（頁 196～197）
〔註104〕《歐陽修全集·居士外集》（一）〈江上彈琴〉：「江水深無聲，江雲夜
　　　　不明。抱琴舟上彈，棲鳥林中驚。遊魚為跳躍，山風助清泠。境寂聽
　　　　愈真，弦舒心已平。用茲有道器，寄此無景情。經緯文章合，調和雌

前首琴詩用比喻的手法來形容琴聲就像孤禽在秋天郊野的哀鳴，也像
春天夜裡山澗間傳來琮琮的流泉聲。

　　後首琴詩形容琴聲就如同文采斐然的文章，雌、雄鳥和鳴的樂
聲。也像「颯颯」的風聲，「隆隆」的雷電之聲，用大自然的鳥聲、風
聲、雷電之聲來比喻琴音。

　　聽琵琶詩如：

　　　春風和暖百鳥語，磽确山路行人行。啄木飛從何處來？花間
　　　葉底時丁丁。林空山靜啄愈響，行人舉頭飛鳥驚。（〈於劉功
　　　曹家見楊直講女奴彈琵琶戲作呈聖俞〉）〔註105〕

形容琵琶聲猶如暖和的春風中傳來百鳥的鳴叫聲，也像人們走在多石
而堅硬的道路上所發出的聲音。猶如啄木鳥在在幽靜空曠的樹林中、
花間葉底，發出丁丁的聲響，直到人們擡頭，牠才驚飛高走。

　　聽箏詩如：

　　　綿蠻巧囀花間舌，嗚咽交流冰下泉。（〈李留後家聞箏坐上
　　　作〉）〔註106〕

　　　雄鳴颯颯驟風雨，隆隆隱雷霆。無射變凜冽，黃鐘催發生。詠歌文王
　　　雅，怨刺離騷經。三典意淡薄，三盤語丁寧。琴聲無可狀，琴意誰可
　　　聽？」（台北：河洛圖書出版社，中華民國64年3月初版，頁185～
　　　186）

〔註105〕《歐陽修全集·居士集》（一）〈於劉功曹家見楊直講女奴彈琵琶戲作
　　　呈聖俞〉：「大弦聲遲小弦促，十歲嬌兒彈啄木。啄木不啄新生枝，惟
　　　啄槎牙枯樹腹。花繁蔽日鎖空園，樹老參天杳深谷。不見啄木鳥，但
　　　聞啄木聲。春風和暖百鳥語，山路磽确行人行。啄木飛從何處來，花
　　　間葉底時丁丁。林空山靜啄愈響。行人舉頭飛鳥驚。嬌兒身小指撥
　　　硬，功曹廳冷弦索鳴。繁聲急節傾四坐，為爾飲盡黃金觥。楊君好雅
　　　心不俗，太學官卑飯脫粟。嬌兒兩幅青布裙，三腳木床坐調曲。奇
　　　書古畫不論價，盛以錦囊裝玉軸。披圖掩卷有時倦，臥聽琵琶仰看
　　　屋。客來呼兒旋梳洗，滿額花鈿貼黃菊。雖然可愛眉目秀，無奈長讒
　　　頭頸縮。宛陵詩翁勿誚渠，人生自足乃為娛，此兒此曲翁家無。」（頁
　　　49）

〔註106〕《歐陽修全集·居士集》（一）〈李留後家聞箏坐上作〉余少時，嘗聞
　　　一鈞容老樂工箏聲，與時人所彈絕異，云是前朝教坊舊聲，其後不復
　　　聞。至此始復一聞也。「不聽哀箏二十年，忽迎纖指弄鳴弦。綿蠻巧

形容箏音猶如黃鶯在花下傳來婉轉巧妙的歌聲，亦似冰下流泉發出低沈嗚咽聲。

　　胡仔另外推崇歐陽脩「獨創」的詩作，無論是內容的思新語奇，或形式上的拗折詩句。

　　　　苕溪漁隱曰：「歐公作詩，蓋欲自出胸臆，不肯蹈襲前人，亦其才高，故不見牽強之跡耳。如〈六月十四夜飛蓋橋玩月〉云：『天形積輕清，水德本虛靜，雲收風浪止，始見天水性，澄光與粹容，上下相涵映。乃于其兩間，皎皎挂寒鏡，餘輝所照耀，萬物皆鮮瑩。矧夫人之靈，豈不醒視聽。而我于此時，愉然飛孤詠，紛昏忻洗滌，俯仰恣涵泳。人心曠而閑，月色高愈迥，惟恐清夜闌，時時瞻斗柄。』」（《叢話》後集卷二十三「六一居士」，頁 168）

推崇歐陽脩〈六月十四夜飛蓋橋玩月〉〔註107〕詩，自出胸臆，不肯蹈襲前人，最主要乃因為歐陽脩的才氣高，所以絲毫未見此詩有任何牽強之處。

　　歐陽脩此詩，以文為詩，頗見議論，描寫月夜中，在飛蓋橋下的所見所思，發感慨吟咏於其間。夜幕之下，澄澈的天色與虛靜的水容，皎潔的月光下，天地萬物都呈現光輝明亮的本性。而人為萬物之靈，豈能渾然無覺，在月光的洗滌之下，紛亂昏沈的思緒得以飄然遠去，涵泳在明亮光潔之中，讓人心曠而神閑。歐陽脩此詩，表現人與大自然的相感相應的「天人合一」的精神。

　　　　苕溪漁隱曰：「六一居士詩云：『靜愛竹時來野寺，獨尋春偶過溪橋。』俗謂之折句。盧贊元〈雪詩〉云：『想行客過梅橋滑，免老農憂麥壟乾。』效此格也。余亦嘗云：『鸚鵡杯且酌

────────────────

　　　　轉花閒舌，嗚咽交流冰下泉。嘗謂此聲今已絕，問渠從小自誰傳？尊前笑讚聞彈罷，白髮蕭然涕泫然。」（頁 90）
〔註107〕此詩詩名應為〈飛蓋橋翫月〉，《歐陽修全集・居士集》（一），台北：河洛圖書出版社，中華民國 64 年 3 月初版，頁 29。

清濁，麒麟閣懶畫丹青。』」（《叢話》前集卷三十六「半山老
人」，頁 241）

此則胡仔自云學習歐陽脩〈退居述懷寄北京韓侍中〉「靜愛竹時來野
寺，獨尋春偶過溪橋」〔註108〕的「折句」的格式，用三、四的節奏寫
了一聯詩。傳統詩歌多是二、二、三的節奏，或是四、三的節奏寫作。
而歐陽脩此詩顯然故意用異於傳統的節奏來達成生新的效果。

　　歐陽脩的這兩行詩，每行都含有二句，即靜愛竹，時來野寺；獨
尋春，偶過溪橋，只不過，古人不用標點符號，直截將兩句縫合在一個
詩行裏。這種句式在律詩中屬拗句。

二、王安石評論

　　有關王安石的資料，集中在《叢話》前集卷三十三、三十四、三
十五、三十六「半山老人」共 84 則，及後集卷二十五「半山老人」
〔註109〕25 則。近五卷共 109 則，計散在其他卷帙之則數。胡仔的按
語共有 24 則。〔註110〕

苕溪漁隱曰：「……余觀介甫〈明妃曲〉二首，辭格超逸……
不可遺也……。其一云：『明妃初出漢宮時，淚濕春風鬢腳
垂，低回顧影無顏色，尚得君王不自持。歸來卻怪丹青手，
入眼平生未曾有，意態由來畫不成，當時枉殺毛延壽。一去
心知更不歸，可憐著盡漢宮衣，寄聲欲問塞南事，只有年年
鴻雁飛。家人萬里傳消息，好在氈城莫相憶，君不見咫尺長
門閉阿嬌，人生失意無南北。』其二云：『君妃出嫁與胡兒，
氈車百輛皆胡姬，含情欲語獨無處，傳與琵琶心自知。黃金

〔註108〕《歐陽修全集·居士外集》（一）〈退居述懷寄北京韓侍中〉二首其二：
　　　　「書殿宮臣寵並叨，不同憔悴返漁樵。無窮興味閑中得，強半光陰醉
　　　　裏銷。靜愛竹時來野寺，獨尋春偶過溪橋。猶須五物稱居士。不及顏
　　　　回飲一瓢。」（頁240）
〔註109〕與賀方回合卷。
〔註110〕《叢話》前集卷三十三有4則，卷三十四有6則，卷三十五有4則，
　　　　卷三十六有5則，《叢話》後集卷二十五有5則。

捍撥春風手，彈看飛鴻勸胡酒，漢宮侍女暗垂淚，沙上行人
卻回首。漢恩自淺胡自深，人生樂在相知心，可憐青塚已蕪
沒，尚有哀絃留至今。』」（《叢話》後集卷二十三「六一居
士」，頁167）

此則胡仔評論王安石〈明妃曲〉[註111]「辭格超逸」，至於如何「辭格
超逸」？胡仔並未進一步說明。

此詩為王安石於嘉祐四年（1059）年所作。

王昭君在歷史上是個典型的悲劇人物。她的美，造成了她被送
「入漢宮」，她人生的悲劇也是從「入漢宮」開始。但王安石卻從她
「出漢宮」這一幕寫起，突出了「昭君和番」的主題。

全詩夾敘夾議，一邊敘述昭君的美，一邊敘述昭君「出漢宮」在
朝廷內外所造成的影響。昏庸好色的皇帝，直到昭君辭別時，才第一次
見識到昭君「入眼平生未曾有」的驚人之美，卻怪宮廷畫師把絕代美女
畫醜了，忿而殺害毛延壽出氣。歷來的作家多是指責毛延壽不忠於主，
貪財誤事，卻沒有人像王安石一樣，指出「意態由來畫不成」的論點，
而認為毛延壽的被殺，實在是一件冤枉倒楣的事。一個人的神態，是否
能顯現在圖畫中，確實是一件不容易的事。外在的形貌容易掌握，內在
的神韻卻難以傳達。所以王安石的論點也不能說是錯誤的。但這種論
點的背後，個人以為尚隱藏著不能明說的曲筆，因為再深一層說，即是
毛延壽只是漢元帝用來洩忿的代罪羔羊罷了！

至於全詩結語「君不見咫尺長門閉阿嬌，人生失意無南北」，則更
是全詩令人深思的另一高潮。雖然昭君遠離故鄉家人，是一種悲劇，
但是在漢武帝身邊，被冷落在近在咫尺的長門宮內的皇后陳阿嬌，又
何嘗另不是一種悲劇？是啊！人生的失意，是無關乎南、北或遠、
近的！

第二首著力描繪昭君在塞外的孤零寂寞——「含情欲語獨無處」，

〔註111〕《王文公文集》，上海：人民出版社，1974年9月第一版，頁472。

只能藉著琵琶聲來抒發自己的心情。昭君身負維繫國家和平的使命，所以必須彈琵琶來勸單于喝酒，讓他高興，但另一方面，昭君的眼睛卻忍不住飄向遠處的天空，貪看那南飛自己家鄉的鴻雁——「彈看飛鴻勸胡酒」，這一工筆的描繪，刻畫出昭君內心的矛盾與痛苦。

此外，「漢宮侍女暗垂淚，沙上行人卻回首」，用其他不相關的人——侍女垂淚與行人回首，來襯託昭君琵琶聲的哀怨感人。而「漢恩自淺胡自深，人生樂在相知心」，昭君在漢宮一直是幽閉於冷宮中的宮女，最後被當作禮物送給匈奴「和番」，但胡人卻以百輛氈車迎娶，其間的厚薄淺深可知。就常情講，昭君應樂而非哀，但結語的「尚有哀絃留至今」，則顯示出昭君在胡的哀怨心情寫照。

今人高步瀛先生《唐宋詩舉要》云「漢恩自淺胡自深，人生樂在相知心」為「持論乖戾」〔註112〕，乃是站在傳統儒家維護君主的立場，並引李璧評語曰「詩人務一時為新奇，求出前人所未道，而不知其言之失也」，為持平之論〔註113〕。並否定黃庭堅跋此介甫詩，謂：「可與李翰林（李白）、王右丞（王維）並驅爭先」，以為是溢美之辭。〔註114〕

王安石這兩首〈明妃曲〉，有明顯的「以文為詩」、以詩「議論」的宋詩特色。其中有渲染、有烘托，有細節描寫〔註115〕。個人以為王安石這兩首〈明妃曲〉就內容立意來看，擺脫世俗傳統的刻版觀點，不再人云亦云，千篇一律，可謂「擺落陳言，古今人未嘗經道者」〔註116〕，而是站在一個全新的立場，提出自己獨特的觀點，固應予嘉賞讚美方是。

苕溪漁隱曰：「〈上元戲劉貢甫詩〉云：『不知太一遊何處，定

〔註112〕《唐宋詩舉要》，高步瀛，台北：學海出版社，中華民國77年再版，頁329。
〔註113〕《唐宋詩舉要》，頁329。
〔註114〕《唐宋詩舉要》，頁329。
〔註115〕此詩鑑賞參考《宋詩鑑賞辭典》，吳孟復，頁230～234。
〔註116〕胡仔評東坡瞰字韻梅花詩評語，《叢話》後集卷二十一，頁146～147。

把青藜獨照公。」此詩用事亦精切。劉向校書天祿閣，夜有
老人著黃衣，植青藜杖，叩閣而進。向請問姓名。『我是太一
之精，天帝聞卯金之子有博學者，下而觀焉。』乃出懷中竹
牒授之。見王子年拾遺。此事既與貢甫同姓，又貢甫時在館
閣也。」（《叢話》前集卷三十三「半山老人」，頁223）

此則胡仔推崇王安石〈上元戲劉貢甫詩〉的「不知太一遊何處，定把青
藜獨照公」的「用事精切」。因為據王嘉《拾遺記》所載，西漢成帝
時，光祿大夫劉向，奉命在當時皇家圖書館──「天祿閣」校閱各種經
典，在上元夜裡，有一位黃衣老人，手柱青藜杖叩門，自稱為「太乙之
精」，因為聽說卯金氏之子好學，特地下凡視察，並從懷中取出一卷簡
牘，傳授給劉向。而此詩寫作時間也是上元元宵節，而劉攽（貢甫）既
與劉向同姓，而當時貢甫亦在館閣，同為上元節、同姓、同在館閣，可
說一切都相契合，故胡仔推崇荊公此詩「用事精切」。

《冷齋夜話》云：「……山谷云：『荊公暮年作小詩，雅麗精
絕，脫去流俗，每諷味之，便覺沉瀣生牙頰間。』苕溪漁隱
曰：「荊公小詩，如『南浦隨花去，回舟路已迷，暗香無覓處，
日落畫橋西。』『染雲為柳葉，剪水作梨花，不是春風巧，何
緣見歲華。』『簷日陰陰轉，床風細細吹，翛然殘午夢，何許
一黃鸝。』『蒲葉清淺水，杏花和暖風，地偏緣底綠，人老為
誰紅。』『愛此江邊好，留連至日斜，眠分黃犢草，坐占白鷗
沙。』『日淨山如染，風喧草欲熏，梅殘數點雪，麥漲一川
雲。』觀此數詩，真可使人一唱而三歎也。」（《叢話》前集卷三十
四「半山老人」，頁234）

胡仔評論王安石暮年小詩，如〈南浦〉、〈染雲〉、〈午睡〉、〈蒲葉〉、
〈題舫子〉、〈題齊安壁〉等，真「使人一唱而三歎」，風景如畫，餘味
無窮。

胡仔所舉荊公晚年的六首五言絕句，皆是頗具韻味的寫景詩，一
幅幅優美的風景詩，且情景交融，餘味無窮。

〈南浦〉﹝註117﹞的扁舟逐花、畫橋斜陽，暗香猶如年少輕狂的曾經追尋的理想，斜陽則象徵白髮老人回首前半生的惆悵迷惘。

〈染雲〉﹝註118﹞用擬人化的手法，說春風有一雙點化萬物的巧手，妝點萬物成如畫的景致，將輕柔的雲染成柳葉，清澈的水剪作潔白的梨花。

〈午睡〉﹝註119﹞為午後生活片段的剪影，日光輕移，微風輕拂，黃鸝鳥的鳴叫聲，輕輕喚醒了詩人的午夢。時光靜悄悄地流逝，一切顯得輕柔而幽雅。

〈蒲葉〉﹝註120﹞一詩為生長在窮鄉僻壤的蒲葉與杏花發聲，並可愛地癡問：「蒲葉啊！地方這麼偏僻，你為什麼還長得這麼綠，杏花啊！我人都這麼老了，你還為誰而紅？」頗具詩意與禪意。

〈題舫子〉﹝註121﹞一詩則可分享詩人民胞物與的胸襟，「眠分黃犢草，坐占白鷗沙」——詩人躺在草地上與小黃牛一同歇息，閒坐在沙灘上，看白鷗嬉戲。擺脫世俗的種種心機，與天地萬物精神相往來的心胸與氣度，閒情逸致，躍然紙上。胡仔曾以此詩的「眠分黃犢草」與唐朝盧仝「陽坡草軟厚如織，因與鹿麛相伴眠」﹝註122﹞作一比較，胡仔推崇介甫止用五字，道盡盧仝兩句，可謂「簡而妙」﹝註123﹞。讚美荊

﹝註117﹞《王文公文集》，上海：人民出版社，1974 年 9 月第一版卷 71，頁 763。
﹝註118﹞詩名應為〈絕句九首〉其六，《王文公文集》，上海：人民出版社，1974 年 9 月第一版，卷 75，頁 806。
﹝註119﹞《王文公文集》，卷 76，頁 812。
﹝註120﹞《王文公文集》，卷 77，頁 832。
﹝註121﹞《王文公文集》，卷 68，頁 730。
﹝註122﹞盧仝〈山中〉「飢拾松花渴飲泉，偶從山後到山前。陽坡軟草厚如織，因與鹿麛相伴眠」。《全唐詩》卷 389。良玉按：今版本第三句為「陽坡軟草厚如織」與胡仔「陽坡草軟厚如織」稍異。「麛」指初生的小鹿。見教育部重編國語辭典。
﹝註123﹞苕溪漁隱曰：「盧仝〈山中絕句〉云：『陽坡軟草厚如織，因與鹿麛相伴眠。』王介甫止用五字，道盡此兩句，詩云：『眠分黃犢草。』豈不簡而妙乎。」（《叢話》後集卷十一，頁 87）

公的詩句簡潔而美妙。

〈題齊安壁〉〔註124〕以「梅殘數點雪，麥漲一川雲」——幾朵殘梅猶如雪花般綴在枝頭，麥子蓬勃地生長成一大片，像是雲彩覆蓋著平坦的陸地。簡單的十個字即勾畫出初春蓬勃的生機與景致。

以上幾首胡仔所舉例的荊公暮年小詩，可見王維那種「詩中有畫」的功力，亦頗具禪意與哲理，使人「一唱而三歎」，誠不虛也。

> 苕溪漁隱曰：「李、杜畫像，古今詩人題詠多矣。若杜子美，其詩高妙，固不待言，要當知其平生用心處，則半山老人之詩得之矣。……詩云：『吾觀少陵詩，謂與元氣侔。力能排天斡九地，壯顏毅色不可求。浩蕩八極中，生物豈不稠。醜妍巨細千萬殊，竟莫見以何雕鎪。惜哉命之窮，顛倒不見收。青衫老更斥，餓走半九州。瘦妻僵前子仆後，攘攘盜賊森戈矛。吟哦當此時，不廢朝廷憂，常願天子聖，大臣各伊周。寧令吾廬獨破受凍死，不忍四海赤子寒颼颼。傷屯悼屈止一身，嗟時之人我所羞。所以見公像，再拜涕泗流。推公之心古亦少，願起公死從之游。』……」（《叢話》前集卷十一「杜少陵」，頁72）

胡仔推崇王安石的題畫詩——〈杜甫畫像〉〔註125〕，能得老杜詩歌「平生用心處」。王安石此詩前面八句「吾觀少陵詩……竟莫見以何雕鎪」，推崇杜甫的詩歌，雄偉的氣勢猶如開創天地的「元氣」一樣，而其詩歌豐富的內容、高超的技巧，將整個世界各種美醜大小的差別，用他生花妙筆刻劃描繪出來。

中間六句則概括杜甫的時運不濟——「惜哉命之窮……攘攘盜賊森戈矛。」一輩子窮愁潦倒，卻仍不被朝廷任用〔註126〕。飢困流離地

〔註124〕《王文公文集》，卷63，頁683。

〔註125〕《王文公文集》，上海：人民出版社，1974年9月第一卷，卷50，頁560。

〔註126〕杜甫曾在安祿山之亂時，投奔肅宗，當個「左拾遺」的小官，但後來卻又因為上疏救房琯而被貶為「華州司功」。最後棄官而去，流落秦

走遍了半個中國。家庭則瘦妻病倒、幼子餓死〔註127〕，政治治安則是到處都是盜賊與戰爭的漫延的艱困時代。接著敘述杜甫所處的混亂時代和個人困阨之間，其詩歌所關心的主題，仍是憂國憂民：「吟哦當此時……嗟時之人我所羞。」總是希望天子聖明，大臣們能像伊尹、周公一樣賢能。寧可自己的茅屋破了，受凍而死〔註128〕，也不忍天下的百姓挨餓受凍。不像現在的人，只會為自己的困頓、委屈痛苦傷心。

最後四句，王安石表達敬佩景仰的追慕之意，但願杜甫能起死回生，追隨其左右。

王安石此詩形象地將杜甫的詩歌思想內容、特色與生平際遇，作了一個簡要而深刻的介紹，尤其能凸顯杜甫忠君愛民的精神，頗能掌握杜甫一生的神髓，故胡仔認為荊公此詩能得老杜詩歌「平生用心處」，誠然也。

在《叢話》前集，胡仔亦引《邇齋閑覽》一書引王安石對杜甫詩的評論：

> 《邇齋閑覽》云：「或問王荊公云：『編四家詩，以杜甫為第一，李白為第四，……』公曰：『……至於甫，則悲歡窮泰，發斂抑揚，疾徐縱橫，無施不可，故其詩有平淡簡易者，有綺麗精確者，有嚴重威武若三軍之帥者，有奮迅馳驟若泛駕之馬者，有淡泊閑靜若山谷隱士者，有風流醞藉若貴介公子者。蓋其緒密而思深，觀者苟不能臻其閫奧，未易識其妙處，夫豈淺近者所能窺哉？此甫所以光掩前人，而後來無繼也。……』」（《叢話》前集卷「杜少陵」，頁37）

州、成都、三峽等地。

〔註127〕〈自京赴奉先縣詠懷五百字〉「朱門酒肉臭，路有凍死骨。榮枯咫尺異，惆悵難再述。……老妻寄異縣，十口隔風雪……入門聞號咷，幼子餓已卒……」（《杜詩鏡銓》，清·楊倫箋注，台北：華正書局，頁110～111）

〔註128〕〈茅屋為秋風所破歌〉「安得廣廈千萬間，大庇天下寒士俱歡顏，風雨不動安如山。嗚呼！何時眼前突兀見此屋，吾廬獨破受凍死亦足。」（《杜詩鏡銓》，頁364～365）

杜甫的詩歌，在唐朝還不甚受到關注，到了宋朝，在王安石編《四家詩》時，即以杜甫為第一，將杜甫地位大大提高在詩仙李白之上，經過之後蘇軾、黃庭堅的努力，杜甫終成宋代詩人的最高典範、王安石對杜甫的尊崇之功不可沒。

> 苕溪漁隱曰：「半山老人〈題雙廟詩〉云：『北風吹樹急，西日照窗涼。』細詳味之，其託意深遠，非止詠廟中景物而已。蓋巡、遠守睢陽，當時安慶緒遣突厥勁兵攻之，日以危困，所謂『北風吹樹急』也。是時，肅宗在靈武，號令不行於江、淮，諸將觀望，莫肯救之，所謂『西日照窗涼』也。此深得老杜句法。如老杜〈題蜀相廟詩〉云：『映堦碧草自春色，隔葉黃鸝空好音。』亦自別託意在其中矣。」（《叢話》前集卷三十六「半山老人」，頁 242）

此則胡仔推崇王安石〈題雙廟詩〉，的寫景句「北風吹樹急，西日照窗涼」，並非只是「詠廟中景物」而已，而是「別託意在其中」的作品，深得「老杜句法」。此詩全詩如卜：

> 兩公天下駿，無地與騰驤。就死得處所，至今猶耿光。中原擅兵革，昔日幾侯王。此獨身如在，誰令國不亡。北風吹樹急，西日照窗涼。志士千年淚，泠然落奠觴。

雙廟坐落在商丘古城南門外，為紀念「安史之亂」中因保衛睢陽（今河南商丘）而殉難的張巡、許遠所建。王安石此詩乃讚頌張巡、許遠誓死保衛國家的功績。此詩首四句推崇張巡、許遠。敘述張巡、許遠的光輝與天地同在。接下來四句則是感嘆：中原地區向來就是兵家必爭之地，幾個戰勝者，輪番上演侯王的角色。但是這些侯王們，有誰能讓國家不被滅亡呢？不但「以文為詩」，並且「以詩議論」。接下來的兩句，突然跳開以上的議論，而描寫大自然的景致。「北風吹樹急，西日照窗涼」——冬風凜烈，不斷強勁地摧殘著綠樹。西下的日光，照耀在窗間，帶來一絲寒意。

　　胡仔以為這兩句並非純粹寫景，而是深有寄託時。「北風」用以

象徵安慶緒在北方所調遣的突厥勁兵，不斷地侵凌這已岌岌可危的國家（樹）；「西日」則象徵位在西方靈武的肅宗，像西下的太陽，缺乏能量，號令不行於江、淮，而導致諸將觀望，日薄西山的國勢，令人耽心。

尾聯云憂國憂民的有志之士的眼淚，只能悄悄地落在祭奠時把酒灑在地上時所用的酒杯內作結。

此詩前八句敘述張巡、許遠「死得處所」流芳萬古的功勳，並感嘆中原地區為了幾個侯王，而飽經戰亂，用的是古文手法，純使議論；「北風」一聯陡然接寫景物，綰合詩題；尾聯以弔古作結，含情無限。全篇抑鬱頓挫。

胡仔並舉了杜甫的〈蜀相〉「映階碧草自春色，隔葉黃鸝空好音。」〔註129〕為例，全詩八句，全是描寫議論蜀相諸葛亮的功績貢獻，只有此聯卻突然跳開寫景，碧草的「自春色」與黃鸝鳥的「空好音」，突顯出景物依舊，人事全非的感嘆，就像「昔日王謝堂前燕，飛入尋常百姓家」一樣，令人噓唏感嘆，並非純粹寫景，而是「別託意在其中」的作品。

三、蘇軾評論

蘇軾在胡仔《叢話》前、後集一百卷中，資料最多，《叢話》前集卷三十八至四十六「東坡」共九卷，《叢話》後集卷二十六至三十「東坡」共五卷，總共有十四卷之多，總共 267 則〔註130〕，未計散在其他卷帙之則數。胡仔時按語共有 85 則〔註131〕。在《叢話》前除了杜甫，

〔註129〕〈蜀相〉「丞相祠堂何處尋？錦官城外柏森森。映階碧草自春色，隔葉黃鸝空好音。三顧頻煩天下計，兩朝開濟老臣心。出師未捷身先死，長使英雄淚滿襟。」（《杜詩鏡銓》，清‧楊倫箋注，台北：華正書局，頁 316～317）

〔註130〕《叢話》前集卷三十八至四十六共 162 則，其中 33 則乃「烏台詩案」的史料。《叢話》後集卷二十六至三十共 105 則。

〔註131〕《叢話》前集卷三十八至四十六共有胡仔按語 34 則，《叢話》後集卷二十六側三十共有胡仔按語 51 則。

可謂獨拔翹楚。也可見東坡在胡仔心目中的地位了。

　　胡仔對東坡的評論獨多，評價也很高，幾乎都是正面的，不論是東坡的題畫詩、詠物詩、詠景詩、用事、造語、詩意，皆給予極高的肯定。

　　　　苕溪漁隱曰：「李、杜畫像，古今詩人題詠多矣。……若李太白，其高氣蓋世，千載之下，猶可歎想，則東坡居士之贊盡之矣。……東坡居士贊云：『天人幾何同一漚，謫仙非謫乃其游。麾斥八極隘九州，化為兩鳥鳴相酬。一鳴一止三千秋，開元有道為少留，縻之不可矧肯求。西望太白橫峨岷，眼高四海空無人。大兒汾陽中令君，小兒天臺坐忘身。平生不識高將軍，手汙吾足乃敢瞋，作詩一笑君應聞。』」（《叢話》前集卷十一「杜少陵」，頁72）

胡仔推崇蘇軾的題畫詩〈書丹元子所示李太白真〉，可以將李白「高氣蓋世」呈現筆端，讓人們在千載之下，猶可感受追慕。

　　東坡此詩作於元祐八年（1093）冬，知定州任上。

　　此詩前七句用虛筆寫李白的精神境界，後七句則著重在李白的蔑視權貴。十四句，句句用韻，韻隨意轉。

　　首句用古代的才俊之士都已湮沒，來襯託李白聲名永垂不巧。次句則推翻賀知章的「謫仙」說，說李白並不是被貶謫的仙人，而是神仙出遊。他縱遊天地八極之外（空間上比喻李白精神境界的廣闊），和杜甫化為雙鳥相伴酬鳴，他們不朽的詩歌，恐怕要再等三千年（時間上比喻李白詩才的古今難遇）才會再出現。

　　寫李白視天下如無人：「大兒汾陽中令君，小兒天臺坐忘身。」──只和汾陽王郭子儀、坐忘人司馬承禎（寫過〈坐忘論〉，列舉坐忘安心之法，人稱「坐忘人」）交好。

　　寫李白的蔑視權貴則云：「平生不識高將軍，手汙吾足乃敢瞋」──並不認識什麼高力士將軍，只有當他的手弄髒我的腳時，才會被我大聲呵斥！

最後描述李白寫完詩之後，志得意滿之態——我作完詩，付之一笑，你應該是聽得到吧！〔註132〕

> 《藝苑雌黃》云：「吟詩喜作豪句，須不畔於理方善，如東坡〈觀崔白驟雨圖〉云：『扶桑大繭如甕盎，天女織絹雲漢上，往來不遣鳳啣梭，誰能鼓臂投三丈。』此語豪而甚工。……」
>
> 苕溪漁隱曰：「《東坡集》載此詩，是〈題趙令晏崔白大圖幅徑三丈〉，故云：『往來不遣鳳啣梭，誰能鼓臂投三丈。』可謂善造語能形容者也。……」（《叢話》後集卷二十六「東坡」，頁190）

此則就東坡造語上提出評論。胡仔評論東坡〈題趙令晏崔白大圖幅徑三丈〉「往來不遣鳳啣梭，誰能鼓臂投三丈」〔註133〕，可謂「善造語能形容者也」。

胡仔曾批評李白的〈北風行〉「燕山雪花大如席。」及〈秋浦歌〉「白髮三千丈」二句，「句可謂豪矣，奈無此理」〔註134〕，而此處東坡詩則是引嚴有翼《藝苑雌黃》之語，以肯定東坡之詩語豪而不畔於理，並且「甚工」。

此詩說東海外的神木扶桑，有一種像甕盎般大繭，可供織女在天上織成雲錦。如果不差遣鳳鳥啣梭，誰能提起手臂來就有三丈遠呢？

此詩想像豐富，既云扶桑天國，則一切自可放大，只要比例得當，說得就算合理。

> 苕溪漁隱曰：「詩人詠物形容之妙，近世為最。……東坡：『海山仙人絳羅襦，紅紗中單白玉膚，不須更待妃子笑，風骨自

〔註132〕此詩賞析參《宋詩鑑賞辭典》，程一中，頁448～450。

〔註133〕〈趙令晏崔白大圖幅徑三丈〉：「扶桑大繭如甕盎，天女織絹雲漢上，往來不遣鳳啣梭，誰能鼓臂投三丈。人間刀尺不敢裁，丹青付與濠梁崔。風蒲半折寒雁起，竹間的皪橫江梅。畫堂粉壁翻雲幕，十里江天無處著。好臥元龍百尺樓，笑看江水拍天流。」（《蘇文忠公詩編註集成》，清·王文誥，台北：學生書局，中華民國76年10月第三次印刷，頁2856～2857）

〔註134〕《叢話》後集卷二十六，頁190。

是傾城姝。』誦此，則知其詠荔支也。……蘇黃又有詠花詩，皆託物以寓意，此格尤新奇，前人未之有也。東坡〈謝杜沂遊武昌以畫酴醾見惠詩〉云：『淒涼吳宮闕，紅粉埋故苑。至今微月夜，笙簫來絕巘。餘妍入此花，千載尚清婉。』……」

（《叢話》前集卷四十七「山谷」，頁 325）

胡仔推崇宋人詠物詩，形容之妙，為近世最好的。並舉東坡二首詠物詩為例。其一為〈四月十一日初食荔枝〉的歌詠荔枝，其二為〈謝杜沂遊武昌以畫酴醾見惠詩〉歌詠酴醾花，以為皆是「託物以寓意，此格尤新奇，前人未之有也。」

〈四月十一日初食荔支〉東坡形容荔枝：

海山仙人絳羅襦，紅紗中單白玉膚，不須更待妃子笑，風骨

自是傾城姝。〔註135〕

說荔枝像是嶺海間的女仙，披了深紅色絲綢的短襖（荔枝外殼），紅紗裡的內衣（荔枝殼內的白色薄膜），包裹著潔白細緻的皮膚（白色果肉），無須靠楊貴妃嗜食，為她破顏一笑〔註136〕，而帶來盛名，她原就自有其傾城傾國的風韻。

由於楊貴妃的嗜食荔枝，而使荔枝與楊貴妃畫上等號，但東坡此詩則推翻此種說法，強調荔枝自具有其與生俱來的迷人丰采，無須楊貴妃為她力捧。

東坡在短短的四句中，即將荔枝的外貌、神韻詮釋無遺。

〈杜沂游武昌，以酴醾花菩薩泉見餉，二首其一〉形容酴醾花：

〔註135〕〈四月十一日初食荔支〉：「南村諸楊北村盧，白華青葉冬不枯。垂黃
　　　綴紫煙雨裏，特與荔子為先驅。海山仙人絳羅襦，紅紗中單白玉膚，
　　　不須更待妃子笑，風骨自是傾城姝。不知天公有意無，遣此尤物生海
　　　隅。雲山得伴松檜老，霜雪自困楂梨麤。先生洗盞酌桂醑，冰盤薦此
　　　頳虯珠。似開江鰩斫玉柱，更洗河豚烹腹腴。我生涉世本為口，一官
　　　久已輕蓴鱸。人間何者非夢幻，南來萬里真良圖。」（《蘇文忠公詩編
　　　註集成》，頁 3397〜3399）

〔註136〕杜牧〈過華清宮〉：「長安回望繡成堆，山頂千門次第開。一騎紅塵妃
　　　子笑，無人知是荔枝來。」

　　淒涼吳宮闕，紅粉埋故苑。至今微月夜，笙簫來絕巘。餘妍

　　入此花，千載尚清婉。〔註137〕

武昌不是孫權的吳王城，而今早已人事全非，蕭條淒涼。當年宮苑中的
美麗宮女早已埋入這故宮殘苑中。現在只有夜月山風，會從峰巒深處，
傳來笙簫的餘意。而當年吳宮的佳麗們的餘妍，沁入此花，所以千年
來，這裏酴醾花能如此清純婉麗。

　　東坡從眼前繁茂的酴醾花，聯想到當年華年正茂的吳宮佳麗們，
也是如此清純婉麗，幽幽寂寞地綻放著她們的生命。

　　至於胡仔說詠花詩「託物以寓意」，應是指東坡借著酴醾花的「酴
醾不爭春，寂寞開最晚」，作為自己無意爭名奪利，獨自綻放獨於自己
生命的風骨的寄託之作。

　　苕溪漁隱曰：「鄭谷〈海棠詩〉云：『穠麗最宜新著雨，妖嬈
全在欲開時。』前輩以謂此兩句說盡海棠好處。今持國『柔
豔著雨更相宜』之句，乃用鄭谷語也。至於東坡作此詩，則
詞格超逸，不復蹈襲前人，其詩有『嫣然一笑竹籬間，桃李
漫山總粗俗。自然富貴出天姿，不待金盤薦華屋。朱唇得酒
暈生臉，翠袖卷紗紅映肉。林深霧暗曉光遲，日暖風輕春睡
足。雨中有淚亦悽愴，月下無人更清淑。』元豐間，東坡謫
黃州，寓居定惠院，院之東，小山上有海棠一株，特繁茂，
每歲盛開時，必為攜客置酒，已五醉其下矣，故作此長篇。
平生喜為人寫，蓋人間刊石者自有五六本，云軾平生得意詩
也。」（《叢話》前集卷二十八「韓持國」，頁197）

胡仔對於前人推崇的鄭谷及韓維的〈海棠詩〉，不予置評，卻極力讚賞
東坡〈海棠詩〉「詞格超逸，不復蹈襲前人」，是東坡平生得意之詩。

〔註137〕〈杜沂游武昌，以酴醾花菩薩泉見餉，二首其一〉：「酴醾不爭春，寂
　　　　寞開最晚。青蛟走玉骨，羽蓋蒙珠纓。不粧豔已絕，無風香自遠。淒
　　　　涼吳宮闕，紅粉埋故苑。至今微月夜，笙簫來絕巘。餘妍入此花，千
　　　　載尚清婉。怪君呼不歸，定為花所挽。昨宵雷雨惡，花盡君應返。」
　　　　（《蘇文忠公詩編註集成》，頁2487～2488）

此詩為東坡元豐三年（1080）在黃州作。

東坡的海棠詩，並不同於鄭谷及韓維歌詠雨中海棠花的穠麗妖饒的外貌，而是著力於描寫海棠花淡然雅致又高貴不俗的神態。全詩如下：

> 江城地瘴蕃草木，只有名花苦幽獨，嫣然一笑竹籬間，桃李滿山總粗俗。也知造物有深意，故遣佳人在空谷。自然富貴出天姿，不待金盤薦華屋。朱唇得酒暈生臉，翠袖卷紗紅映肉。林深霧暗曉光遲，日暖風輕春睡足。雨中有淚亦淒滄，月下無人更清淑。先生食飽無一事，散步逍遙自捫腹。不問人家與僧舍，拄杖敲門看修竹。忽逢絕艷照衰朽，嘆息無言揩病目。陋邦何處得此花，無乃好事移西蜀。寸根千里不易到，銜子飛來定鴻鵠。天涯流落俱可念，為飲一樽歌此曲。明朝酒醒還獨來，雪落紛紛哪忍觸。（〈寓居定惠院之，雜花滿山，有海棠一株，土人不知貴也〉）〔註138〕

用滿山的桃李花來襯託形單影隻的海棠花的幽雅高貴，用美人的輕顰淺笑——「嫣然一笑」，來呈現海棠花淡然雅致的神態。雖然此株海棠花只生長在竹籬之間，但不會因此而掩蓋她天生富貴的姿態。不須貯以金盤，獻於華屋（穿金戴銀），才能顯得她的尊貴。用喝過酒臉色紅潤的美女——紅潤的粉臉與紅唇形容海棠花色澤亮麗的紅花。以美人綠紗的衣袖包裹著紅潤的肌膚來刻劃海棠花的綠萼包裹著紅花。接著以睡飽慵懶的美人，來形容海棠花在「林深霧暗」的林中，由於清晨的陽光很遲才照射進來，日光溫暖，春風輕柔，使得海棠可以睡得酣暢。

「雨中有淚亦悽愴」描寫雨中的海棠花，以雨水比喻為淚水，說是海棠花流著悽愴的淚水，和鄭谷及韓維的〈海棠詩〉寫雨中海棠花的穠麗、柔豔，風格完全不同。「月下無人更清淑」，在無人的月光下，獨

〔註138〕《蘇文忠公詩編註集成》，清·王文誥，台北：學生書局，頁 2479～2481。

立一株，更顯得遺世獨立，清高而善良的人格品質。

東坡以美人作比喻，來描寫刻畫海棠花的外貌與神韻，不僅外形刻畫細緻，神韻亦是深刻動人，就如同前一則胡仔說蘇軾的詠花詩皆「託物以寓意」，此詩表面上歌詠流落天涯（黃州）的海棠花，但字字詠海棠，卻句句有自己的身世飄零的寄託。

海棠盛產於西蜀，乃東坡之故鄉，他初貶黃州，看到與雜花野草為伍的海棠，頓有「同是天涯淪落人」的惺惺相惜之感。而「自然富貴出天姿，不待金盤薦華屋」除了推崇海棠高雅富貴的天姿之外，也不無借花寄寓自己的平生之感。

胡仔推崇東坡此詩「詞格超逸，不復蹈襲前人」，不僅就內容之意完全不承襲鄭谷及韓維對海棠花的歌詠，而採取另一種角度去描寫，可謂意的翻新。而鄭谷及韓維只是很單純地描繪海棠花惹人愛憐的美，東坡則呈現海棠花的風骨與神韻，不再是紙美人般平面的美。

> 苕溪漁隱曰：「李太白〈潯陽紫極宮感秋作〉云：『何處聞秋聲，翛翛北窗竹，回薄萬古心，攬之不盈掬。』東坡和韻云：『寄臥虛寂堂，月明浸疎竹，冷然洗我心，欲飲不可掬。』予謂東坡此語似優於太白矣。大率東坡每題詠景物，於長篇中只篇首四句，便能寫盡，語仍快健。如〈廬山開元漱玉亭〉首句云：『高岩下赤日，深谷來悲風，劈開青玉峽，飛出兩白龍。』〈谷林堂〉首句云：『深谷下窈窕，高林合扶疎，美哉新堂成，及此秋風初。』〈行瓊儋間〉首句云：『四州環一島，百洞蟠其中，我行西北隅，如度月半弓。』〈藤州江上夜起對月〉首句云：『江月照我心，江水洗我肝，端如徑寸珠，墮此白玉盤。』此聊舉四詩，其它甚眾。又〈棲賢三峽橋詩〉，有『清寒入山骨，草木盡堅瘦』之句，此等語精研絕韻，真他人道不到也。」（《叢話》後集卷二十九「東坡」，頁 215）

此則可見胡仔對詩仙李白與坡仙蘇軾的態度，胡仔似乎較偏愛蘇軾，不管就《叢話》前、後集中所搜集的卷數的多寡，李白只有兩卷

〔註139〕，而蘇軾則總共佔了十四卷。此則就李白〈潯陽紫極宮感秋作〉〔註140〕和東坡〈和李太白〉〔註141〕詩作比較，並認為東坡和詩優於李白。但未作出解釋。

個人試著詮釋二詩之差別。

李白詩從北窗傳來翛翛的竹聲中，感受的秋聲秋意。感慨萬古以來搖動振盪的人心，想要把它捉來，卻無法用雙手捧。用以指雜亂的心思，無法予以掌控。

東坡詩則以寄住在虛空靜寂的廳堂裡，看見明亮的月光映照在稀疏的竹林間，冷然地淘洗我的心，想要一飲月光水卻是無法用雙手捧水喝。

以上二詩，李白詩似乎比較抽象，風吹竹林的秋聲未如月光冷然映照竹林的秋象來得具體，飄搖的心思也沒有冷然的月色來得具象。故胡仔以為東坡詩優於李白。

胡仔並舉例「東坡每題詠景物，於長篇中只篇首四句，便能寫盡，語仍快健。」並舉東坡〈廬山開元漱玉亭〉、〈谷林堂〉、〈行瓊儋間〉、〈藤州江上夜起對月〉四詩為例。

> 高岩下赤日，深谷來悲風，劈開青玉峽，飛出兩白龍。(〈廬
> 山二勝開元漱玉亭〉)〔註142〕

〔註139〕《叢話》前集卷五「李謫仙」，《叢話》後集卷四「李太白」。

〔註140〕〈潯陽紫極宮感秋作〉李白：「何處聞秋聲，翛翛北窗竹，迴薄萬古心，攬之不盈掬。靜坐觀眾妙，浩然媚幽獨。白雲南山來，就我簷下宿。懶從唐生決，羞訪季主卜。四十九年非，一往不可復。野情轉蕭灑，世道有翻覆。陶令歸去來，田家酒應熟。」(《李太白詩歌全集》古近體詩卷二十二，清‧王琦注，劉建新校勘，北京：今日中國出版社，1997年11月第一版，頁793～794)

〔註141〕〈和李太白〉并敘：「寄臥虛寂堂，月明浸疏竹，冷然洗我心，欲飲不可掬。流光發永歎，自昔非余獨。行年四十九，還適北窗宿。緬懷卓道人，白首寓醫卜。謫仙固遠矣，此士亦難復。世道如弈棋，變化不容覆。惟應玉芝老，待得蟠桃熟。」(《蘇文忠公詩編註集成》，清‧王文誥，台北：學生書局，頁2644～2645)

〔註142〕〈廬山二勝開元漱玉亭〉二首其一「高岩下赤日，深谷來悲風，劈開

東坡此詩用擬人化的手法，四句中有四個動詞，形象生動。紅色的太陽從高高的山巖下走下來，悲涼的風從幽深的山谷到來。劈開青翠的山峽，兩條白龍（瀑布）飛降而出。

> 深谷下窈窕，高林合扶疎，美哉新堂成，及此秋風初。（〈谷
> 林堂〉）〔註143〕

此詩乃蘇軾知揚州時，為紀念恩師歐陽脩，建「谷林堂」，故有此〈谷林堂〉詩。讚美〈谷林堂〉四周的景致有幽靜深邃的山谷，有高大繁茂的樹林。

> 四州環一島，百洞蟠其中，我行西北隅，如度月半弓。（〈行
> 瓊儋間〉）〔註144〕

此詩為東坡晚年元符元年（1097）貶謫海南島，剛抵海南島時所作的第一首詩。描繪從瓊州到儋州的地理景觀，可以看到許多山洞，及海南島西北角如月半弓的地形。

> 江月照我心，江水洗我肝，端如徑寸珠，墮此白玉盤。（〈藤
> 州江上夜起對月〉）〔註145〕

青玉峽，飛出兩白龍。亂沫散霜雪，古潭搖清空。餘流滑無聲，快瀉雙石䂦。」（《蘇文忠公詩編註集成》，清‧王文誥，台北：學生書局，頁 2627～2628）

〔註143〕 〈谷林堂〉「深谷富窈窕，高林合扶疎，美哉新堂成，及此秋風初。我來適過雨，物至如娛予。稚竹真可人，霜節已專車。老槐苦無賴，風花欲填渠。山鴉爭呼號，溪蟬獨清虛。寄懷勞生外，得句幽夢餘。古今正自同，歲月何必書。」（《蘇文忠公詩編註集成》，頁 3215～3216）

〔註144〕 〈行瓊儋間，肩輿坐睡。輦中得句云：千山動鱗甲，萬谷酣笙鏡。覺而遇清風急雨，戲作此數句。〉「四州環一島，百洞蟠其中，我行西北隅，如度月半弓。登高望中原，但見積水空。此生當安歸，四顧真途窮。眇觀大瀛海，坐詠談天翁。茫茫太倉中，一米誰雌雄。幽懷忽破散，永嘯來天風。千山動鱗甲，萬谷酣笙鐘。安知非群仙，鈞天宴未終。喜我歸有期，舉酒屬青童。急雨豈無意，催詩走群龍。夢雲忽變色，笑電亦改容。應怪東坡老，顏衰語徒工。久矣此妙聲，不聞蓬萊宮。」（《蘇文忠公詩編註集成》，頁 3490～3491）

〔註145〕 〈藤州江上夜起對月，贈邵道士〉「江月照我心，江水洗我肝，端如徑寸珠，墮此白玉盤。我心本如此，月滿江不湍。起舞者誰歟，莫作三人看。嶠南瘴癘地，有此江月寒。乃知天壤間，何人不清安。床頭

此詩為元符三年（1099），東坡在海南島，自廉州至藤州時所作。這幾句詩寫江月照水，如珠墮玉盤，而我心明淨，亦如月在江，如珠在盤。用月光的皎潔、江水的清澈比喻自己坦蕩的心胸情懷。

　　胡仔並推崇東坡〈棲賢三峽橋詩〉「清寒入山骨，草木盡堅瘦」〔註146〕，語句「精研絕韻」，真他人道不到也。

　　此聯將初冬山上的景致，刻畫深刻，用擬人化的手法說初冬的寒氣侵入青山的骨髓，「入山骨」的想像新鮮，而用「堅瘦」二字，形容冬天草木零落枯萎，放眼望去，只見光凸凸的樹幹與枝椏，來替代傳統的「枯萎」二字，用語甚新，將形容人的詞彙，拿去形容草木，令人耳目一新。

　　以上胡仔所舉的東坡詩例中，可見胡仔欣賞東坡擅長於捉住大自然景致的神韻，又能使用巧妙的比喻及精確的字眼，來傳達其意念，故深獲胡仔的青睞。

　　此次，胡仔亦很欣賞東坡在「用事」上的功力，多次在《叢話》中予以推崇，此節權選兩則為例。

> 　　《漫叟詩話》云：「……東坡詩云：『公獨未知其趣耳，臣今時復一中之。可謂青出於藍。』苕溪漁隱曰：「東坡此詩，戲徐君猷、孟亨之，皆不飲酒。不止天生此對，其全篇用事親切，尤為可喜，詩云：『孟嘉嗜酒桓溫笑，徐邈狂言孟德疑。公獨未知其趣耳，臣今時復一中之，風流自有高人識，通介寧隨薄俗移。二子有靈應撫掌，吾孫還有獨醒時。』皆徐、孟二人事也。……」（《叢話》前集卷九「杜少陵」，頁58）

有白酒，盎若白露溥。獨醉還獨醒，夜氣清漫漫。仍呼邵道士，取琴明下彈。」（《蘇文忠公詩編註集成》，清·王文誥，台北：學生書局，頁359）

〔註146〕〈棲賢三峽橋詩〉「吾聞太山石，積日穿線溜。況此百雷霆，萬世與石鬥。深行九地底，險出三峽右。長輪不盡溪，欲滿無底竇。跳波翻潛魚，清寒入山骨，草木盡堅瘦。空濛煙靄間，澒洞金石奏。彎彎飛橋出，激激半月轂。玉淵神龍近，雨霽亂晴晝。垂瓶得清甘，可嚥不可漱。」（《蘇文忠公詩編註集成》，頁2629～2630）

胡仔推崇東坡「公獨未知其趣耳，臣今時復一中之。」叫謂「天生此對」，且全篇「用事親切可喜」。

　　東坡此詩詩名〈太守徐君猷、通守孟亨之，皆不飲酒，以詩戲之〉：

　　　　公獨未知其趣耳，臣今時復一中之。〔註147〕

東坡用古代徐邈、孟嘉的典故，以合太守徐君猷、通守孟亨之之姓。

　　晉朝孟嘉回答桓溫問他：「酒有什麼好？」的問題，回答云：「公未知酒中趣耳」。三國時，曹操嚴禁飲酒。徐邈身為尚書郎，卻私下飲酒而違犯禁令。當下屬問詢官署事務時，他以「中聖人」替代「酒醉」。後世遂以「中聖人」或「中聖」以指飲酒而醉。

　　胡仔推崇東坡此詩不僅對偶工整，而且用事親切，不僅同姓——徐、孟，又皆與「酒」有關。

　　　　苕溪漁隱曰：「……〈書李公擇白石山房〉云：『偶尋流水
　　　　上崔嵬，五老蒼顏一笑開，若見謫仙煩寄語，匡山頭白早
　　　　歸來』，用杜詩〈不見李白〉云：『匡山讀書處，頭白早歸
　　　　來。』東坡嘗作〈李氏山房藏書記〉云：『余友李公擇，少
　　　　時讀書於廬山五老峰下白石庵之僧舍，公擇既去，而山中
　　　　之人思之，指其所居為李氏中房，藏書凡九千卷。』此詩雖
　　　　言謫仙，實指公擇，以事與姓皆同故也。又〈崝南和公擇
　　　　詩〉云：『敝裘羸馬古河濱，野闊天低糁玉塵，自笑飡氈典
　　　　屬國，來看換酒謫仙人。』為蘇李也。東坡作詩，用事親切
　　　　類如此，它人不及也。」（《叢話》後集卷二十八「東坡」，頁
　　　　210～211）

〔註147〕東坡此詩名為〈太守徐君猷、通守孟亨之，皆不飲酒，以詩戲之〉。
　　　　今版本為「公獨未知其趣爾」與胡仔《叢話》稍異。全詩如下：「孟
　　　　嘉嗜酒桓溫，徐邈狂言虛德疑。公獨未知其趣爾，臣今時復一中之。
　　　　風流自有高人識，通介寧隨薄俗移。二子有靈應撫掌，吾孫還有獨醒
　　　　時。」（《蘇文忠公詩編註集成》，清‧王文誥，台北：學生書局，頁
　　　　2522～2523）

東坡此詩作於神宗元豐七年（1084），蘇軾離開黃州，先遊廬山。李公擇少時讀書於廬山五老峰下白石庵，出仕後仍藏書於此。東坡此詩以杜甫於肅宗上元二年（761），因為沒有李白的消息，寫了一首〈不見〉詩，懷念李白，擔心他在外會闖禍，盼他早日歸還幼時讀書的「匡山」故鄉。詩曰：

> 不見李生久，佯狂真可哀。世人皆欲殺，吾意獨憐才。敏捷
>
> 詩千首，飄零酒一杯。匡山讀書處，頭白好歸來。〔註148〕

東坡此詩從廬山五老峰尋幽訪勝開始著筆，循著潺潺的泉水登上高山，看見青翠的五老峰展開笑顏迎客。蘇軾意想天開地囑咐五老峰曰：「如果遇見謫仙李白，就煩告訴他，匡山是你年少讀書的地方，頭髮白了，及早回來吧！」此詩以李杜之情誼暗比他與李公擇之誼。用杜詩勸李白的及早歸來的詩意，希望李公擇也能夠及早歸隱。所用的典故和李公擇同姓李，所欲規勸之事又相同。故胡仔云：「事與姓皆同」也。並舉東坡另一首〈濟南和公擇詩〉，亦是暗用蘇武及李白之典故，以切合蘇軾與李公擇之姓。

> 敝裘羸馬古河濱，野闊天低糝玉塵，自笑餐氈典屬國，來看
>
> 換酒謫仙人。宦遊到處身如寄，農事何時手自親。剩作新詩
>
> 與君和，莫因風雨廢鳴晨。〔註149〕

此詩為東坡離密，前訪在齊州的李公擇〔註150〕。形容李公擇穿著破皮衣、騎著瘦馬在這自古以來的河濱之區，荒涼廣闊的郊野，天幕低垂，雪花如米粒般到處飄飛。飢餓的時候，就像蘇武被拘留在匈奴國一樣，啃嚼氈子上的毛氈充饑，而我特地前來探望讓賀知章以金龜換酒的李謫仙〔註151〕。此處用蘇武及李白之典故，暗合蘇軾與李公擇

〔註148〕《杜詩鏡銓》，清・楊倫箋注，台北：華正書局，頁373。

〔註149〕詩名應為〈至濟南，李公擇以詩相迎，次其韻二首其一〉，《蘇文忠公詩編註集成》，清・王文誥，台北：學生書局，頁2189～2190。

〔註150〕查注「李公擇行狀……東坡離密，正公擇知齊州時也。」（《蘇文忠公詩編註集成》，頁2189）

〔註151〕唐・李白〈對酒憶賀監詩序〉：「太子賓客賀公，於長安紫極宮一見余，

之姓。

> 東坡云：「世謂樂天有〈鸞駱馬放楊柳枝詞〉，嘉其主老病不
> 忍去也。然夢得有詩云：『春盡絮飛留不得，隨風好去落誰
> 家。』樂天亦云：『病與樂天相伴住，春隨樊子一時歸。』則
> 是樊素竟去也。予家有數妾，四五年相繼辭去，獨朝雲者隨
> 予南遷，因讀《樂天集》，戲作此詩。朝雲姓王氏，錢塘人，
> 嘗有子曰幹兒，未朞而夭。詩云：『不似楊枝別樂天，恰如通
> 德伴伶玄。阿奴絡秀不同老，天女維摩總解禪。經卷藥爐新
> 活計，舞衫歌扇舊因緣，丹成逐我三山去，不作巫陽雲雨
> 仙。』」苕溪漁隱曰：「詩意佳絕，善於為戲，略去洞房之氣
> 味，翻為道人之家風，非若樂天所云『櫻桃樊素口，楊柳小
> 蠻腰』，但自咤其佳麗，塵俗哉！」(《叢話》後集卷二十九「東
> 坡」，頁 214)

此則胡仔評論東坡歌詠隨他到嶺南的愛妾〈朝雲〉一詩，「詩意佳絕，
善於為戲，略去洞房之氣味，翻為道人之家風」，不像白居易歌詠其家
妓，有櫻桃小口及楊柳般的細腰，只是炫燿她們「塵俗」的美。

> 不似楊枝別樂天，恰如通德伴伶玄。阿奴絡秀不同老，天女
> 維摩總解禪。經卷藥爐新活計，舞衫歌扇舊因緣，丹成逐我
> 三山去，不作巫陽雲雨仙。(〈朝雲詩〉并引) 〔註152〕

首句言朝雲不像樊素那樣辭別了白居易〔註153〕，就如同樊通德和伶玄

呼余為「謫仙人」，因解金龜，換酒為樂。」(《李太白詩歌全集》古
近體詩卷二十二，清·王琦注，劉建新校勘，北京：今日中國出版社，
1997 年 11 月第一版，頁 770)

〔註152〕《蘇文忠公詩編註集成》，清·王文誥，台北：學生書局，頁 3360～
3361。

〔註153〕白居易有〈春盡日宴罷感事獨吟（開成五年三月三十日作）〉「五年三
月今朝盡，客散筵空獨掩扉。病共樂天相伴住，春隨樊子一時歸。開
聽鶯語移時立，思逐楊花觸處飛。金帶緶腰衫委地，年年衰瘦不勝
衣。」(《全唐詩》卷458～35，頁 5203～5204) 說明了樊素最後在開
成五年（840）三月三十日，還是離開了他。然而朝雲卻自願跟隨蘇

終身作伴〔註154〕。阿奴和絡秀子母倆沒有同時到老〔註155〕，天女和
維摩〔註156〕，縱使能理解禪理，也無法輕易忘記喪子之情。念經、煮
藥是你新近的生活狀態，舞衣翩翩、歌扇輕搖，已是憶中的舊事。等待
丹藥鍊成，隨我到海外的仙山〔註157〕，不要再像巫山神女一樣，繫念
世俗的情緣。

　　同為歌詠家中愛妾的詩，的確，白居易所寫的樊素、小蠻顯然物
化了女子，只著力於其外貌的描繪；東坡詩中的朝雲，雖然出身不高，
為人之妾，卻顯然是一位有內涵、有才識之女子，將喪子之悲痛，轉為
精進學佛。

　　東坡此詩不但用典精確，又能恰如其分地呈現朝雲與東坡生活上
的點點滴滴。以漢朝樊通德和伶玄為例，不僅是終生的伴侶，也是分享
生活上一切點點滴滴的密友。朝雲喪子學佛，以期盼可以減輕心中的
哀痛，而在政治上屢受困頓的東坡，也是藉著佛法來撫慰自己受傷的
心靈。故而兩人不僅在生活上互相扶持，也是彼此精神上的支柱，共同
追求解脫世俗的羈絆，此詩可見朝雲不僅是東坡生活上之良伴，也是
精神上之重要伴侶。故胡仔云此詩「略去洞房之氣味，翻為道人之家
風」，誠然也。

　　　苕溪漁隱曰：「〈次韻沈長官詩〉云：『莫道山中食無肉，玉池
　　　清水自生肥。』〈天慶觀乳泉賦〉云：『鏘瓊佩之落谷，灩玉
　　　池之生肥。』〈澄邁驛通潮閣詩〉云：『杳杳天低鶻沒處，青

　　　　　軾到荒涼落後的嶺南，故蘇軾以此句稱讚她。
〔註154〕樊通德為漢成帝宮人趙飛燕使役，伶玄之妾，頗知內事，每與其夫談
　　　　　及宮內事，則淒然淚下。後伶玄據她所述，寫成《飛燕傳》。
〔註155〕晉人李絡秀為安東將軍周浚之妾，有三子：周顗、周嵩、周謨（即阿
　　　　　奴）。次子周嵩曾曰：「阿奴碌碌，當在阿母目下耳。」蘇軾反用其意，
　　　　　以阿奴比喻夭折的蘇遯，以絡秀比朝雲。因絡秀與朝雲皆為妾而有賢
　　　　　德，故以「絡秀」的典故比之。
〔註156〕指朝雲學佛並粗知佛學大義，以天女比朝雲，以維摩自喻。
〔註157〕三山，神話中的海外仙山。王嘉《拾遺記》云中海中有蓬萊、瀛州、
　　　　　方丈三仙山。

山一髮是中原。』〈伏波將軍廟碑〉有云：『南望連山，若有

若無，杳杳一髮耳。』皆兩用之，其語倔奇，蓋得意也。」

（《叢話》後集卷五十「東坡」，頁228）

此則胡仔欣賞東坡〈次韻沈長官詩〉所用的辭彙「生肥」，及〈澄邁驛

通潮閣詩〉所用的辭彙「一髮」，認為其語「倔奇」，並於詩、文兩用之，

大概是東坡自認為得意之詩句。

男婚已畢女將歸，累盡身輕志莫達。聞道山中食無肉，玉池

清水自生肥。（〈次韻沈長官三首〉其二）〔註158〕

此詩東坡直接借用《黃庭外景經》中「玉池清水上生肥」的句子，藉道

家鍊功時，口中會產生許多甘甜的津液會聚舌上〔註159〕，以告訴沈長

官即使「山中食無肉」，也可以自己藉著鍊氣，以產生甘甜的津液，以

達祛病強身，長生不老。

餘生欲老海南村，帝遣巫陽招我魂。杳杳天低鶻沒處，青山

一髮是中原。（〈澄邁驛通潮閣二首〉其二）〔註160〕

在那水天相接處，飛翔的鷹鳥逐漸隱去背影的地方，青山像一根頭髮

那麼纖細的地方，就是中原所在的地方。以「青山一髮」比喻家鄉中原

的渺遠，詩句中似乎可以看見正瞇著眼的東坡指出中原所在地，也可

以感受到他身在異鄉，想念千里之外渺遠家鄉的濃濃情懷。

由以上分析可見，「生肥」是東坡直接借用《黃庭外景經》的辭

句，可歸納於「奪胎換骨」中的「語襲」。至於「一髮」的詞彙，平日

的習慣用語為「千鈞一髮」，東坡則以「青山」的意象替代「千鈞」的

重量，可謂獨創新意。

〔註158〕第三句今版本為「聞道山中食無肉」，與胡仔「莫道山中食無肉」略
　　　　異。《蘇文忠公詩編註集成》，清·王文誥，台北：學生書局，頁2057。

〔註159〕玉池，口也。清水，口中津液也。上生肥者，津液會聚舌上，故曰肥
　　　　也。《雲笈七籤》卷十二，務成子注：「口中唾也。停動口舌，白唾積
　　　　聚，狀若肥焉，漱而嚥之，可得遂生。」（四部叢刊正編，台灣商務
　　　　出版社，頁135）

〔註160〕《蘇文忠公詩編註集成》，清·王文誥，台北：學生書局，頁3586。

　　胡仔原本就十分推崇東坡之詩詞，但對於東坡南遷以後之詩，則以為可以與他心目中的最高典範杜甫相比，並且是杜甫夔州以後所作最受後世推崇之詩相比，所謂「老而嚴」，並引蘇轍〔註161〕、黃庭堅之評論為輔證，表示自己所論非虛言也：

　　　　苕溪漁隱曰：「呂丞相〈跋杜子美年譜〉云：『考其筆力，少而銳，壯而肆，老而嚴，非妙於文章，不足以至此。』余觀東坡自南遷以後，詩全類子美夔州以後詩，正所謂『老而嚴』者也。子由云：『東坡謫居儋耳，獨喜為詩，精煉華妙，不見老人衰憊之氣。』魯直亦云：『東坡嶺外文字，讀之使人耳目聰明，如清風自外來也。』觀二公之言如此，則余非過論矣。」
　　　　（《叢話》後集卷三十「東坡」，頁226）

另一則，亦評東坡自嶺外回中原之後的詩「語意高妙」，有如參禪悟道之人：

　　　　苕溪漁隱曰：「……（東坡）後自嶺外歸，〈次韻江晦叔詩〉云：『浮雲時事改，孤月此心明。』語意高妙，有如參禪悟道之人，吐露胸襟，無一毫窒礙也。」（《叢話》後集卷二十六「東坡」，頁191）

並舉其〈次韻江晦叔詩〉云：「浮雲時事改，孤月此心明。」〔註162〕為例，謂其吐露胸襟，無一毫窒礙也。

　　此詩以「浮雲」的飄浮變動，比喻世事的隨時變化；以「孤月」的清光比喻自己不隨俗且光明磊落的心思。形象生動，文字自豐而深具媚力。

　　雖然，東坡是胡仔最喜愛的宋代詩人之一，但胡仔仍不免以理性

〔註161〕蘇轍，〈追和陶淵明詩引〉，《蘇轍集》（欒城後集卷二十），台北：河洛圖書出版社，中華民國64年10月臺初版，頁210。
〔註162〕〈次韻江晦叔二首其二〉「鐘鼓江南岸，歸來夢自驚。浮雲時事改，孤月此心明。雨已傾盆落，詩仍翻水成。二江爭送客，木杪看橋橫。」（《蘇文忠公詩編註集成》，清‧王文誥，台北：學生書局，頁3649～3650）

實事求是的精神態度，批評東坡的〈惠崇春江曉景〉二首其一：

> 苕溪漁隱曰：「東坡詩云：『竹外桃花三兩枝，春江水暖鴨先
> 知，蔞蒿滿地蘆芽短，正是河豚欲上時。』此正是二月景致，
> 是時河豚已盛矣。但欲上之語，似乎未穩。」（《叢話》前集
> 卷三十一「梅聖俞」，頁260）

胡仔批評東坡〈惠崇春江曉景〉最後一句「正是河豚欲上時」有語病，因為胡仔認為就此題畫詩所云乃二月景致，是時「河豚已盛矣」，但東坡卻以「河豚欲上」來形容，顯然不妥，也就是與時令不合。

今人王水照先生則認為東坡此詩，就日常生活經驗看，可能有「失真」或「無理」之處，但就藝術領域裡卻是真實而合理的：

> 此詩處處才從於構築一個冬去春來時的意境：竹外的桃花
> 「三兩枝」，是初開；春水初暖，游鴨感知最先；蔞蒿、蘆芽，
> 既是早春植物是做魚羹的配料；當此春江水發、蔞蒿遍地而
> 蘆芽初生之際，正是河豚由海入河、逆流上水之時。蘇軾緊
> 緊抓住和突出自然景物在季節轉換時的特徵，把畫面上已有
> 的鴨、桃等物和未有的河豚，統一組成他心目前的「第二自
> 然」，表達他對這個辭臘迎春時刻的敏感和欣喜。這首詩的全
> 部好處就在寫活了一個「初」字。從日常生活經驗看，可能
> 有所「失真」或「無理」，但在藝術領域裡卻是更真實、更合
> 理。〔註163〕

胡仔對東坡詞，皆為佳評。謂其「佳詞最多」〔註164〕；「〈赤壁詞〉，語意高妙，真古今絕唱。」〔註165〕；「〈中秋詞〉，自東坡〈水調歌頭〉一出，餘詞盡廢」〔註166〕；而東坡為人批評有語病的「揀盡寒枝不肯棲」（〈卜算子〉），胡仔則以「文章之妙，語意到處即為之，不可

〔註163〕《宋遼金詩鑑賞》，上海：上海古籍出版社，1998年12月第一版，
〈惠崇春江晚景〉王水照，頁166。
〔註164〕《叢話》後集卷二十六，頁192～193。
〔註165〕《叢話》前集卷五十九，頁411。
〔註166〕《叢話》後集卷三十九，頁321。

限以繩墨也」〔註167〕為東坡辯論。由於限於篇幅限制，當另撰文論胡
仔對東坡的詞評。

四、黃庭堅評論

　　黃庭堅雖是宋朝影響力最大的作家之一，被呂居仁推為江西詩派
開創者，但在胡仔《叢話》前、後集一百卷中只佔《叢話》前集卷四十
七至四十九「山谷」，《叢話》後集卷三十一、三十二「山谷」總共五
卷，共111則〔註168〕，胡仔的按語共有47則。〔註169〕

　　比歐陽脩的三卷多了兩卷，王安石近五卷，僅多了2則，但和蘇
軾的十四卷相差了九卷，也就是黃庭堅在《叢話》只佔蘇軾篇幅近三分
之一，由此可見胡仔心中兩人的份量輕重。

　　胡仔推崇黃庭堅擅長於詠物詩、題畫詩、善於用事、造語，擅於
使用「奪胎換骨」法，巧妙地運用前人之詩語、詩意、詩格為己所用。
肯定黃庭堅詩「自出機杼，別成一家，清新奇巧」，批評其過於「出
奇」，且不免有押錯韻、用錯事之詩病，另糾正惠崇《禁臠》、張耒的
「拗句」、「拗律」始於黃庭堅的錯誤說法。

> 　　苕溪漁隱曰：「詩人詠物形容之妙，近世為最。……蘇黃又有
> 詠花詩，皆託物以寓意，此格尤新奇，前人未之有也。……
> 山谷〈詠水仙花詩〉云：『凌波仙子生塵襪，水面盈盈步微月，
> 是誰招此斷腸魂，種作寒花寄愁絕。』〈詠桃花絕句〉云：『九
> 疑山中萼綠華，黃雲承襪到羊家，真筌蠹蝕詩句斷，猶託餘
> 情開此花。』……古人有〈詠玉簪花詩〉云：『燕罷瑤池阿母
> 家，飛瓊扶上紫雲車，玉簪墜地無人拾，化作東南第一花。』
> 稱此格也。」（《叢話》前集卷四十七「山谷」，頁325）

〔註167〕《叢話》前集卷三十九，頁268。
〔註168〕《叢話》前集卷四十七至四十九共67則，《叢話》後集卷三十一、三
　　　　十二共44則。尚未計散於其他卷帙的則數。
〔註169〕《叢話》前集卷四十七至四十九共有胡仔按語22則，《叢話》後集卷
　　　　三十一、三十二共有胡仔按語25則。

胡仔推崇宋人詠物詩,「形容之妙,近世為最」。並舉黃庭堅〈詠水仙花詩〉、〈詠桃花絕句〉〔註170〕、〈詠玉簪花詩〉為例,以為皆「託物以寓意,此格尤新奇,前人未之有也」。

庭堅〈詠水仙花詩〉曰:

　　凌波仙子生塵襪,水面盈盈步微月,是誰招此斷腸魂,種作寒花寄愁絕。〔註171〕

用的曹植〈洛神賦〉「凌波微步,羅襪生塵」之詩意,凌波仙子在月光映水的水面上輕盈地漫步。表現的是水仙花的優雅意態。是誰招來這斷腸的精魂,種成了素潔的寒花,來寄託他的愁思?則道出水仙幽怨的精神。

　　將水仙花比喻成月下滿懷幽思凌波仙子,完全擺脫前人詠物詩柔靡纖巧的氣息。又善於化用前人的典故,且能掌握水仙花的「神韻」,描繪水仙花在水中、在月下,盈盈悄立,白淨的身姿,就像滿懷幽思的女子。詩人將自己的情感轉移到花中,與之合而為一。頗能掌握描寫對象之「神韻」,因物以寓情。此詩一掃前人詠物詩的陋習,沒有柔靡纖巧的氣息,而顯示了遒勁老健的宋詩風格。

　　另一首胡仔所舉的「古人有〈詠玉簪花詩〉」,此古人實乃黃庭堅。胡仔仍推崇此詠花詩能「稱此格」,即形容巧妙、託物以寓意也。

　　燕罷瑤池阿母家,飛瓊扶上紫雲車,玉簪墜地無人拾,化作東南第一花。

傳說西王母在瑤池宴飲群仙,仙女們飲了玉液瓊漿之後,飄然入醉,被扶上了西王母的紫雲車,散亂的頭髮,玉簪散落掉入人間,變成了東南

〔註170〕此詩詩名應為〈效王仲至少監詠姚花用其韻四首(之二)〉,《山谷詩集注》,任淵、史容、史季溫注,上海:古籍出版社,2003年12月第一版,頁223。

〔註171〕原詩名為〈王充道送水仙花五十枝欣然會心為之作詠〉,全詩如下:「凌波仙子生塵襪,水面盈盈步微月,是誰招此斷腸魂,種作寒花寄愁絕。含香體素欲傾城,山礬是弟梅是兄。坐對真成被花惱,出門一笑大江橫。」(《山谷詩集注》,頁378)

方最美的玉簪花。此詩將玉簪花的纖長瘦白的形象與仙女的髮簪相結合，帶出了美麗的神話傳說，賦予玉簪花更鮮活的生命內涵。

　　　　苕溪漁隱曰：「……魯直於棋則不然，如『心似蛛絲遊碧落，身如蜩甲化枯枝』，則苦思忘形，較勝負於一著……」（《叢話》前集卷三十三「半山老人」，頁 223）

庭堅此詩乃〈弈棋二首呈任公漸〉其一：

　　　　偶無公事客休時，席上談兵校兩棋。心似蛛絲遊碧落，身如蜩甲化枯枝。

描寫下棋者的心思像輕盈的蜘蛛絲網般，飄颺在天空；身體凝然不動則似蟬蛻化後的空殼，掛在乾枯的樹枝上。

　　　上句寫弈者之「神」，著力表現弈者的精神狀態，下棋者不僅忘了自己，也忘了世界，物我兩忘而遊心物外；下句寫「態」，下棋者由於殫精苦思，凝神不動，全身彷彿僵化了，像一個沒有生命的軀殼。此兩句寫下棋者的神態，可謂窮形盡相，形容生動。

　　　　苕溪漁隱曰：「吾家有二畫馬，乃陸遠所摹伯時舊本，……
　　　　其一則黃魯直詩：『西河驄作蒲萄錦，目光夾鏡耳卓錐。』止
　　　　哦此二詩，雖不見畫圖，當如支遁語『道人憐其神俊也』。」
　　　　（《叢話》後集卷二十六「東坡」，頁 194）

胡仔評論黃庭堅的題畫詩，讓人即使不見圖畫，亦憐馬之神俊。此詩為庭堅之〈次韻子瞻和子由觀韓幹馬因論伯畫天馬〉，胡仔舉的是此詩的三、四句：

　　　　西河驄作蒲萄錦，雙瞳夾鏡耳卓錐。〔註172〕

〔註172〕按今版本作「雙瞳夾鏡耳卓錐」，與胡仔版本稍異。全詩如下：「于闐花驄龍八尺，看雲不受絡頭絲。西河驄作蒲萄錦，雙瞳夾鏡耳卓錐。長楸落日試天步，知有四極無由馳。電行山立氣深穩，可耐珠韉白玉羈。李侯一顧歎絕足，領略古法生新奇。一日真龍入圖畫，在坰群雄望風雌。曹霸弟子沙苑丞，喜作肥馬人笑之。李侯論幹獨不爾，妙畫骨相遺毛皮。翰林評書乃如此，賤肥貴瘦渠未知。況我平生賞神駿，僧中云是道林師。」（《山谷詩集注》，任淵、史容、史季溫注，上海：古籍出版社，2003 年 12 月第一版，頁 166～167）

西河的驄馬身上的花斑，像一幅蒲萄紋錦，雙眼像夾著兩塊明鏡，耳殼像豎立的錐子。將駿馬身上的花紋與雙眼之炯炯有神，耳朵挺立有形，如繪圖般以文字呈現出來。

　　胡仔讚賞黃庭堅善於捕捉西河驄馬的形象與神韻，讓人即使未見圖畫，也會像晉朝和尚支遁一樣，愛憐天馬之神駿。

　　　　苕溪漁隱曰：「山谷〈題伯時天育驃騎圖〉（二首之二）云：
　　　　『明窗盤礴萬物表，寫出人間真乘黃，邂逅今身猶姓李，可
　　　　非前世江都王。』山谷用此事於伯時，尤為親切，姓與藝皆
　　　　同也。江都王畫馬，今猶有存者……」（《叢話》後集卷二十
　　　　六「東坡」，頁 195）

胡仔評論庭堅〈題伯時天育驃騎圖〉[註173]「用事親切」，用唐朝江都王李緒之典，姓與李伯時相同，同樣擅畫馬的畫藝也相同。

　　　　明窗盤礴萬物表，寫出人間真乘黃[註174]，邂逅今身猶姓
　　　　李，可非前世江都王。[註175]

在明淨的窗邊，恣意作畫就能摹寫萬物的外表，畫出人間真正的神馬。不期而遇，今生乃是姓李，可不是前生就是擅畫鞍馬的江都王李緒。

　　　　苕溪漁隱曰：「前輩譏作詩多用古人姓名，謂之點鬼簿。其
　　　　語雖然如此，亦在用之何如耳，不可執以為定論也。如山谷
　　　　〈種竹〉云：『程嬰杵臼立孤難，伯夷叔齊食薇瘦。』〈接花〉
　　　　云：『雍也本犁子，仲由元鄙人。』善於比喻，何害其為好句
　　　　也。」（《叢話》後集卷三十一「山谷」，頁 232～233）

胡仔推崇庭堅〈種竹〉、〈接花〉詩雖多用古人姓名，但善於比喻，何害其為好句也。

────────────

〔註173〕〈題伯時天育驃騎圖〉，《山谷詩集注》，頁 240。
〔註174〕乘黃：傳說中的神馬。《山海經·海外西經》：「有乘黃，其狀如狐，
　　　　其背上有角，乘之壽二千歲。」（《山海經校注》，袁珂校注，台北：
　　　　里仁書局，中華民國 84 年初版三刷，頁 225）
〔註175〕江都王：指李緒，為太宗姪子，多才藝，善書法，尤擅畫鞍馬。

程嬰杵臼立孤難，伯夷叔齊食薇瘦。〔註176〕（〈寄題榮州祖
元大師此君軒〉）

春秋時代，晉國的程嬰和公孫杵臼，為了要保護趙氏孤兒〔註177〕，歷
盡艱難；孤竹國的伯夷、叔齊，因義不食周粟，採野菀豆充飢而消
瘦，最後餓死首陽山。

雍也本犁子，仲由元鄙人。〔註178〕（〈和師厚接花〉）

庭堅〈和師厚接花〉用孔子兩位學生的名字——雍〔註179〕、仲由
〔註180〕。冉雍出生貧賤卻有賢才、子路原是粗俗低賤的人。

苕溪漁隱曰：「魯直〈觀伯時畫馬詩〉云：『儀鸞供帳饗蚩
尤，翰林濕薪爆牀簥，風簾官燭淚縱橫。木穿石槃木柴透，
坐窗不遶令人瘦，貧馬百蹄迎一豆。眼明見此玉花驄，徑思
著鞭隨詩翁，城西野桃尋小紅。』此格，《禁臠》謂之促句
換韻，其法三句一換韻，三疊而止。此格甚新，人少用

〔註176〕此詩名應為〈寄題榮州祖元大師此君軒〉，全詩如下：「王師學琴三十
　　　　年，響如清夜落澗泉。滿堂洗盡箏琵耳，請師停手恐斷絃。神人傳書
　　　　道人命，死生貴賤如看鏡。晚知直語觸憎嫌，深藏幽寺聽鐘磬。有酒
　　　　如澠客滿門，不可一日無此君。當時手栽數寸碧，聲挾風雨今連雲。
　　　　此君傾蓋如故舊，骨相奇怪清且秀。程嬰杵臼立孤難，伯夷叔齊食薇
　　　　瘦。霜鐘堂上弄秋月，微風入絃此君悅。公家周彥筆如椽，此君語意
　　　　當能傳。」（《山谷詩集注》，頁 323）
〔註177〕司寇屠岸賈追究刺殺晉靈公的主謀，罪名加在趙朔之父趙盾身上，把
　　　　趙氏全族誅滅。當時只有趙朔的妻子因躲在宮中而倖免於難，又得到
　　　　程嬰和公孫杵臼的計謀，終能保護趙氏最後命脈。
〔註178〕此詩詩名應為〈和師厚接花〉，全詩如下：「妙手從心得，接花如有神。
　　　　根株穰下土，顏色洛陽春。雍也本犁子，仲由元鄙人，升堂與入室，
　　　　只在一揮斤。」（《山谷詩集注》，頁 588）
〔註179〕冉雍（西元前 522 年～？），字仲弓，春秋末年魯國（今山東曲阜）
　　　　人。冉雍之父冉離，世居「菏澤之陽」。家貧，以牧為業，人稱「犁
　　　　牛氏」。早年拜師孔子。孔子曾稱贊冉雍：「雍也可使南面。」「犁牛
　　　　之子騂且角，雖欲勿用，山川其舍諸？」（《論語・雍也》）
〔註180〕仲由（西元前 542～480），字子路，或稱季路，魯國人，是孔子的一
　　　　個有名弟子。……仲由性格直爽、勇敢、信守承諾、忠於職守，以擅
　　　　長「政事」著稱。

之。……」(《叢話》前集卷四十八「山谷」，頁330)

胡仔推崇黃庭堅〈觀伯時畫馬詩〉「三句一換韻，三疊而止」，創立了新的詩格。甚至自己也學此新格式而寫了一首詩。〔註181〕

今人胡守仁先生點評此詩云：

此詩三句一換韻，三迭而止，格調甚新，是山谷創體。一層寫供帳之敗壞，蝨子橫行；二層寫鎖宿之久，令人得瘦；三層寫見畫馬而生追隨東坡並巒觀賞桃花之想。立意新奇，用筆瘦挺，故是山谷名篇。〔註182〕

胡仔的創作論，特別強調獨創之功，所以對黃庭堅創立新的詩式，予以肯定推崇。

苕溪漁隱曰：「零凌郡澹山岩，秦周貞實之舊居。余往歲嘗遊之，因見李西臺、黃太史詩刻，愛其詞翰雙美，因搨墨本以歸，真佳玩也。……太史詩二首，其一云：『去城二十五里近，天與隔斷俗子塵。春蛙秋蠅不到耳，夏涼冬暖總宜人。岩中清磬僧定起，洞口綠樹仙家春。惜哉此山世未顯，不得雄文鑱翠瑉。』其二云：『澹山澹姓人安在，徵君避秦亦未歸。石門竹徑幾時有，瑤臺瓊室至今疑。洞中明潔坐十客，亦可呼樂醉舞衣。閬州城南果何似，永州澹岩天下稀。』」(《叢話》後集卷三十二「山谷」，頁238～239)

胡仔對於黃庭堅在零陵郡(湖南永州)澹山岩詩刻極其推崇，愛其「詞翰雙美」。而原本默默無名的澹山岩，也因黃庭堅的歌詠「永州澹岩天下稀」，招來了許多遊客，使得澹岩名聲遠播，遊客紛至遝來。

庭堅此二詩，明顯「以文為詩」。談論尚不為人知的人間仙境澹

〔註181〕胡仔自云：余嘗以此格為鄙句云：「青玻璃色瑩長空，爛銀盤挂屋山東，晚涼徐度一襟風。天分風月相管領，對之技癢誰能忍，吟哦自恨詩才窘。掃寬露坐發興新，浮蛆玱玱拋青春，不妨舉醱成三人。」(《叢話》前集卷四十八，頁330)

〔註182〕精品課程網，中國古代文學課程網，http://210.35.160.8/gdwxw/htj 019.htm。

山岩。說明澹岩不但是隔絕紅塵俗世與俗子的人間仙境，環境優雅寧靜，也阻隔了聒噪的蛙鳴、擾人的蒼蠅。並且氣候宜人，冬暖夏涼。所以，僧人在這裡靜坐，由於外在適宜的環境，可以更容易地獲得禪定，洞口的綠意盎然，顯現春天的蓬勃之氣。又云澹山岩原本就是幽靜遠俗、避秦人的桃花源，那裡既有適合隱居禪悅的石門竹徑，也有裝飾華美奇巧的樓臺屋宇。就可坐在明淨的石洞中清談，也可喝酒陶醉在舞衣翩翩之中。比起古來就有「閬苑仙境」閬州城〔註183〕，永州的澹岩的美景才是真正天下稀有的。

> 苕溪漁隱曰：「余頃歲往來湘中，屢遊浯溪，徘徊磨崖碑下，讀諸賢留題，惟魯直、文潛二詩，傑句偉論，殆為絕唱，後來難復措詞矣。魯直詩云：『春風吹舡著浯溪，扶藜上讀中興碑。平生半世看墨本，摩挲石刻鬢成絲。明皇不作包桑計，顛倒四海由祿兒，九廟不守乘輿西，萬官奔竄鳥擇栖。撫軍監國太子事，何乃趣取大物為？事有至難天幸耳，上皇跼蹐還京師。內間張后色可否，外問李父頤指揮。南內淒涼幾苟活，高將軍去事尤危。臣結春陵二三策，臣甫杜鵑再拜詩。安知忠臣痛至骨，後世但賞瓊琚詞。同來野僧六七輩，亦有文士相追隨，斷崖蒼蘚對立久，凍雨為洗前朝悲。』」（《叢話》前集卷四十七「山谷」，頁 322～323）

胡仔對於庭堅此詩，可謂推崇備至，謂其「傑句偉論，殆為絕唱，後來難復措詞矣」。

　　此詩為黃庭堅晚年的重要作品。宋徽宗崇寧三年（1104），庭堅被除名羈管宜州。途經永州，遊覽了浯溪岸邊山崖上的著名石刻〈大唐中興頌〉〔註184〕，有感而發，寫下了此首弔古詠史詩。

〔註183〕杜甫有〈閬水歌〉推崇閬州的美景「閬州城南天下稀」。全詩如下：
　　　　「嘉陵江色何所似，石黛碧玉相因依。正憐日破浪花出，更復春從沙際歸。巴童蕩槳欹側過，水雞銜魚來去飛。閬中勝事可腸斷，閬州城南天下稀。」（《杜詩鏡銓》，頁 499）
〔註184〕唐朝元結所作，顏真卿書寫。

此詩前四句交代登臨觀碑的背景。中間十六句則對唐朝「安史之亂」和亂後政局，提出了評論。

庭堅認為「安史之亂」的肇因，主要是唐玄宗沒有作好鞏固國本的計謀，將軍事大權交給了野心勃勃的胡人安祿山的手裡，因而導致「安史之亂」，使得國家政權不保，玄宗自己狼狽地逃到了四川。而朝廷百官就像烏鴉般各自擇木而棲。而當此國家發生緊急危難的時刻，庭堅覺得身為太子李亨原應統率軍隊（撫軍）或守護國家（監國）。奈何卻急著抓權，匆忙篡取皇位。對於肅宗李亨的篡權，頗不以為然。

至於「安史之亂」的平定，庭堅認為只是上天保佑，才能僥倖保全國家，肅宗是沒有什麼功勞可言的。

「安史之亂」後的政局，玄宗太上皇懷著忐忑不安的心情回到京師。肅宗在宮內得看張皇后的臉色，在宮外又得看李輔國的指揮驅使。玄宗被安排在南內興慶宮內，幾近苟延殘喘地度日。而他最親密的心腹高力士將軍被流放，使得玄宗的處境更加艱難。

接著庭堅以前朝元結、杜甫的忠心作比喻——唐朝元結在舂陵上書獻策；杜甫見杜鵑再拜作詩。並發出沈痛的呼籲：世人卻只是欣賞那優美的文辭，有誰知道忠臣痛徹入骨的悲痛？

末四句補敘同行之人，及自己佇立悵惘的憂傷。一陣暴雨為他們洗掉前朝的悲思。

庭堅末句實乃含不盡之意，他那像元結、杜甫一般的痛徹入骨的悲痛，不是為了前朝，而是為了當時岌岌可危的國勢。

唐玄宗晚年因為不理國事，重用楊國忠、安祿山而導致大禍，險些葬送了大唐江山。而宋朝當時的皇帝徽宗，也是一位不管國計民生，只追求自己奢華的生活，搜集各種奇花異石，運到汴京，修建園林宮殿，崇信道教，自稱「道君皇帝」。重用蔡京、童貫等奸佞⋯⋯。

黃庭堅的憂心並非憑空無故，也似乎預見了大宋飄搖的江山，因為庭堅寫完此詩，再過二十多年，北宋（靖康二年，1127）最終結束在徽宗的手裡。庭堅此詩，夾敘夾議，以古諷今，可謂筆力萬鈞。

宋人曾季貍《艇齋詩話》云：

> 山谷涪翁碑詩有史法，古今詩人不至此也。〔註185〕

今人胡守仁先生點評此詩云：

> 詩中評論唐玄宗之寵任安祿山以致失國，及肅宗擅自即位並
> 受制於張后、李父以致失為人子之道，凡此皆足為後世之鑒
> 戒，非止就事詠事而已。用意深刻，筆力蒼勁。〔註186〕

由上可見，歷代對黃庭堅涪翁碑詩，皆是肯定推崇的評論。

> 苕溪漁隱曰：「古今聽琴阮琵琶箏瑟諸詩，皆欲寫其音聲節
> 奏，類以景物故實狀之，大率一律，初無中的句互可移用，
> 是豈真知音者。但其造語藻麗，為可喜耳。……『春犬百鳥
> 語撩亂，風蕩楊花無畔岸。微露愁猿抱山木，玄冬孤鴻度雲
> 漢，斧斤丁丁空谷樵，幽泉落澗夜蕭蕭。十二峯前巫峽雨，
> 一八月後錢塘潮。孝子流離在中野，羈臣歸來哭亡壯。坐床
> 思婦感蟪蛄，暮年遺老依桑柘。此魯直聽琴詩也。『寒蟲催織
> 月籠秋，獨雁叫群天拍水。楚國羈臣放十年，漢宮佳人嫁千
> 里，深閨洞房語恩怨，紫燕黃鸝韻桃李。楚狂行歌驚市人，
> 漁父挐舟在葭葦。』此魯直聽摘阮詩也。……』（《叢話》前
> 集卷「韓吏部」，頁104）

胡仔推崇黃庭堅聽琴詩、聽摘阮詩，以「景物故實」描摹音聲節奏，而
「造語藻麗」，令人可喜。

聽琴詩詩名為〈西禪聽戴道士彈琴〉，此詩以春天百鳥的鳴叫聲、
楊花到處飄揚，形容琴聲的悅耳悠揚。以愁猿、孤鴻表達琴中的憂傷
凄涼之音。以伐木丁丁及山泉幽咽，以形容琴聲的輕快響亮與低沈流
瀉。以巫峽的風雨，錢塘的江潮，形容琴聲雄壯。以孝子流離、羈臣歸

〔註185〕《續歷代詩話・艇齋詩話》，丁仲祜編訂，台北：藝文印書館，中華
　　　　民國72年6月四版，頁332。
〔註186〕精品課程網，中國古代文學課程網，http://210.35.160.8/gdwxw/htj
　　　　019.htm。

國、思婦、遺老，來形容琴聲的哀怨感傷之音。

聽摘阮詩詩名為〈聽宋宗儒摘阮歌〉，則用寒蟲低吟，獨雁叫群來渲染出秋天的蕭颯和淒涼。用楚國羈臣（屈原）被流放十年，漢宮佳人（王昭君）遠嫁千里（和親匈奴），兩個歷史上的典故來表現阮咸悲吟淒涼哀婉的曲調。「深閨洞房語恩怨，紫燕黃鸝韻桃李」則以「深閨」句傳達人間最和諧最深情之聲，以「紫燕」句表現大自然最優美最動人的樂聲。最後則以兩位隱者的形象──接輿狂放，漁父閒適，表現出一種不受羈束的自由精神。山谷此詩對阮咸樂聲的描繪：時而淒涼；時而幽怨；時而深情；時而清新；時而狂放；時而悠遠。形象生動，不落窠臼，能夠遊刃有餘地運用大自然的景致及歷史典故，融於一詩，對樂聲的描寫能另闢蹊徑，具有其個人獨特的風格。

兩首描摹音樂的詩，皆用了大量的比喻，或者是自然界，或者是社會歷史的典故，善於摹擬比況。除了胡仔所云的以「景物故實」形容聲音之外，庭堅尚用了歷史典故，呈現更典型的宋詩型態。

「奪胎換骨」的實踐──詩意、詩語、格式

在黃庭堅的文集中，並沒有「奪胎換骨」一詞，但在一些宋代詩話中，卻有「奪胎」或「換骨」的論述。胡仔的《叢話》曾引釋惠洪《冷齋夜話》及嚴有翼《藝苑雌黃》談論有關「奪胎換骨」的論述：

> 《冷齋夜話》云：「山谷言詩意無窮，而人才有限，以有限之才，追無窮之意，雖淵明、少陵不得工也。不易其意，而造其語，謂之換骨法。規摹其意形容之，謂之奪胎法。……」
> （《叢話》前集卷三十五「半山老人」，頁235）

> 「前輩云：『詩有奪胎換骨之說』，信有之也。杜陵謁玄元廟，其一聯云：『五聖聯龍袞，千官列雁行。』蓋紀吳道子廟中所畫者。徽宗黨制哲廟挽詩，用此意無一聯云：『北極聯龍袞，秋風折雁行。』亦以雁行對龍袞。然語中的，其親切過於本詩，茲不謂之奪胎可乎？不然，則徒用前人之語，殊不

足貴。……」（《叢話》後集卷十九「本朝」，頁 133）

在《叢話》中，亦隨處可見黃庭堅本人使用「奪胎換骨」的手法，創作詩詞。

苕溪漁隱曰：「荊公詩：『祇向貧家促機杼，幾家能有一鈎絲。』山谷詩云：『莫作秋蟲促機杼，貧家能有幾鈎絲。』荊公又有『小立佇幽香』之句，山谷亦有『小立近幽香』之句，語意全然相類，二公豈竊詩者？王直方云：『當是暗合。』豈其然乎！」（《叢話》前集卷四十八「山谷」，頁 327）

此則胡仔與王安石的〈促織〉詩「祇向貧家促機杼，幾家能有一鈎絲」〔註187〕與黃庭堅的「莫作秋蟲促機杼，貧家能有幾鈎絲。」〔註188〕聯作比較，發現二詩的「語意全然相類」。又王詩「小立佇幽香」〔註189〕及黃詩的「小立近幽香」〔註190〕亦是「語意全然相類」。

此乃典型的詩意與詩語全然相似的「奪胎換骨」，若未能超越所襲之人，易落入「剽竊」之譏。所以王直方認為當是「暗合」，而胡仔卻則持懷疑的態度：「真的是這樣嗎！」。恐怕是在主觀上胡仔認為王安石之詩比黃山谷之詩來得「語意具工」的關係。

苕溪漁隱曰：「《正法眼藏》云：『石頭一日問藥山，曰：子近

〔註187〕此詩詩名為〈促織〉：「金屏翠幔與秋宜，得此年年醉不知；只向貧家促機杼，幾家能有一鈎絲？」（《王文公文集》，上海人民出版社，1974 年 9 月第一版，頁 816）

〔註188〕此詩詩名為〈往歲過廣陵值斗春嘗作詩云「春風十里珠簾捲，彷彿三生杜牧之。紅藥梢頭初繭栗，揚州風物鬢成絲。」今春有自淮南來者，道揚州事。戲以前韻寄王定國二首，其二〉「日邊置論誠深矣，聖處時中乃得之。莫作秋蟲促機杼，貧家能有幾鈎絲？」（《山谷詩集注》，任淵、史容、史季溫注，上海：古籍出版社，2003 年 12 月第一版，頁 185～186）

〔註189〕此詩名為〈歲晚〉「月映林塘澹，風涵笑語涼。俯窺憐綠淨，小立佇幽香。攜幼尋新的，扶衰坐野航。延緣久未已，歲歲晚流光。」（《王文公文集》，頁 771）

〔註190〕此詩名為〈次韻答斌老病起獨遊東園二首〉其一「萬事同一機，多慮即禪病。排悶有新詩，忘蹄出兔徑。蓮花出淤泥，可見嗔喜性。小立近幽香，心與晚色靜。」（《山谷詩集注》，頁 67）

日作麼生？山曰：皮膚脫落盡，惟有真實在。』魯直〈別楊
明叔詩〉云：『皮毛剝落盡，惟有真實在。』全用藥山禪語也。」
（《叢話》前集卷四十五「山谷」，頁 329）

此則黃庭堅的詩「皮毛剝落盡，惟有真實在。」〔註191〕與《正法眼藏》
藥山「皮膚脫落盡，惟有真實在。」之語，相差只有兩個字，詩意詩語
全同，若云「剽竊」或「蹈襲」，誰云不宜，但胡仔只含蓄地指出山谷
此聯「全用藥山禪語」。

苕溪漁隱曰：「杜牧之詩云：『薦紅半落平池晚，曲渚飄成錦
一張。』又云：『平生五色線，願補袞衣裳。』魯直皆用其語，
詩云：『菰葉蘋花飛白鳥，一張紅錦夕陽斜。』又云：『公有
胸中五色線，平生補袞用功深。』」（《叢話》後集卷三十二「山
谷」，頁 245）

此則胡仔指出黃庭堅「菰葉蘋花飛白鳥，一張紅錦夕陽斜。」〔註192〕
一聯詩，用的是杜牧詩「薦紅半落平池晚，曲渚飄成錦一張。」〔註193〕
之語；黃庭堅詩「公有胸中五色線，平生補袞用功深。」〔註194〕一聯，
用的是杜牧「平生五色線，願補袞衣裳。」〔註195〕之詩語。

　　良玉按：黃庭堅「一張紅錦夕陽斜。」用的乃是杜牧「薦紅半落

〔註191〕黃庭堅〈次韻楊明叔見餞十首〉其八「虛心觀萬物，險易極變態。皮
　　　　毛剝落盡，惟有真實在。侍中乃珥貂，御史則冠豸。照影或可羞，短
　　　　蓑釣寒瀨。」（《山谷詩集注》，頁 345）

〔註192〕黃庭堅〈和李才甫先輩快閣〉五首其一「山寒江冷丹楓落，爭渡行人
　　　　簇晚沙。菰葉蘋花飛白鳥，一張紅錦夕陽斜。」（《山谷詩集注》，頁
　　　　840）

〔註193〕杜牧〈春晚題韋家亭子〉「擁鼻侵襟花草香，高臺春去恨茫茫。薦紅
　　　　半落平池晚，曲渚飄成錦一張。」（《全唐詩》卷 521_50，頁 5961）

〔註194〕〈再次韻四首〉：「延和西路古槐陰，不隔朝宗鳳夜心。公有胸中五色
　　　　線，平生補袞用功深。」（《山谷詩集注》，任淵、史容、史季溫注，
　　　　上海：古籍出版社，2003 年 12 月第一版，頁 172～172）

〔註195〕按：「願補袞衣裳」應為「願補舜衣裳」才對。〈郡齋獨酌（黃州
　　　　作）〉：「……豈為妻子計，未去山林藏。平生五色線，願補舜衣裳。
　　　　弦歌教燕趙，蘭芷浴河湟。……」（《全唐詩》卷 520_3，頁 5939～
　　　　5940）

平池晚，曲渚飄成錦一張。」的詩意：黃昏時，枯萎的紅花，飄落在池面上，蜿蜒曲折的江面像是鋪上了一張紅色的錦緞。

故此則應是「用其意」而非「用其語」。胡仔的批評術語有時不太明確。黃庭堅〈再次韻四首〉才是用杜牧〈郡齋獨酌（黃州作）〉詩語——「用其語」。

> 苕溪漁隱曰：「太白云：『解道澄江靜如練，令人還憶謝玄暉。』
> 至魯直則云：『憑誰說與謝玄暉，休道澄江靜如練。』……反
> 其意而用之，蓋不欲沿襲之耳。」（《叢話》後集卷四「李太
> 白」，頁 25）

李白有「解道澄江靜如練，令人還憶謝玄暉。」[註196]的詩句，黃山谷則有「憑誰說與謝玄暉，莫道澄江靜如練。」的詩句，胡仔認為此乃黃庭堅「不欲沿襲」而「反其意」（翻案）的手法作詩。

黃庭堅的〈題晁以道雪雁圖〉詩：

> 飛雪灑蘆如銀箭，前雁驚飛後回眄。憑誰說與謝玄暉，莫道
> 澄江靜如練。[註197]

此題畫詩前二句描繪雪雁圖中的畫面：江邊大雪紛飛，飄灑在蘆葦之上，一雙雁鳥驚動飛舞且回頭看的動態景象。以此動態景致，進而推出後二句否定謝朓「澄江靜如練」之靜態景致。[註198]

> 苕溪漁隱曰：「……山谷詩云：『弓刀陌上望行色，兒女燈前
> 語夜深。』蓋皆出於老杜『廚人語夜闌』之意。《王直方詩話》
> 以謂三詩當以先後分勝負。非也。」（《叢話》前集卷四十一
> 「東坡」，頁 279）

〔註196〕〈金陵城西樓月下吟〉「金陵夜靜涼風發，獨上江樓望吳越，白雲映
水搖空城，白露垂珠低秋月，月下空吟久不歸，古來相接眼中稀，解
道「澄江靜如練」，令人長憶謝玄暉。」（《李太白詩歌全集》古近體
詩卷二十二，清·王琦注，劉建新校勘，北京：今日中國出版社，1997
年 11 月第一版，頁 250）

〔註197〕《山谷詩集注》，頁 180。

〔註198〕此處解釋參胡迎建，〈論黃庭堅的題畫詩〉（紀念黃庭堅誕生 960 周進學
術研討會論文），http://www.poetry-cn.com/forum/web_php?id=1640。

此則胡仔云黃庭堅詩「兒女燈前語夜深」〔註199〕乃是用杜甫「廚人語夜闌」〔註200〕的詩意。實則只是「語夜闌」──聊到深夜的詩意相同而已。杜甫描寫的是：山館上廚夫，夜不能寐，有更深夜靜中「語夜闌」──聊到很晚。黃庭堅詩則是描寫，叔叔和兒女們在燈火前聊到深夜，呈現一家人團聚的天倫之樂，充滿溫馨和樂的親情。

　　《王直方詩話》在評論此二詩時，認為當以時代先後來作為勝負評論的關鍵。但胡仔並不認為時代在前的就一定是就較好的，沒有貴古賤今的觀念。

　　個人以為，兩者各有特色，雖都運用「語夜闌」的詩意，但所詮釋的意義不同，運用的對象也不同，各具特色，我同意胡仔的說法，是不應該以時代的先後來區分勝負。

　　《復齋漫錄》云：「牧之〈齊安城樓〉詩：『嗚咽江樓角一聲，微陽瀲瀲落寒汀，不用憑欄苦回首，故鄉七十五長亭。』蓋用李太白〈淮陰書懷詩〉：『沙墩至梁苑，二十五長亭。』苕溪漁隱曰：「魯直〈竹枝詞〉：『鬼門關外莫言遠，五十三驛是皇州。』皆相沿襲也。」（《叢話》後集卷十五「杜牧之」，頁108）

胡仔引《復齋漫錄》云杜牧〈齊安城樓〉用李白〈淮陰書懷詩〉。而胡仔則云黃庭堅〈竹枝詞〉亦是「相沿襲」未指出是何種相沿襲？個人以為，此三詩的共同特色，乃是用「驛站」的長度來計算里程。

　　李白詩「沙墩至梁苑，二十五長亭。」〔註201〕指出沙墩到梁苑的

〔註199〕〈寄上叔父夷仲〉三首其三：「關寒塞雪欲嗣音，燕雁拂天河鯉沈。百書不如一見面，幾日歸來兩慰心。弓刀陌上望行色，兒女燈前語夜深。更懷父子東歸得，手種江頭柳十尋。」（《山谷詩集注》，任淵、史容、史季溫注，上海：古籍出版社，2003年12月第一版，頁214）

〔註200〕〈移居公安山館〉：「南國晝多霧，北風天正寒。路危行木杪，身遠宿雲端。山鬼吹燈滅，廚人語夜闌。雞鳴問前館，世亂求安。」（《杜詩鏡銓》，清・楊倫，台北：華正書局，中華民國67年12月，頁939～940）

〔註201〕〈淮陰書懷，寄王宗成〉：「沙墩至梁苑，二十五長亭。大舶夾雙櫓，

距離，有二十五個長亭那麼遠，古時三十里有一驛站，每個驛站有亭子，也就是七百五十里。杜牧詩「故鄉七十五長亭」，則是指出齊安城（黃州）距離杜牧的故鄉長安，有二千二百五十里，驛站是七十五個。而黃庭堅的「鬼門關外莫言遠，五十三驛是皇州。」〔註202〕，乃是庭堅從京師被貶至黔州（重慶黔江），在這荒涼的鬼域，距離京州有一千五百多里遠，約有五十三個驛站那麼遠，乃是庭堅心中的孤寂憤懣，所化出的無奈與悲涼。

> 《王直方詩話》云：「……張文潛嘗謂余曰：『黃九似桃李春風一盃酒，江湖夜雨十年燈，真是奇語。』」苕溪漁隱曰：「汪彥章有『千里江山漁笛晚，十年燈火客氈寒』之句，效山谷體也。……」（《叢話》前集卷四十七「山谷」，頁321）

此則胡仔論及汪藻（彥章）〈次韻向君受感秋〉「千里江山漁笛晚，十年燈火客氈寒。」是學習「山谷體」而來，但未解釋何為「山谷體」？黃庭堅〈寄黃幾復〉「桃李春風一杯酒，江湖夜雨十年燈。」此聯的句式，完全使用名詞，使文句密實，亦可算是「拗體」的一種。黃師啟方於〈論江西詩派〉一文中云：

> 「拗體」，又可分為拗律與拗句兩種，……有時甚至造成七字全是名詞或全是動詞的形式。這無非是想推陳出新，標新立異，想藉此取別於人。〔註203〕

胡仔所云的「山谷體」，當是指此完全使用名詞的「拗體」格式。黃庭堅〈寄黃幾復〉：

> 桃李春風一杯酒，江胡夜雨十年燈。〔註204〕

中流鵝鸛鳴。……。」（《李太白詩歌全集》古近體詩卷二十二，清・王琦注，劉建新校勘，北京：今日中國出版社，1997年11月第一版，頁443）

〔註202〕〈竹枝詞〉二首其一：「撐崖拄穀蝮蛇愁，入箐攀天猿掉頭。鬼門關外莫言遠，五十三驛是皇州。」（《山谷詩集注》，頁289）

〔註203〕黃師啟方，〈論江西詩派〉，收錄於《兩宋文史論叢》，台北：學海出版社，中華民國74年10月初版，頁349。

〔註204〕〈寄黃幾復〉「我居北海君南海，寄雁傳書謝不能。桃李春風一杯酒，

「桃李」、「春風」、「一杯酒」三組名詞,陳述的是十年前兩人高中進士時春風得意飲酒的歡樂的畫面,「江湖」、「夜雨」、「十年燈」三組名詞,則是呈現十年後,兩人分別經歷了人生無數的險濤巨浪,在淅瀝的夜雨中,孤獨地在燈下思念對方的淒愴畫面。雖然以上的詞組都是陳舊的,但經過黃庭堅的重新組合之後,卻產生了令人意想不到的嶄新效果。所謂「以故為新」,從傳統中去汲取營養再加以重新創作,黃庭堅確是個中高手。

汪藻(彥章)〈次韻向君受感秋〉:

千里江山漁笛晚,十年燈火客氈寒。〔註205〕

運用的也是一句各三個名詞詞組,「千里」、「江山」、「漁笛晚」,「十年」、「燈火」、「客氈寒」。汪藻與向君受兩人相隔千里江山,向晚的客船中,傳來悠悠笛聲;十年的光陰,兩人依然千里漂泊,客居所穿的毛衣毛帽,抵擋不住嚴寒的天氣,而兩人相聚不能,所能做的也只是在燈火前思念對方。

黃庭堅是「拗體」詩的發揚光大者,黃師啟方於〈論江西詩派〉云:

(拗體)在杜甫之後,以韓最好用之,……在杜、韓的作品裏,只是偶而一見,畢竟仍不普遍,但到了黃庭堅手上,他就把這兩種方法,大量的用在詩的創作上,於是拗體成為黃詩的一大特色,也自然的成為江西詩派的作風之一了。〔註206〕

故釋惠洪、張耒皆將「換字對句法」「破棄聲律」的「拗體」詩的建立之功,歸功於黃庭堅:

江湖夜雨十年燈。持家但有四立壁,治國不蘄三折肱。想得讀書頭已白,隔溪猿哭瘴煙滕。」(《山谷詩集注》,頁42)
〔註205〕 〈次韻向君受感秋〉二首其一,汪彥章(汪藻)
且欲相隨首蓿盤,不須多問沐猴冠。菊花有意浮杯酒,桐葉無聲下井欄。千里江山漁笛晚,十年燈火客氈寒。男兒幾許功名事,華髮催人不少寬。
〔註206〕 《兩宋文史論叢》,台北:學海出版社,中華民國74年10月初版,頁349。

《禁臠》云：「魯直換字對句法，……其法於當下平字處以仄字易之，欲其氣挺然不群，前此未有人作此體，獨魯直變之。」（《叢話》前集卷四十七「山谷」，頁319）

張文潛云：「以聲律作詩，其末流也，而唐至今詩人謹守之。獨魯直一掃古今，出胸臆，破棄聲律，作五七言，如金石未作，鐘磬聲和，渾然有律呂外意。近來作詩者，頗有此體，然自吾魯直始也。」……」（《叢話》前集卷四十七「山谷」，頁319～320）

但胡仔指出這種平仄互換的「拗句」乃是出自於杜甫，並舉出多首杜甫的「拗體」詩為例〔註207〕，說明是黃山谷學自杜甫，而非山谷的創建。

胡仔對於黃庭堅詩中錯用典故、押錯韻等，特別指出其瑕疵。

《緗素雜記》云：「劉夢得《嘉話》云：『……《毛詩‧伐木篇》云：伐木丁丁，鳥鳴嚶嚶，出自幽谷，遷於喬木。又曰：嚶其鳴矣，求其友聲。並無鶯字。頃歲省試〈早鶯求友詩〉，〈又鶯出谷〉詩，別書固無證據，斯大誤也。』余謂今人吟詠多用遷鶯山谷之事，又曲名〈喜遷鶯〉者，皆循襲唐人之誤也。……」苕溪漁隱曰：「涪翁〈和答元明詩〉云：『千林風月鶯求友，萬里雲山雁斷行。』亦承唐人之誤。然自唐至今，誤用者甚眾，為時碩儒尚猶如此，餘何足怪邪。」（《叢話》後集卷三「陶靖節」，頁18）

黃朝英《緗素雜記》引劉夢得《嘉話》指出許多人錯用《詩經‧伐木》中「嚶其鳴矣，求其友聲」，為「鶯其鳴矣，求其友聲」，後人遂以，鶯鳴成為求友之典故，相襲成誤。胡仔同意黃朝英的說法，並指出碩儒如黃庭堅詩「千林風月鶯求友」〔註208〕，亦承唐人之誤，而錯用典故。

〔註207〕有關胡仔所舉杜甫拗體詩見於《叢話》前集卷四十七，在〈以杜甫之詩為宗〉一節已論及，此節不贅敘。
〔註208〕此詩名為〈宜陽別元明用觴字韻〉，與胡仔所云詩名稍異。全詩如下：

　　個人認為《詩經‧小雅‧伐木篇》「伐木丁丁，鳥鳴嚶嚶。出自幽谷，遷於喬木。」既早已被時人當成「鶯鳴求友」的典故，相沿成習，且為唐詩人普遍地援用，及至宋朝，乃至於今，早亡被普遍用於對求友、求上進、求寓所、求升遷的祝賀詞。「喬遷」一詞，在國語辭典中的解釋也是「賀人升職或遷居的用語」。經過時代的揀擇，應該早就能為大家所接受，也能適當詮釋詩人的心情。

　　黃庭堅〈宜陽別元明用觴字韻〉「千林風雨鶯求友，萬里雲天雁斷行」一詩，為黃庭堅在崇寧四年（1105）至貶所宜州（宜陽）所寫，此詩乃其胞兄黃大臨（字元明）特別從永州趕到宜陽，探望老弟，庭堅在十八里津飲餞元明，寫下這首描述與兄長元明別離，淒惻動人的詩篇。

　　此詩借著「鶯求友」與「雁斷行」的鮮明形象做譬喻：密林中的鶯鳥，雖在風雨中，仍需朋友的幫助；我與兄長的分別，卻像萬里無邊的天空中，斷了行列的雁陣。詩句悲愴淒楚。個人以為詩中的離愁別緒，通過鶯雁的形象，而更具感染力，庭堅此聯，筆力萬鈞，實為上乘之佳作。

　　個人以為此處胡仔此處的評論，對於文字、用典的義涵，未能隨著時代的變遷而調整，「鶯求友」的義涵，既經時代與大眾接受其求友的新義，應不算瑕疵。

　　　苕溪漁隱曰：「……右軍帖，云：『奉橘三百枚，霜未降，未可多得。』……魯直〈謝檀君寄黃柑〉云：『『色深林表風霜下，香著尊前指爪間，書後合題三百顆，頻隨驛使未為慳。』右軍又一帖云：『奉黃柑二百不能佳，想故得至耳。』魯直誤用為三百。……」（《叢話》後集卷二十八「東坡」，頁 210）

　　「霜鬚八十期同老，酌我仙人九醞觴。明月灣頭松老大，永思堂下草荒涼。千林風雨鶯求友，萬里雲天雁斷行。別夜不眠聽鼠齧，非關春茗攪枯腸。」（《山谷詩集注》，任淵、史容、史季溫注，上海：古籍出版社，2003 年 12 月第一版，頁 493）

胡仔指出黃庭堅誤將「黃柑二百」當成「三百顆」嗎？個人以為右軍
帖既有「奉橘三百枚」與「奉黃柑二百」之異，則不管用「二百」或
「三百」，應不算錯誤用事。

> 苕溪漁隱曰：「……《廣韻》《集韻》於庚、清、青三韻中不
> 收此䉤字，並於上聲迥字韻中收之。……黃魯直〈雨晴過石
> 塘詩〉：『長虹垂地若篆字，晴岫插天如畫屏，耕夫荷鋤解襏
> 襫，漁父晒網投笭䉤。』……於青字韻中押，真誤也。」（《叢
> 話》後集卷二十四「蘇子美」，頁 176）

黃庭堅〈雨晴過石塘詩〉一詩：

> 長虹垂地若篆字，晴岫插天如畫屏。耕夫荷鋤解襏襫，漁父
> 晒網投笭䉤。于期聞笛止懷舊，車胤當窗方聚螢。獨臥蕭齋
> 已無月，夜深猶聽讀書聲。

胡仔指出此詩押的是「青」字韻，但「䉤」字乃是「迥」字韻，並不在
青字韻內。故黃庭堅此詩有押錯韻字之詩病。

雖然黃庭堅本人曾對「好作奇語」[註209]提出批評，但他自己本
人的詩歌，有時卻因為避俗避陳而不免有此毛病，以故後人對其詩歌
的評語，往往是：「好奇」。不論是格律上的「拗律」、「拗句」，思想上、
造語上的思新語奇，都造成黃詩的倔奇生硬之風。

胡仔對於黃庭堅之詩論，無論是「奪胎換骨」、「用事」、「鍊字」、
「貴獨創」，都多所吸收，但對於黃庭堅的推崇，則遠不如蘇軾，只以
「自出機杼，別成一家」、「清新奇巧」予以肯定。對於後學只讀黃庭堅
詩集而不看杜甫之詩集，則感到憂心忡忡[註210]。故而提出「師少陵」

〔註209〕山谷云：「好作奇語，自是文章一病。但當以理為主，理得而辭順，
文章自然出群拔萃。觀子美到夔州後詩，退之自潮州還朝後文，皆不
煩繩削而自合矣。」（《叢話》前集卷十三，頁 84）

〔註210〕苕溪漁隱曰：「近時學詩者，率宗江西，然殊不知江西本亦學少陵者
也。故陳無己曰：『豫章之學博矣，而得法於少陵，故其詩近之。』
今少陵之詩，後生少年不復過目，抑亦失江西之意乎？江西平日語學
者為詩旨趣，亦獨宗少陵一人而已。余為是說，蓋欲學詩者師少陵而
友江西，則兩得之矣。」（《叢話》前集卷四十九，頁 332）

而友「江西」的主張。

胡仔對黃庭堅之詩歌之總評為「自出機杼，別成一家」，及其「清新奇巧」的詩歌風格。但並不認為山谷詩到達「抑揚反復，盡兼眾體」的極致。

> 苕溪漁隱曰：「……余竊謂豫章自出機杼，別成一家，清新奇
> 巧，是其所長，若言『抑揚反復，盡們眾體』，則非也。……」
> （《叢話》前集卷四十八「山谷」，頁 327～328）

胡仔同意陳師道對黃庭堅詩歌「過於出奇」的評論：

> 苕溪漁隱曰：「後山謂魯直作詩，過於出奇。誠哉是言也，如
> 〈和文潛贈無咎詩〉：『本心如日月，利欲食之既。』〈王聖涂
> 二亭歌〉『絕去藪澤之羅兮，官於落羽。』洪玉父（炎）云：
> 『魯直言羅者得落羽以輸官。』凡此之類，出奇之過也。」
> （《叢話》後集卷三十二「山谷」，頁 243）

並舉黃庭堅的〈奉和文潛贈無咎篇末多見及以既見君子云胡不喜為韻（之一）〉為例：

> 龜以靈故焦，雉以文故翳。本心如日月，利欲食之既。後生
> 玩華藻，照影終沒世。安得八絃置，以道獵眾智。

此詩不僅「以文為詩」，且「以詩議論」。談論烏龜以牠的靈驗而遭危，雉雞以牠的文采而被摒棄。人的本心原本如同日月般皎潔，但是因為利欲熏心，而將此光明之心蠶食殆盡。反對後輩晚生玩弄華麗的文藻，華而不實的文風，因為那種文風終將會被世人所拋棄遺忘。末句則期盼能找到補捉天下的羅網，能以道來狩獵眾人的智慧。

胡仔批評黃庭堅此詩「本心如日月，利欲食之既。」為「過於出奇」，誠哉然也，此句完全感受不到詩的意象與美感，很像是議論文法，而「既」字放在句尾，尤像古文句法。

胡仔指出另一首〈王聖涂二亭歌〉〔註211〕，亦犯「過於出奇」的

〔註211〕〈王聖涂二亭歌〉詩序：忠州太守王聖涂罷忠州，春秋六十有六，將
　　　告老於朝而休於營丘。以書抵黔州，告其同年生黃魯直曰：營丘有

毛病。此詩為王聖涂在六十六歲退休時，在營丘筑室養老，於舍旁作二亭，請黃庭堅為其命名而作。此詩亦是典型「以文為詩」、「以詩議論」的宋詩風格。詩中讚賞王聖涂能遠離官場，就如同鴻雁的遠離矰繳的危險。歸隱田園，既可以享受大自然的風月雲石的壯觀景致；又可欣賞四季松菊桃李等的不同風姿；既可以享受與兒孫輩相聚的天倫之樂；也可以駕車泛舟，悠遊卒歲。此詩末句「去藪澤之羅者兮官予落羽」——遠離水流匯集的藪澤的羅網，一旦因貪食被捕捉的鴻雁，就會落得被剃落羽毛獻納給官府的下場。文句詰屈聱牙，文字深奧，音調艱澀，不易誦讀。怪不得被胡仔批評「過於出奇」。

五、秦觀評論

　　《叢話》中有關秦觀的記載，在《叢話》前集卷五十「秦少游」有 26 則，《叢話》後集卷三十三「秦太虛」〔註212〕有 7 則，共一卷多，共 33 則〔註213〕有關秦觀的則數，未計散於其他卷帙的則數。胡仔的按語有 6 則。〔註214〕

　　叟，將自此歸矣。舍旁作二亭以休餘日，子為我名，且歸以夸父老。魯直名其一曰休休，上言事，下言德也；其一曰冥鴻，言公自此去矰繳遠矣。聖涂喜曰：子盍為我歌。
　　「營丘之下，有宅有田。梨棗兮籩豆，耘耔兮為年。鵙栖塒兮羊豕在牧，課兒子兮蓺松菊。炙背兮牆東，夢覆舟兮濤且風。洋之回兮可以駕，孫甥扶輿兮父老同社。洋之水兮可以舟入，鷗鳥兮與之游。一世兮蜉蟻，桑榆兮懟可收。從此休兮，公誰黃髮之休。偉長松兮臥龍蛇，閱千歲兮不改其柯。震雷不驚兮，誰欲休之以蜩蚰。下有錦石兮可用杯勺，雲月供帳兮萬籟奏樂。石子磊磊兮澗谷縱橫，春月桃李兮士女傾城。時雨霖兮忽若海潦收，無事兮我以觀萬物之情。兒時所蓺兮桃李纖纖，隨世風波兮吹而北南。昔去兮拱把，今歸兮與天參。與古人兮合契，樹如此兮我何以堪。鴻冥冥兮或在洲渚，有心於粒兮弋者所取。飛冥冥兮渺萬里而絕，去藪澤之羅者兮官予落羽。」

〔註212〕與陳履常、晁無咎、張右史、溪堂居士（謝無逸）、張芸叟合卷。
〔註213〕其中《叢話》前集卷五十有 2 則有關其弟秦覯、秦覿，《叢話》後集卷三十三有 2 則與秦觀無關。
〔註214〕《叢話》前集卷五十有胡仔按語 2 則，《叢話》後集卷三十三有胡仔按語 4 則。

　　秦觀的詩名，掩於詞名，遠在金元好問「女郎詩」〔註215〕的評論之前，宋詩話中早亡有關秦觀「詩甚麗」〔註216〕、「詩似小詞」〔註217〕、「謝家兄弟得意不能過也」〔註218〕、「清新嫵麗，鮑、謝似之」〔註219〕的評論。

　　胡仔欣賞秦觀〈春日雜興〉「雨砌墮危芳，風軒納飛絮」辭采藻麗的詩句，〈題趙團練江干晚景〉，以為有張志和〈漁歌子〉那種表現出漁家生活的瀟灑閒逸、從容自適的風格。贊賞他〈秋日〉絕句「語豪且工」。

> 苕溪漁隱曰：「古今詩人，以詩名世者，或只一句，或只一聯，或只一篇，雖其餘別有好詩，不專在此，然播傳於後世，膾炙於人口者，終不出此矣，豈在多哉？……秦少游有『雨砌墮危芳，風軒納飛絮。』……」（《叢話》後集卷二「楚漢魏六朝」，頁 10～11）

此聯詩乃秦觀〈春日雜興十首〉其一〔註220〕，歷來甚受好評的詩句，

〔註215〕〈論詩絕句三十首〉第 24 首中對秦觀之詩作出「有情芍藥含春淚，無力薔薇臥晚枝。拈出退之山石句，始知渠是女郎詩」，所節錄之詩乃秦觀之〈春日〉詩其二：「一夕輕雷落萬絲，光浮瓦碧差差，有情芍藥含春淚，無力薔薇臥晚枝。」（《淮海集箋注》，宋·秦觀撰，徐培均箋注，上海古籍出版社，2000 年 11 月第 2 次印刷，頁 432）

〔註216〕《叢話》前集卷五十引《雪浪齋日記》云：「少游詩甚麗，如『翡翠側身窺綠醑，蜻蜓偷眼避紅粧』，又『海棠花發麝香眠』，又『青蟲相對吐秋絲』之句是也。」（頁 342）

〔註217〕《叢話》前集卷四十二引《王直方詩話》云：「東坡嘗以所作小詞示無咎、文潛，曰：『何如少游？』二人皆對云：『少游詩似小詞，先生小詞似詩。』……」（頁 284）

〔註218〕《叢話》前集卷五十引《呂氏童蒙訓》云：「『雨砌墮危芳，風軒納飛絮』之類，李公擇以為謝家兄弟得意不能過也。少游過嶺後，詩嚴重高古，自成一家，與舊作不同。」（頁 342）

〔註219〕《叢話》前集卷五十，苕溪漁隱曰：「東坡嘗有書薦少游於荊公……荊公答書云：『示及秦君詩，適葉致遠一見，亦以謂清新嫵麗，鮑、謝似之。公奇秦君，口之而不置，我得其詩，手之而不釋。又聞秦君嘗學至言妙道，……』」（頁 339）

〔註220〕秦觀〈春日雜興十首〉其一「飄忽星氣徂，青陽迫遲暮。鳴飛各有適，

胡仔在舉歷代詩人名句時，亦以此聯為秦觀之代表。

　　此詩寫於元豐七年（1084）暮春，少游屢試不第，故投卷以干謁呂公著之作〔註221〕。此聯對偶工整，辭采藻麗，畫面唯美：無邊細雨的石階上，落花飄零；風塵僕僕的車子，沾滿了隨風飄揚的柳絮。

　　　　苕溪漁隱曰：「……秦少游〈題扇頭小詩〉云：『絕島烟生樹，
　　　　秋江浪拍空，憑君添小艇，畫我作漁翁。』余嘗用此寫真，則
　　　　玄真子家風也。」（《叢話》後集卷十三「醉吟先生」，頁97）

良玉按：此詩名為〈題趙團練江干晚景四絕〉其四，文字稍異。今版本作：

　　　　曉浦煙籠樹，春江水拍空。憑君添小艇，畫我作漁翁。〔註222〕

胡仔以為此詩具有「玄真子家風」〔註223〕，頗有張志和〈漁歌子〉所呈現出漁家生活的瀟灑閒逸、從容自適的風格，故將此詩繪之於圖畫。

　　　　《藝苑雌黃》云：「吟詩專作豪句，須不畔於理方善。……」
　　　　苕溪漁隱曰：「……如秦少游〈秋日〉絕句：『連卷雌蜺拱西
　　　　樓，（『拱』宋本、徐鈔本作『挂』。）逐雨追晴意未休，安得
　　　　萬妝相向舞，酒酣聊把作纏頭。』此語豪而且工。」（《叢話》
　　　　後集卷二十六「東坡」，頁190）

秦觀〈秋日〉三首，此詩三首元豐間作於高郵〔註224〕。歷來較受推崇

　　　　赤白紛無數。雨砌墮危芳，風軒納飛絮。褰幨香霧橫，岸幘雲峰度。
　　　　林影舞窗扉，池光染衣屨。參差花鳥期，蹭蹬琴觴趣。撫事動幽尋，
　　　　感時遺遠慕。秣馬膏余車，行行不周路。」（《淮海集箋注》，宋・秦
　　　　觀撰，徐培均箋注，上海古籍出版社，2000年11月第2次印刷，頁
　　　　93）
〔註221〕《淮海集箋注》，頁94。
〔註222〕《淮海集箋注》，頁483。
〔註223〕張志和（約730～約810）字子同，初名龜齡，金華（今屬浙江）人。
　　　　博學能文，擢進士第。善書畫。唐肅宗時待詔翰林。因事被貶，絕意
　　　　仕進，隱居江湖間。自號玄真子，又號煙波釣徒。與湖州刺史顏真卿
　　　　友善，有著名的漁父詞，曰：「西塞山邊白鷺飛，桃花流水鱖魚肥。
　　　　青箬笠，綠蓑衣，斜風細雨不須歸。」
〔註224〕《淮海集箋注》，頁437。

者為〈秋日〉三首其一「菰蒲深處疑無地,忽有人家笑語聲。」〔註225〕及其二「青蟲相對吐秋絲」〔註226〕,但胡仔欣賞的卻是其三〔註227〕,以為「語豪而且工」。

此詩描寫彎曲的彩虹高掛在高樓上,調皮地逐雨追晴。哪裡可以找到無數盛妝女子,相對而舞,酒酣耳熱之際,把彩虹當作贈送給她們的纏頭(賞賜)。

今人徐培均讚賞末句云:

> 此句奇想妙喻,欲以虹霓作錦帛賞舞女。〔註228〕

想把天上的彩虹當作纏頭,贈送給賣力熱舞的歌妓們,確實是想像力豐富。

> 苕溪漁隱曰:「秦太虛〈和黃法曹憶梅花詩〉,但只平隱,亦無驚人語。子瞻繼之,以唱首第二韻是倒字,故有『西湖處士骨應槁,只有此詩君壓倒』,亦是趁韻而已,非謂太虛此詩,真能壓倒林逋也。林逋『疎影橫斜水清淺,暗香浮動月黃昏』之句,古今詩人,尚不曾道得到,第恐未易壓倒耳。後人不細味太虛詩,遂謂誠然,過矣。」(《叢話》後集卷二十一「西湖處士」,頁145)

良玉按:此詩名應為〈和黃法曹憶建溪梅花詩〉,全詩如下。

> 海陵參軍不枯槁,醉憶梅花愁絕倒。為憐一樹傍寒溪,花水多情自相惱。清淚斑斑知有恨,恨春相逢苦不早。甘心

〔註225〕《叢話》前集卷五十六引《高齋詩話》云:「東坡長短句云:『村南村北響繅車。』參寥詩云:『隔林彷彿聞機杼,知有人家住翠微。』秦少游云:『菰蒲深處疑無地,忽有人家笑語聲。』三詩大同小異,皆奇句也。」(頁383)

〔註226〕《叢話》前集卷五十引王直方《詩話》云:「少游嘗以真字題『月團新碾瀹花甆,飲罷呼兒課《楚詞》,風定小軒無落葉,青蟲相對吐秋絲』一絕于邢敦夫扇上……。」(頁338)又引《雪浪齋日記》云:「少游詩甚麗,……『青蟲相對吐秋絲』之句是也。」(頁342)

〔註227〕今版本首句為「連卷雌蜺掛西樓」。(《淮海集箋注》,頁439)

〔註228〕《淮海集箋注》,頁440。

結子待君來，洗雨梳風為誰好？誰云廣平心似鐵，不惜珠
璣與揮掃。月沒參橫畫角哀，暗香銷盡令人老。天分四時不
相貸，孤芳轉盼同衰草。要須健步遠移歸，亂插繁華向晴
昊。〔註229〕

胡仔認為此詩「但只平穩，亦無驚人語」，東坡推崇之語──「西湖處
士骨應槁，只有此詩君壓倒。」〔註230〕，只是，「趁韻」〔註231〕而已，
並非少游此詩，真能壓倒林逋。

　　此詩宋代已引起注目，如釋惠洪、吳聿皆於其書中提及此詩。釋
惠洪云：

少游此詩，荊公自書於熱扇，蓋其勝妙之極，收拾春色於語
言中而已。及東坡和之，如語中出春色。山谷草聖不數張長
史、素道人，遂書兩詩於華光梅樹上，可謂四絕。〔註232〕

木吳聿《觀林詩話》云：

太虛又云：「僕有《梅花》一詩，東坡為和。王荊公嘗書之於
扇。」有見荊公扇上所書者，乃「月落參橫畫角哀，暗香消
盡令人老」兩句。涪翁又愛其四句云：「清淚斑斑知有恨，恨
春相從苦不早。甘心結子待君來，洗雨梳風為誰好。」曰：
「《玉臺》詩中，氣格高者乃能及此耳。」〔註233〕

由上可見，秦觀此詩，在宋代就不乏喜好者，並非純粹東坡「趁韻」的

〔註229〕　《淮海集箋注》，頁138～139。
〔註230〕　蘇軾〈和秦太虛梅花〉「西湖處士骨應槁，只有此詩君壓倒。東坡先
　　　　　生心已灰，為愛君詩被花惱。多情立馬待黃昏，殘雪消遲月出早。江
　　　　　頭千樹春欲暗，竹外一枝斜更好。孤山山下醉眠處，點綴裙腰紛不掃。
　　　　　萬里春隨逐客來，十年花送佳人老。去年花開我已病，今年對花還草
　　　　　草。不知風雨卷春歸，收拾餘香還晴昊。」（《蘇文忠公詩編註集成》，
　　　　　清‧王文誥，台北：學生書局，頁2604～2605）
〔註231〕　趁韻指作詩時為了湊足韻字，強湊韻腳，而不顧內容是否得當。
〔註232〕　《淮海集箋注》引《石門文字禪》卷二十七〈石臺肱禪師所蓄草聖〉，
　　　　　頁140。
〔註233〕　《續歷代詩話》，丁仲祜，台北：藝文印書館，頁132。

關係而推崇而已，能贏得宋代名家如王安石、黃庭堅之首肯，亦非草草之作。而吳聿評論少游此詩，亦以為置於《玉臺新詠》中，「氣格高者」乃能及此，亦是肯定推崇的評論。

　　個人以為秦觀此詩頗有宋詩「以才學為詩」的特色。

　　此詩作於元豐三年（1080）〔註234〕，秦觀32歲。詩一開始從海陵參軍黃子理〔註235〕思念家鄉建溪的梅花寫起。詩中除了運用湘妃竹「清淚斑斑」的傳說，又化用晚唐杜牧詩的典故〔註236〕而成「甘心結子待君來」；以及唐玄宗宰相宋璟狀似「鐵腸石心」卻吟咏梅花卻婉媚有情，吐出美麗詩句之典〔註237〕。「月沒參橫畫角哀，暗香銷盡令人老。」描寫夜色中的梅花，配上淒涼的〈落梅花〉的角聲，雖用事而令人不覺〔註238〕。末句則襲用杜詩〈蘇端薛復筵簡薛華醉歌〉「安得健步移遠梅，亂插繁花向晴昊」〔註239〕的詩語詩意。明徐渭眉批此詩曰：

─────────

〔註234〕 《淮海集箋注》，頁139。

〔註235〕 黃子理，福建浦城人，時為海陵（江蘇泰州）司法參軍。

〔註236〕 《叢話》後集卷十五引杜牧詩「自恨尋芳到已遲，往年曾見未開時，如今風擺花狼籍，綠葉成陰子滿枝。」（頁110）

〔註237〕 廣平：指宋璟，唐邢州南和人，睿宗、玄宗時曾任宰相，有功開元之治，封廣平郡公，新、《舊唐書》有傳。唐皮日休〈桃花賦序〉：「余嘗慕宋廣平之為相，貞姿勁質，剛態毅狀，疑其鐵腸與石心，不解吐婉媚辭；而有梅花賦，清便富豔，得滿朝徐庾體，殊不類其為人也。」（《淮海集箋注》，頁139引）

〔註238〕 胡仔於《叢話》後集卷四引《復齋漫錄》云：「古曲有〈落梅花〉，非謂吹笛則梅落，詩人用事、不悟其失。」余（胡仔）意不然之。蓋詩人因笛中有〈落梅花曲〉，故言吹笛則梅落，其理甚通，用事殊未為失。且如角聲，有大小〈梅花曲〉，初不言落，詩人尚猶如此用之，故秦太虛〈和黃法曹梅花〉云『月落參橫畫角哀，暗香消盡令人老』者是也。古今詩詞，用吹笛則梅落者甚眾，若以為失，則〈落梅花〉之曲，何為笛中獨有之，決不虛設也。……泛觀古今詩詞，用事一律，可見《復齋》妄辨也。（頁24）良玉按：胡仔糾正《復齋漫錄》妄指詩人「吹笛則梅落」的用事之誤，胡仔則以秦觀此詩為證，說明用事無誤。

〔註239〕 杜甫〈蘇端、薛復筵簡薛華醉歌〉「文章有神交有道，端復得之名譽早。愛客滿堂盡豪翰，開筵上日思芳草。安得健步移遠梅，亂插繁花向晴昊。……忽憶雨時秋井塌，古人白骨生青苔，如何不飲令心哀。」（《杜詩鏡銓》，頁126～127）

「允稱清新流利。末句用杜，妙，當！」〔註240〕

　　胡仔對於秦觀詩歌的批評如下：反對〈和東坡金山詩〉為遷就押韻，而將「香積」寫成「積香」，認為「殊不成語」；〈春日〉詩「海棠花發麝香眠」，辭語雖佳，卻不當於理；〈德清道中還寄子瞻〉詩將屬於「上聲迥字」的「箐」字於「青字韻」中押，犯了押錯韻腳的詩病。

　　　　苕溪漁隱曰：「〈和東坡金山詩〉云：『雲峰一隔變炎涼，猶喜
　　　　重來飯積香。』《維摩經》云：『維摩詰往上方，有國號香積，
　　　　以眾香缽盛滿香飯，悉飽眾會。』故今僧舍廚名香積，二字
　　　　不可顛倒也。太虛乃遷就押韻，殊不成語。小詞云：『落紅鋪
　　　　徑水平池，弄晴小雨霏霏，杏園憔悴杜鵑啼，無奈春歸。』
　　　　用小杜詩『莫怪杏園憔悴去，滿城多少插花人。』〈春日〉云：
　　　　『却憩小庭纔日出，海棠花發麝香眠。』語固佳矣，第恐無
　　　　此理。《香譜》云：『香中尤忌麝。』唐鄭注赴河中，姬妾百
　　　　餘盡騎，香氣數里，逆於人鼻。是歲，自京兆至河中，所過
　　　　瓜盡一蒂不獲。然則海棠花下豈應麝香可眠乎？……」（《叢
　　　　話》後集卷三十三「秦太虛」，頁249～250）

秦觀〈和東坡金山詩〉〔註241〕為元豐二年（1079，31歲）四月作於鎮江。時少游隨蘇軾、參寥子同舟南下，如越省親，過江宿於金山寺，因大風遏留兩日〔註242〕。胡仔批評秦觀此詩「雲峰一變隔炎涼，猶喜重來飯積香。」〔註243〕為遷就押韻，而將寺廟廚房「香積」之名改為「積香」，殊不成語，是為詩病。

　　另外〈春日〉詩：「却憩小庭纔日出，海棠花發麝香眠。」詩語固佳，但麝香所過之處，瓜果一蒂不獲，海棠花豈能倖免，故不免犯了

〔註240〕《淮海集箋注》引明段斐君本《淮海集》徐渭眉批，頁142。
〔註241〕此詩詩名應為〈次韻子瞻贈金山寶覺大師〉。
〔註242〕《淮海集箋注》，頁336～337。
〔註243〕全詩如下：「雲峰一變隔炎涼，猶喜重來飯積香。宿鳥水干迎曉閧。
　　　　亂帆天際受風忙。青鞋踏雨尋幽徑，朱火籠紗語上方。珍重故人敦妙
　　　　契，自憐身世兩茫茫。」（《淮海集箋注》卷八，頁336）

「不當於理」的毛病。

> 苕溪漁隱曰：「……《廣韻》、《集韻》於庚、清、青三韻中不
> 收此箸字，並於上聲迥字韻中收之。……秦少游〈德清道中
> 還寄子瞻詩〉：『叢薄開羅帳，淪漪寫鏡屏，疎籬窺窅窕，支
> 港泛箸箸。』皆於青字韻中押，真誤也。」（《叢話》後集卷
> 二十四「蘇子美」，頁 176）

秦觀〈德清道中還寄子瞻〉一詩作於元豐二年（1079）五月，秦觀 31
歲。時蘇軾留湖州太守任上，參寥子繼續與少游同行〔註 244〕。胡仔批
評此詩「叢薄開羅帳，淪漪寫鏡屏，疎籬窺窅窕，支港泛箸箸」〔註 245〕，
將屬於「上聲迥字」的「箸」字於「青字韻」中押，犯了押錯韻腳的
詩病。

> 《許彥周詩話》云：「元撰作《樹萱錄》，載有人入夫差墓中，
> 見白居易、張籍、李賀、杜牧諸人賦詩，皆能記憶，句法亦
> 各相似，最後老杜亦來賦詩，記其前四句云：『紫領寬袍漉酒
> 巾，江頭蕭散作閑人，悲風有意摧林葉，落日無情下水濱。』
> 吁嗟，若數君子者，皆不能脫然高蹈，猶為鬼邪，殊不可曉
> 也。若以為元撰自造此詩，則數公之詩，尚可庶幾，而少陵
> 之四句，孤韻出塵，非元所能道也。」苕溪漁隱曰：「余閱《淮
> 海後集》，秦少游有〈秋興九首〉，皆擬古人，如韓退之、李
> 賀、杜牧之、白居易、李太白、杜子美、玉川子、孟郊、韋
> 應物，內擬子美詩云：『紫領寬袍漉酒巾，江頭蕭散作閑人。
> 悲風有意摧林葉，落日無情下水濱。車馬憧憧誰道義，市朝
> 袞袞共埃塵。覓錢稚子啼紅頰，不信山翁篋笥貧。』前四句

〔註 244〕《淮海集箋注》，頁 258。

〔註 245〕全詩如下：「投曉理竿棧，溪行耳目醒。蟲魚各蕭散，雲日共晶熒。
水荇重深翠，煙山疊亂青。路回逢短榜，崖斷點孤翎。叢薄開羅帳，
淪漪寫鏡屏，疎籬窺窅窕，支港泛箸箸。遠淑依微見，哀猱斷續聽。
夢長天杳杳，人遠樹冥冥。旅思搖風斾，歸期期月熒。何時燃蜜炬，
復聽閣前鈴。」（《淮海集箋注》，頁 258）

與《樹萱錄》同，竟誰作邪？」(《叢話》後集卷三十三「秦
太虛」，頁 250)

此則，胡仔糾正《許彥周詩話》引《樹萱錄》所載，被指為杜甫「孤韻
出塵」之詩句：「紫領寬袍漉酒巾，江頭蕭散作閑人。悲風有意摧林葉，
落日無情下水濱。」非《樹萱錄》之作者所能私撰。但胡仔指出此詩仍
秦觀《淮海後集》〈秋興九首〉[註246]之詩句，此詩亦可見秦觀詩歌風
格多變。

　　胡仔以「婉美」評價秦觀的詞風，並指出其詞「格力」失之於
柔弱。

　　苕溪漁隱曰：「無己稱：『今代詞手，惟秦七黃九耳，唐諸人
　　不逮也。』無咎稱：『魯直詞不是當家語，自是著腔子唱好
　　詩。』二公在當時，品題不同如此。自今觀之，魯直詞亦有
　　佳者，第無多首耳。少游詞雖婉美，然格力失之弱；二公之
　　言，殊過譽也。」(《叢話》後集卷三十三「晁無咎」，頁 253)

此則可見胡仔對秦觀詞的評價，並不是很推崇。

　　《藝苑雌黃》云：「程公闢守會稽，少游客焉，館之蓬萊閣。
　　一日，席上有所悅，自爾眷眷，不能忘情，因賦長短句，所
　　謂『多少蓬萊舊事，空回首煙靄紛紛』是也。其詞極為東坡
　　所稱道，取其首句，呼之為山抹微雲君。中間有『寒鴉萬點，
　　流水遶孤村』之句，人皆以為少游自造此語，殊不知亦有所
　　本；予在臨安，見平江梅知錄云：『隋煬帝詩云：寒鴉千萬
　　點，流水遶孤村。少游用此語也。』予又嘗讀李義山〈效徐
　　陵體贈更衣〉云：『輕寒衣省夜，金斗熨沉香。』乃知少游詞
　　『玉籠金斗，時熨沉香』，與夫『睡起熨沉香，玉腕不勝金
　　斗』，其語亦有來歷處。乃知名人，必無杜撰語。」苕溪漁隱
　　曰：「晁無咎云：『少游如〈寒景詞〉云：斜陽外，寒鴉萬點，

[註246]　《淮海後集》卷四，〈秋興九首〉其七，擬杜子美。《淮海集箋注》，
　　　　　頁 1459。

流水遶孤村。雖不識字人，亦知是天生好言語。」其褒之如此，蓋不曾見煬帝詩耳。」(《叢話》後集卷三十三「秦太虛」，頁 248)

此則胡仔引嚴有翼《藝苑雌黃》云秦觀〈滿庭芳〉之詞之出處為隋煬帝之詩語〔註247〕，似乎不很認同晁無咎對此詞的評論「雖不識字人，亦知是天生好言語。」有褒之過當之意。

試比較楊廣〈野望〉與秦觀〈滿庭芳〉如下。

寒鴉千萬點，流水遶孤村。斜陽欲落去，一望黯魂消。(楊廣〈野望〉)

山抹微雲，天連衰草，畫角聲斷譙門。暫停征棹，聊共引離尊。多少蓬萊舊事，空回首、煙靄紛紛。斜陽外，寒鴉萬點，流水遶孤村。　銷魂，當此際，香囊暗解，羅帶輕分。謾贏得、青樓薄倖名存。此去何時見也，襟袖上、空惹啼痕。傷情處，高城望斷，燈火已黃昏。(秦觀〈滿庭芳〉)〔註248〕

秦觀此詞雖然語襲楊廣之詩，但就像王維「漠漠水田飛白鷺，陰陰夏木囀黃鸝」語襲李嘉祐「水田飛白鷺，夏木囀黃鸝」〔註249〕一樣，把原本默默無名、並不出色的詩句，變成眾人皆曉的名句。

今人萬文武比較少游此詞與楊廣之詩說：

蓋楊廣只寫出了「景」，「寒鴉」、「孤村」作為景可以各不相涉，在讀者的意象中，可以一天南一地北亦不為錯。而少游的詞，所寫者是「境」，景與境不同，景是純客觀的，而境則複合了人的感情。是以同一景也，而可以有多境。楊廣的詩，不過說明了鴉乃千萬點之鴉，而村為水繞之小村而已。少游妙在以「斜陽外」三字，將楊廣各不相干之景綜合了起來，

〔註247〕請參第四章第二節「奪胎換骨」，頁75。
〔註248〕《全宋詞》，唐圭璋編，台北：明倫出版社，中華民國59年12月初版，頁458。
〔註249〕請參第四章第二節「奪胎換骨」，頁75。

遂共成遊子眼中之景，有著特殊的感情，令人移易不得。於
是這裏的鴉之寒與村之孤在太陽的斜照下，便顯出了遼闊而
寥落，渾厚而孤淒，是末世之淒涼，而又有了遊子近鄉情怯
的溫馨，多少人生感遇與往事，均奔赴心上，成為一種複合
的淒美之境！正因為它調動了讀者的全部感情，遂讀而難忘
矣。所以少游之可貴者，並不在於他取了楊廣之景，而正在
他這「斜陽外」三字是人生體驗之獨到……。〔註250〕

良玉按：由此則之記載，可知秦觀擅長用「奪胎換骨」之法填詞。秦觀
〈滿庭芳〉詞「語襲」隋煬帝〈野望〉詩意、詩語。〈沁園春〉、〈如夢
今〉亦皆用李商隱〈效徐陵體贈更衣〉詩語，可見「奪胎換骨」並非黃
庭堅　一人所主張，當時其他文人，亦常運用此法作詩填詞，秦觀即可見
一斑。

> 苕溪漁隱曰：「《古今詞話》以古人好詞，世所共知者，易甲
> 為乙，稱其所作，仍隨其詞牽合為說，殊無根蒂，皆不足信
> 也。如秦少游〈千秋歲〉：『水邊沙外，城郭春寒退。』末云：
> 『春去也，飛紅萬點愁如海』者，山谷嘗歎其句意之善，欲
> 和之，而以海字難押。陳無己言此詞用李後主『問君那有幾
> 多愁，恰似一江春水向東流』，但以江為海耳。洪覺範嘗和此
> 詞，〈題崔徽真子〉云：『多少事，都隨恨遠連雲海。』晁無
> 咎亦和此詞〈弔少游〉云：『重感慨，驚濤自卷珠沉海。』觀
> 徐公所云，則此詞少游作明甚，乃以為任世德所作。又〈八
> 六子〉『倚危亭，恨如芳草，萋萋劃盡還生』者，〈浣溪沙〉
> 『腳上鞋兒四寸羅』者，二詞皆見《淮海集》，乃以〈八六子〉
> 為賀方回作，以〈浣溪沙〉為涪翁作。……」（《叢話》後集
> 卷三十九「長短句」，頁323～324）

〔註250〕《人民日報海外版》，〈斜陽外　寒鴉萬點　法水繞孤村（妙句之妙）
　　　——宋・秦觀〈滿庭芳〉〉（2006 年 01 月 04 日第七版，http://www.
　　　people.com.cn/GB/paper39/16559/1458878.html）

此則胡仔指出秦觀〈千秋歲〉、〈八六子〉、〈浣溪沙〉等詞，乃世所共知的好詞，卻被楊湜《古今詞話》誤植作者，誤將〈千秋歲〉詞當成任世德所作；誤將〈八六子〉詞當成賀方回（鑄）所作，誤將〈浣溪沙〉當成黃庭堅所作。最主要乃糾正《古今詞話》的錯誤，但也表示肯定秦觀這些詞作。以下試分析這些詞作。

> 水邊沙外，城郭春寒退。花影亂，鶯聲碎。飄零疏酒盞，離別寬衣帶。人不見，碧雲暮合空相對。　　憶昔西池會，鵷鷺同飛蓋。攜手處，今誰在？日邊清夢斷，鏡裏朱顏改。春去也，飛紅萬點愁如海。（〈千秋歲〉）〔註251〕

此詞作於宋哲宗紹聖二年（1095），秦觀在處州（浙江麗水）所作〔註252〕。乃抒發遷謫之悲的作品。

上片寫今，就景抒情，但美麗的景致卻充滿了悲傷的情感。「花影亂，鶯聲碎」化用晚唐杜荀鶴「風暖鳥聲碎，日高花影重」〔註253〕之詩意詩語；「離別寬衣帶」用〈古詩十九首〉其一「相去日已遠，衣帶日已緩」之詩意；「人不見，碧雲暮合空相對。」則用梁・江淹〈休上人怨別〉「日暮碧雲合，佳人殊未來」〔註254〕的詩意。

下片追昔，懷念昔日西苑盛會，同僚會齊聚的歡樂，而今遷謫他鄉，想回到京城的夢想也遙不可及，只有鏡裏的容顏逐漸憔悴衰老。春天就要離去，飄落萬點的紅花，就像心中大海般的愁緒。

〔註251〕《全宋詞》，唐圭璋編，台北：明倫出版社，中華民國 59 年 12 月初版，頁 460。

〔註252〕參考徐培均先生論證，參《宋詩鑑賞辭典》，上海：上海辭書出版社，1988 年 4 月第 1 版，頁 843。

〔註253〕〈春宮怨〉「早被嬋娟誤，欲妝臨鏡慵。承恩不在貌，教妾若為容。風暖鳥聲碎，日高花影重。年年越溪女，相憶采芙蓉。」（《全唐詩》卷 885_29，頁 10005）

〔註254〕江淹〈休上人怨別〉「西北秋風至，楚客心悠哉。日暮碧雲合，佳人殊未來。露彩方泛灩，月華始徘徊。寶書為君掩，瑤琴詎能開？相思巫山渚，悵望陽雲臺。膏鑪絕沈燎，綺席生浮埃。桂水日千里，因之平生懷。」（《增補六臣注文選》，梁・蕭統撰，唐・李善等註，台北：華正書局，中華民國 70 年五版，卷三十一，雜體詩三十首，頁 601）

　　此詞在北宋已引起注目，黃庭堅「歎其句意之善，欲和之，而以海字難押。」陳師道則指出此詞用李煜〈虞美人〉「問君那有幾多愁，恰似一江春水向東流」之詞意，而以「海」替代「江」；洪覺範、晁無咎皆和過此詞。

　　近人夏閏庵先生云：

　　　　「愁如海」一語生色，全體皆振，乃所謂警句也。〔註255〕
個人以為此詞以今昔對照，借美景寫哀情，詞中化用許多前人之詩意詩語，使詞的內涵更顯深刻，頗有宋詩「以學問為詩」的特色，只是令人不覺罷了﹏

　　　　倚危亭，恨如芳草，萋萋剗盡還生。念柳外青驄別後，水邊紅袂分時，愴然暗驚。　　無端天與娉婷，夜月一簾幽夢，春風十里柔情。怎奈向、歡娛漸隨流水，素弦聲斷、翠綃香滅，那堪片片飛花弄晚。濛濛殘雨籠晴。正銷疑。黃鸝又啼數聲。（〈八六子〉）〔註256〕

此詞將思念之情，寫得極為深刻。用萋萋無邊的芳草，形容無盡的相思，而這無邊的相思也像春草一樣，儘管剗除了，它依舊生長。「柳外青驄」、「水邊紅袂」寫昔日分別之景，形象色彩鮮明。「夜月一簾幽夢，春風十里柔情」，寫歡聚之情，借用杜牧「春風十里揚州路，卷上珠簾總不如。」〔註257〕之詩意，含蓄地指出短暫的幽會，女子的美麗與柔情，是春風十里之內，其他女子所不及的。用流水的意象，描寫昔日歡娛的流逝，更進一步具體地呈現「素弦聲斷」、「翠綃香滅」的畫面。片片飛花與濛濛殘雨，皆借以襯托淒楚哀傷的心境。末句則化用杜牧「正銷魂，梧桐又移翠陰」〔註258〕之句而以黃鸝之聲情替代無聲的梧桐移

〔註255〕參徐培均〈千秋歲〉賞析引，《宋詞鑑賞辭典》，頁844。
〔註256〕《全宋詞》，頁460。
〔註257〕杜牧〈贈別二首〉其一：「娉娉嫋嫋十三餘，荳蔻梢頭二月初。春風十里揚州路，卷上珠簾總不如。」（《全唐詩》卷523_110，頁5988）
〔註258〕杜牧〈八六子〉「洞房深，畫屏燈照，山色凝翠沉沉。聽夜雨冷滴芭蕉，驚斷紅窗好夢，龍煙細飄繡衾。辭恩久歸長信，鳳帳蕭疏，椒殿

影的畫面。

> 腳上鞋兒四寸羅。唇邊朱粉一櫻多。見人無語但回波。料得
> 有心憐宋玉，只應無奈楚襄何。今生有分共伊麼。（〈浣溪
> 沙〉）

良玉按：此詞描寫與一女子之間似有若無的情愫。描寫穿著四吋絲鞋
的小腳女子，比櫻桃大一點的朱唇塗抹紅色的胭脂。看見人未交一
語，眼神卻飄來飄去地頻送秋波。料想她有心憐愛我這個有才華的宋
玉，無奈她身邊早已有個楚襄王。我這一生有機會跟她在一起嗎？

　　由以上秦觀的詞作可見，秦觀善用前人之詩語，雖然他不是江西
詩派，但是「奪胎換骨」的手法，在他手裡已用得很純熟，亦可見當時
文人創作的風氣。

> 苕溪漁隱曰：「淵明自作挽辭，秦太虛亦效之。余謂淵明之辭
> 了達，太虛之辭哀怨。……太虛云：『嬰孲徒窮荒，茹哀與世
> 辭。……亦無挽歌者，空有挽歌辭。』東坡謂太虛『齊死生，
> 了物我，戲出此語。』其言過矣。惟淵明可以當之；若太虛
> 者，情鍾世味，意戀生理，一經遷謫，不能自釋；遂挾忿而
> 作此辭。豈真若是乎？」（《叢話》後集卷三「陶靖節」，頁 20
> ～21）

秦觀自挽詞乃作於元符元年（1100）秦觀在雷州，自覺不久於人世，效
陶淵明自作挽詞。〔註259〕

　　東坡〈書秦少游挽詞後〉云：

> 庚辰歲六月二十五日，予與少游相別於海康，意色自若，與
> 平日不少異。但自作挽詞一篇，人或怪之。予以謂少游齊死
> 生，了物我，戲出此語，無足怪者。已而北歸，至藤州，以

　　閑鳥。輦路苔侵，繡簾垂，遲遲漏傳丹禁。薜華偷悴，翠鬟羞整，愁
　　坐望處，金輿漸遠，何時彩仗重臨？正消魂，梧桐又移翠陰。」（《全
　　唐五代詞》，頁 165）
〔註259〕《淮海集箋注》卷四十，頁 1323。

八月十二日，卒於光化亭上。嗚呼，豈亦自知當然者耶，乃

錄其詩云。〔註260〕

東坡在秦觀生前見此自挽詞，以為秦觀只是「齊死生，了物我，戲出此語」，沒想到過了一個多月之後，秦觀真的離開人生，故東坡最後疑惑秦觀是否「自知當然者耶」——自知自己不久於人世而預作的挽詞。

少游此自挽詞敘述自己因罪被貶雷州（廣東）這蠻荒之鄉，想像自己一個人孤零零地客死異鄉，將被草率地葬於異鄉的路旁。家鄉渺遠，妻孤子幼，不知自己的骸骨，何時才能返回家鄉〔註261〕？回鄉之路遙遠，又山海繚繞，遺體不免火化。死後無人設奠，也沒有請僧道來齋供，沒人為他寫挽歌，只自己空寫這挽歌辭。少游的自挽詞不免有些自怨自艾地口吻，擔心自己骸骨被草草處理，而遷葬回鄉之路又山遙水長，死後除了「歲晚瘴江急，鳥獸鳴聲悲。空濛寒雨零，慘淡陰雲吹」，這些大自然的哀歌，並擔心待葬的靈柩上長滿了青苔，紙錢懸掛在乾枯的樹枝上。又擔心身後無人為其祭拜，也無僧道為其唸經超渡，故胡仔謂秦觀「情鍾世味，意戀生理」，未能像淵明如此豁達。

此則乃胡仔由秦觀之自挽詞對其人格之批評，事實上，世上有幾人能像淵明那麼豁達呢？以彼比此，未免失之嚴苛。

宋代重要詩人評論小結

（一）「自出胸臆」評歐陽脩

胡仔對歐陽脩推崇肯定，主要在於詩意的獨創、格式的獨創，詩語的創新，能寫具有宋代詩歌特色，表現自己獨特思想的詩歌。

如胡仔推崇歐陽脩〈盧山高〉、〈明妃曲〉等典型「以文為詩」、「以詩議論」具宋詩特色的詩歌。

讚賞歐陽脩聽琴詩、聽琵琶詩、聽箏詩，能以具體景物來形容抽

〔註260〕〈書秦少游挽詞後〉，收錄於《蘇軾文集》卷六十八，頁2158。
〔註261〕紹興年間，秦觀之子秦湛任常州通判（紹興二年與四年，1132、1134），值母徐氏卒，遂遷秦觀之柩合葬於無錫惠山。

象的樂音節奏，且其「造語藻麗」。

讚賞〈六月十四夜飛蓋橋玩月〉自出胸臆，不肯蹈襲前人。

肯定〈退居述懷寄北京韓侍中〉「靜愛竹時來野寺，獨尋春偶過溪橋」創造了「折句」的格式。

（二）「用事精切」評王安石

胡仔對王安石詩歌的評論多為肯定讚賞，推崇其〈明妃曲〉「辭格超逸」；讚歎其〈上元戲劉貢甫詩〉「不知太一遊何處，定把青藜獨照公」為「用事精切」；推崇其〈杜甫畫像〉，能得老杜詩歌「平生用心處」，準確地勾勒出描寫對象的內在精神；肯定其寫景詩〈題雙廟詩〉「北風吹樹急，西日照窗涼」，擁有老杜「別託意在其中」的手法；讚美王安石暮年小詩，如〈南浦〉、〈染雲〉、〈午睡〉、〈蒲葉〉、〈題舫子〉、〈題齊安壁〉等，具有「使人一唱而三歎」的韻味。

（三）「語意高妙」評蘇軾

蘇軾在胡仔《叢話》前、後集一百卷中，獨佔十四卷，不僅資料最多，且對東坡的評論獨多，評價幾乎都是正面的。

如東坡的題畫詩「語豪而不畔於理」、「善造語能形容者」。詠物詩皆「託物以寓意，此格尤新奇，前人未之有也」、「詞格超逸，不復蹈襲前人」。詠景物，「於長篇中只篇首四句，便能寫盡，語仍快健。」

對於蘇軾詩歌「用事」上的功力，胡仔曾多次在《叢話》中予以推崇，如「天生此對」、「事與姓皆同」、「用事親切可喜」。

推崇蘇軾南遷之後「老而嚴」的詩歌，認為可以與杜甫夔州以後之詩相比。對於蘇軾自嶺外回中原之後的詩，更肯定其「語意高妙」，有如參禪悟道之人。對於蘇軾之詞評，皆為佳評。謂其「佳詞最多」；「〈赤壁詞〉，語意高妙，真古今絕唱。」「〈中秋詞〉，自東坡〈水調歌頭〉一出，餘詞盡廢」……。

胡仔對蘇軾的推崇，更甚於唐朝的李白、白居易。如胡仔曾就李白〈潯陽紫極宮感秋作〉、蘇軾〈和李太白〉，兩詩作一比較，認為東坡

和詩優於李白。比較同是歌詠愛妾的詩歌，鄙視白居易「櫻桃樊素口，楊柳小蠻腰」的塵俗，肯定蘇軾〈朝雲詩〉并引，「詩意佳絕，善於為戲，略去洞房之氣味，翻為道人之家風」。

（四）「清新奇巧」評黃庭堅

胡仔自己在詩歌創作論上，對於黃庭堅之詩論——無論是「奪胎換骨」、「用事」、「鍊字」、「貴獨創」，都多所吸收，但對於黃庭堅的推崇，卻遠不如蘇軾。不僅從《叢話》搜集的卷數相差懸殊可見——蘇軾佔十四卷、黃庭堅卻只有五卷。

胡仔只以「自出機杼，別成一家」、「清新奇巧」肯定黃庭堅之詩作〔註262〕。對於當代詩壇後學，只讀黃庭堅詩集而不看杜甫之詩集，則感到憂心忡忡〔註263〕。故而提出「師少陵」而友「江西」的主張。

對於黃庭堅詩歌，如〈和文潛贈無咎詩〉、〈王聖涂二亭歌〉，〔註264〕指其犯了「過於出奇」的毛病。〔註265〕

（五）「婉美格弱」評秦觀

胡仔對秦觀的評論，包括詩、詞、文。胡仔所欣賞秦觀的詩，並非像其他詩家欣賞的唯美詩句，而是表現漁家生活的瀟灑閒逸、從容自適的風格的〈題趙團練江干晚景〉。或者像〈秋日〉絕句，想把彩虹

〔註262〕《叢話》前集卷四十八，頁327～328。

〔註263〕苕溪漁隱曰：「近時學詩者，率宗江西，然殊不知江西本亦學少陵者也。故陳無己曰：『豫章之學博矣，而得法於少陵，故其詩近之。』今少陵之詩，後生少年不復過目，抑亦失江西之意乎？江西平日語學者為詩旨趣，亦獨宗少陵一人而已。余為是說，蓋欲學詩者師少陵而友江西，則兩得之矣。」（《叢話》前集卷四十九，頁332）

〔註264〕請參第五章第三節「論宋代重要詩人」——黃庭堅評論，頁298～299。

〔註265〕苕溪漁隱曰：「後山謂魯直作詩，過於出奇。誠哉是言也，如〈和文潛贈無咎詩〉：『本心如日月，利欲食之既。』〈王聖涂二亭歌〉：『絕去藪澤之羅兮，官於落羽。』洪玉父（炎）云：『魯直言羅者得落羽以輸官。』凡此之類，出奇之過也。」（《叢話》後集卷三十二，頁243）

當作錦帛賞賜舞女的奇想妙喻,「語豪且工」的詩歌。

　　對於秦觀〈和東坡金山詩〉為遷就押韻,將「香積」寫成「積香」,造成「殊不成語」的詩病;〈春日〉詩「海棠花發麝香眠。」詩語雖佳,卻犯了「不當於理」的毛病。〈德清道中還寄子瞻〉詩,將屬於「迥字韻」的「箸」字,卻在「青字韻」中押,犯了押錯韻腳的詩病,皆予以批評。

　　胡仔對秦觀詞的評價,只以「婉美」許之,認為其詞的「格力」失之於弱。對於秦觀頗負盛名的〈滿庭芳〉詞「寒鴉萬點,流水遶孤村」襲用隋煬帝楊廣之詩,而贏得晁無咎之極高推崇,頗不以為然。

　　胡仔對秦觀的自挽詞,則頗不能認同地指責他表現出「情鍾世味,意戀生理,一經遷謫,不能自釋;遂挾忿而作此辭。」的嚴苛批評。

　　胡仔《叢話》對歷代重要詩人篩選與評論,使《叢話》成為後學一本重要的詩學指南。方回〈漁隱叢話考〉「余幼好之,……畫夕竊觀,學詩實自此始……」〔註266〕。其影響後學,可見一般,方回《瀛奎律髓》所立之江西詩派「一祖三宗」,以杜甫為祖,或者受胡仔「以子美之詩為宗」(《叢話》前集卷十四)、「師少陵而友江西」(《叢話》前集卷四十九)的影響,亦未可知。

〔註266〕方回,《桐江集》卷七,收錄於宛委別藏,台灣:商務印書館,中華民國 70 年 10 月初版,頁 427。

第六章　《苕溪漁隱叢話》的價值與檢討

第一節　保存文獻的價值

　　《叢話》中保存了大量質珍貴的文獻，如蘇軾「烏臺詩案」的檔案、李清照〈詞論〉、呂本中〈江西詩社宗派圖〉及圖中詩人名號，阮閱《詩總》原序的保存，保存當時熟語成語、方言俗語，保存一些不見於本集的軼詩、名不見經傳的詩人之詩，及保存許多已軼的宋詩話。〔註1〕

一、「烏臺詩案」史料

　　胡仔由於其父胡舜陟曾為侍御史，故有機會看到蘇軾「烏臺詩案」的史料：

> 余之先君，靖康間嘗為臺端，臺中子瞻詩案具在，因錄得其本，與近時所刊行《烏臺詩案》為尤詳。今節入《叢話》，以備觀覽。（《叢話》前集卷四十二，頁288）

胡舜陟在宋欽宗靖康（1126～1127）年間為侍御史，所以得以有機會見到蘇軾「烏臺詩案」的檔案史料，胡仔則將此珍貴史料錄入《叢話》

〔註1〕有關保存已軼宋詩話文獻，請參看第六章第三節「詩話典籍的輯佚」。

中，讓世人有機會瞭解此案的緣由始末。

蘇軾《烏臺詩案》的文獻，保存在《叢話》前集卷四十二至卷四十五〔註2〕，共33則；另外，再加上《叢話》前集卷四十六，引自王定國《聞見近錄》、《石林詩話》兩則軼事〔註3〕、《叢話》後集卷三十〔註4〕，胡仔自己所聽聞一則軼事，總共36則有關蘇軾「烏臺詩案」的珍貴史料。

見此「烏臺詩案」檔案，可見東坡詩中確實有一些反映對當時政治時事的心聲，如〈山村詩〉反映當時私販法重而官鹽太貴，以致貧民好幾個月不食鹽，而有「豈是聞韶解忘味，爾來三月食無鹽」之語，以及青苗法「過眼青錢轉手空」的弊病。

〈山村詩〉云：「煙雨濛濛雞犬聲，有生何處不安生？但教黃犢無人佩，布穀何勞也勸耕！」意言是時販私鹽者，多帶刀杖，故取前漢龔遂令人賣劍買牛，賣刀買犢，曰：『何為帶牛佩犢。』意言但得鹽法寬平，令民不帶刀劍，而買牛犢，則民自力耕，不勞勸督，以譏鹽法太峻不便也。又云：「老翁七十自腰鐮，慚愧春山筍蕨甜，豈是聞韶解忘味，爾來三月食無鹽。」意言山中之人饑貧無食，雖老猶自採筍蕨充饑，時鹽法峻急，僻遠之人，無鹽食用，動經數月。若古之聖賢，矛能聞韶忘味，山中小民豈能食淡而樂乎？以譏鹽法太急也。又云：「杖藜裹飯去忽忽，過眼青錢轉手空，贏得兒童語音好，一年彊半在城中。」意言百姓請得青苗錢，立便於城中浮費使卻，又言鄉村之人，一年兩度夏秋稅，及數度請納和預買錢，今來更添青苗助役錢。因此莊家幼小子弟，多在城市，不著次第，但學得城中人語音而已。以譏新法青苗助役不便也。（《叢話》前集卷四十二，頁289～290）

〔註2〕《苕溪漁隱叢話》前集，頁288～311。
〔註3〕《苕溪漁隱叢話》前集，頁312。
〔註4〕《苕溪漁隱叢話》後集，頁223。

良玉按：《蘇文忠公詩編註集成》查注引《烏臺詩案》，與胡仔《叢話》所引，文字只略差幾字〔註5〕。此則所引為蘇軾〈山邨五絕〉其二、其三、其四〔註6〕，其三反映鹽法太峻，而有「豈是聞韶解忘味，爾來三月食無鹽」之句，在蘇軾本集卷四十三書〈上文侍中論搉鹽書〉云：

> 私販法重而官鹽貴，則民之貧而懦者，或不食鹽，往在浙中，
> 見山谷之人有數月食無鹽者。〔註7〕

可為此詩作一註腳。〈山邨五絕〉其四的「過眼青錢轉手空」言青苗法流弊，可以參看蘇軾本集卷三十一奏議〈乞不給散青苗錢斛狀〉云：

> 官吏無狀，於給散之際，必令酒務設鼓樂倡優或關撲賣酒牌
> 子，農民至有徒手而歸者，但每散青苗，即酒課遽增，此臣
> 所親見而為流涕者也。〔註8〕

由於一些不肖的官吏，藉著借錢給農民青苗錢時，讓酒店請歌妓唱歌助樂，讓農民在酒酣耳熱之際，因為「關撲」〔註9〕及飲酒行令以助興的酒牌〔註10〕等賭博，以致於農民輸光了錢，徒手而歸，使政府的美

〔註5〕《蘇文忠公詩編註集成》，清·王文誥，台北：學生書局，中華民國76
　　　年10月第三次印刷，頁1945。

〔註6〕《蘇文忠公詩編註集成》，頁1944～1945。

〔註7〕《經進東坡文集事略》卷四十三，書，〈上文侍中論搉鹽書〉云，台北：
　　　世界書局，中華民國64年1月再版，頁750。王文誥亦以為：「據此
　　　文，則詩為實錄矣。」（《蘇文忠公詩編註集成》，頁1945）

〔註8〕《經進東坡文集事略》卷三十一奏議〈乞不給散青苗錢斛狀〉，頁
　　　527。

〔註9〕賭博遊戲一種，宛若猜銅板之正反面，亦可互擲比遠近。為宋民間最
　　　流行的賭博方式。

〔註10〕酒牌，又稱葉子，起源於唐代的葉子戲，至明清而大盛，是古人飲酒
　　　行令以助興的佳品。略似我們今天的紙牌，牌面上有人物版畫、題銘
　　　和酒令，由於繪製精妙寓有深意，行令時抽牌按圖解意而飲，往往得
　　　酒外之趣。依令勸罰，不惟佐酒助興、活躍氣氛；抑且讀圖解語，別
　　　有一種風流風雅、睿智雋永，給飲宴融入了濃濃的文化意趣。（《酒牌》，
　　　清·陳洪綬，任熊、樂保群解說，山東畫報出版社，2005年9月版，
　　　http://www.amazon.cn/detail/product.asp?prodid=zjbk192805&source=21
　　　0088）

意走了樣，所以每當借「青苗錢」給農民時，反而促使酒稅的收入增加，實在是一件滿諷刺的事。

「烏臺詩案」檔案中，亦可見有些實為莫須有的栽贓之詞，如：

〈戲子由詩〉云：「宛丘先生長如丘，宛丘學舍小如舟，常時低頭誦經史，忽然欠伸屋打頭；斜風吹帷雨注面，先生不愧傍人羞。任從飽死笑方朔，肯為雨立求秦優。眼前勃磎何足道，處置六鑿須天遊。讀書萬卷不讀律，致君堯舜知無術。勸農冠蓋鬧如雲，送老虀鹽甘似蜜。門前萬事不掛眼，頭雖長低氣不屈！餘杭別駕無功勞，畫堂五丈容旗旄，重樓跨空雨聲遠，屋多人少風騷騷。平生所慚今不恥，坐對疲氓更鞭箠。道逢陽虎呼與言，心知其非口諾唯。居高志下真何益，氣節消縮今無幾。文章小技安足程，先生別駕舊齊名。如今衰老俱無用，付與時人分重輕。」此詩云：「任從飽死笑方朔，肯為雨立求秦優。」意取〈東方朔傳〉「侏儒飽欲死，臣朔饑欲死。」及〈滑稽傳〉「優旃謂陛楯郎：『汝雖長何益，乃雨立，我雖短，幸休居。』」言弟轍居貧官卑，而身材長大，故以比東方朔、陛楯郎，而以當今進用之人比侏儒、優旃也。又云：「讀書萬卷不讀律，致君堯舜知無術。」是時新興律學，某意非之，以謂法律不足以致君堯舜，今時人專學法律，而忘詩書，故言我讀書萬卷，惟不讀法律，蓋知法律之中，無致君堯舜之術也。又云：「勸農冠蓋鬧如雲，送老虀鹽甘似蜜。」以譏所差提舉官，所至苛碎生事，發摘官吏，惟學官無吏責也。又云：「平生所慚今不恥，坐對疲氓更鞭箠。」是的多徒配犯鹽之人，例皆饑貧，言鞭撻此等貧民，平生所慚，今不復恥，以譏鹽法太急也。又云：「道逢陽虎呼與言，心知其非口諾唯。」是時張靚、俞希旦作鹽司，意不喜其人，不敢與爭議，故毀詆之為陽虎也。（《叢話》前集卷四十二，頁288～289）

東坡〈戲子由詩〉〔註11〕作於熙寧四年（1071）。此詩既為「戲」作，則御史諸公就不應在字裡行間找碴。詩的前六句以誇張的手法描寫蘇轍身材的高大與學舍的矮小形成強烈對比。「任從飽死笑方朔，肯為雨立求秦優。」此兩句實取〈東方朔傳〉、〈滑稽傳〉之典故，卻硬被說成是比喻「當今進用之人比侏儒、優旃」。而「讀書萬卷不讀律，致君堯舜知無術。」則被指為反對當時專以法律取士，雖然，蘇軾在之後曾公開表示反對王安石罷詩賦取士，但「朝廷新興律學」是在熙寧六年（1073）四月〔註12〕，而東坡寫此詩的時間為熙寧四年（1071），早了兩年，若說東坡以此詩反對當時專以法律取士，則明顯為逼供捏造。

> 八月十五日觀潮，作詩云：「吳兒生長狎濤淵，冒利忘生不自憐，東海若知明主意，應教斥鹵變桑田。」時新有旨禁弄潮，故云「吳兒生長狎濤淵，冒利輕生不自憐」，蓋言弄潮之人，為貪官中利物，致其間有溺死者，故朝旨禁斷；某為主上好興水利，因作此詩，言「東海若知明主意，應教斥鹵變桑田」，意言東海若知此意，當令斥鹵地盡變桑田：此事之必不可成者，以譏興水利之難成也。（《叢話》前集卷四十三，頁 295）

此〈八月十五日看潮〉〔註13〕詩為熙寧六年（1073），東坡於杭州通判任上作。前兩句「吳兒生長狎濤淵，冒利忘生不自憐。」敘述吳地之人自小就諳習水性，出沒波濤，為求利而冒生命危險，不自愛惜。三、四句「東海若知明主意，應教斥鹵變桑田。」東海龍王若能領會神宗禁止弄潮之旨意，應當使只能煮鹽而不能耕種的鹽碱地變為可以耕種的桑

〔註11〕《蘇文忠公詩編註集成》，清·王文誥，台北：學生書局，中華民國 76 年 10 月第三次印刷，頁 1843～1845。

〔註12〕見王水照，《蘇軾選集》，台北：萬卷樓圖書有限公司，中華民國 86 年 2 月初版二刷，頁 46。

〔註13〕此詩名為〈八月十五日看潮〉五絕其四，《蘇文忠公詩編註集成》，清·王文誥，台北：學生書局，中華民國 76 年 10 月第三次印刷，頁 1984。

凵，讓弄潮兒得以耕種自食，不再冒利輕生。此兩句下，東坡自注：「是
時新有旨禁弄潮。」

　　對於烏臺詩案的指控，王水照先生以為：

> 前半段所言是，後半段言此詩攻擊「興水利」，實系逼供之
> 詞。舒亶在彈劾蘇軾的奏章中首先指此詩為攻擊「陛下（神
> 宗）興水利」。〔註14〕

所謂小人無所不用其極，舒亶別用心機，經過斷章取義之後，在蘇軾
詩句上用心注解，每句都成為譏謗的詩句。

> 杭州一僧寺內，秋日開牡丹花數朵，陳襄作絕句，某和云：
> 「一朵妖紅翠欲流，春光回照雪霜羞，化工只欲呈新巧，不
> 放閑花得少休。」此詩譏當時執政，以化工比執政，以閑花
> 比小民，言執政但欲出新意擘畫，令小民不得暫閑也。（《叢
> 話》前集卷四十四，頁301）

此詩乃熙寧六年，東坡任杭州通判，當時知州陳襄（述古），因為當年
冬十月，有一僧寺開牡丹數朵，陳襄作四絕句，蘇軾也和了四首〔註15〕。
此詩詩名為〈和述古冬日牡丹四首〉其一〔註16〕，乃東坡和陳襄的詩
歌〔註17〕而作。詩中敘述原本夏天才開花的牡丹花，竟然提前在冬天
盛開，且顏色鮮紅，嬌艷欲滴，東坡贊賞大自然的巧手，變化出這讓人
嘆為觀止的牡丹花，但卻也讓牡丹花無法在冬天好好休養生息，養精
蓄銳。這種純粹敘述大自然的神奇——「化工只欲呈新巧，不放閑花得
少休」的詩歌，且又是一首和詩，卻被有心人士指為別有用心的譏刺時
政的詩歌。

〔註14〕王水照，《蘇軾選集》，台北：萬卷樓圖書有限公司，中華民國86年2
　　　　月初版二刷，頁74。
〔註15〕見《蘇文忠公詩編註集成》查註引烏臺詩案，頁2019。文字與《叢話》
　　　　所引略差幾個字。
〔註16〕《蘇文忠公詩編註集成》，清·王文誥，台北：學生書局，中華民國76
　　　　年10月第三次印刷，頁2019。
〔註17〕陳襄〈次韻柯弟太博見示超化牡丹〉：「百草蕭條病朔風，雙枝成染魏
　　　　家紅。直疑天與凌霜色，不假東皇逞化工。」

今人王水照先生云：

> 牡丹一般在初夏開花，今提前於十月開放，故言「化工」追
> 求「新巧」，使「閒花」無暇休養生息。〔註18〕

可見，欲加之罪，何患無辭？

王定國《聞見近錄》、葉夢得《石林詩話》及胡仔聽聞所得有關
「烏臺詩案」軼事３則，談的都是「烏臺詩案」的起因緣由：

> 王定國《聞見近錄》云：「王和父嘗言，蘇子瞻在黃州，上數
> 欲用之，王禹玉輒曰：『軾嘗有此心惟有蟄龍知之句，陛下龍
> 飛在天而不敬，乃反求知蟄龍乎？』章子厚曰：『龍者非獨人
> 君，人臣皆可以言龍也。』上曰：『自古稱龍者多矣，如荀氏
> 八龍，孔明臥龍，豈人君也？』及退，子厚詰之曰：『相公乃
> 覆人家族邪？』禹玉曰：『此舒亶言爾。』子厚曰：『亶之唾，
> 小可食乎？』」（《叢話》前集卷四十八，頁312）

> 《石林詩話》云：「元豐間，蘇子瞻繫御史獄，神宗本無意深
> 罪子瞻，時相進呈，忽言蘇軾於陛下有不臣意。神宗改容曰：
> 『軾固有罪，然於朕不應至是，卿何以知之？』時相因舉軾
> 〈檜詩〉『根到九泉無曲處，歲寒惟有蟄龍知』之句，『陛下
> 龍飛在天，軾以為不知己，而求知地下之蟄龍，非不臣而
> 何？』神宗云：『詩人之詞，安可如此論，彼自詠檜，何預朕
> 事。』時相語塞。子厚亦從旁解之，遂薄其罪。子厚嘗以語
> 余，且以醜言詆時相曰：『人之害物，無所忌憚，有如是也。』」
> 二說未知孰是。（《叢話》前集卷四十六，頁312）

> 苕溪漁隱曰：「東坡在御史獄，獄吏問云：『〈雙檜詩〉：根到
> 九泉無曲處，世間惟有蟄龍知。有無譏諷？』答曰：『王安石
> 詩：天下蒼生待霖雨，不知龍向此中蟠。此龍是也。』吏亦

〔註18〕王水照，《蘇軾選集》，台北：萬卷樓圖書有限公司，中華民國86年2
月初版二刷，頁78。

為之一一笑。」(《叢話》後集卷三十，頁 223)

東坡〈檜詩〉云：

> 凜然相對敢相欺，直幹凌空未要奇。根到九泉無曲處，世間
> 惟有蟄龍知。〔註19〕

東坡此詩藉檜木來讚美王復秀才。檜木樹木根深，深到九泉之下，只有蟄伏在地底的潛龍，才能知道樹根到底是多深。用以形容擁王復的正直，及光明磊落的心地。但是這樣一首朋友之間酬酢的詩歌，舒亶居然可以分析出是蘇軾是在詛咒當時的神宗皇帝。宰相王珪則在神宗耳旁咬耳朵告狀，說蘇軾的不臣之意，理由牽強附會。所幸神宗皇帝清明，知道詩人「彼自詠檜，何預朕事」。當獄吏問東坡此詩有無譏諷，東坡舉王安石「天下蒼生待霖雨，不知龍向此中蟠。」〔註20〕不僅獄吏語塞無言，亦令人絕倒，顯然，欲加之罪，何患無辭？

胡仔《叢話》錄了三卷多有關東坡的「烏臺詩案」的檔案資料，《四庫全書總目提要》比較題名宋朋九萬編的《烏臺詩案》一卷，與胡仔《叢話》所錄的三卷多，發現《叢話》不過比《烏臺詩案》少了一二事，其餘條目皆同，懷疑或者後人撿拾胡仔《叢話》所錄，再稍多加一二事，追題朋九萬之名：

> 《烏臺詩案》一卷（編修汪如藻家藏本）
>
> 舊本題宋朋九萬編。即蘇軾御史台獄詞也。⋯⋯陳振孫《書錄解題》載是書十三卷，胡仔《漁隱叢話》所錄則三卷有奇，皆與此本不合。仔稱其父舜陟靖康間嘗為臺端，臺中子瞻《詩案》具在，因錄得其本，視近時所刊行《烏臺詩話》為尤詳，今節入《叢話》。是仔書所載已為節本。今考《叢話》諸條，不過較此本少一二事，其餘則條目皆同，則未必仔所

〔註19〕 此詩名應為〈王復秀才所居雙檜二首〉其二，《蘇文忠公詩編註集成》，清・王文誥，台北：學生書局，中華民國 76 年 10 月第三次印刷，頁 1927。

〔註20〕 此詩乃王安石〈龍泉寺石井〉二首其一：「山腰石有千年潤，海眼泉無一日乾，天下蒼生待霖雨，不知龍向此中蟠。」

見本。振孫稱九萬錄東坡下御史獄公案，附以《初舉發章疏》
及謫官後表章書啟詩詞。此本但冠以《章疏》，而無謫官後
表章書啟詩詞，則亦非振孫所見本。或後人摭拾仔之所錄，
稍傅益之，追題朋九萬名，以合於振孫之所錄，非九萬本書
歟。〔註21〕

　　個人比較清代王文誥《蘇文忠公詩編註集成》所引查注之烏臺詩
案文字，與《叢話》所錄文字，只略異幾字，可見《叢話》所錄的「烏
臺詩案」史料，彌足珍貴。有關東坡「烏臺詩案」的進一步論述，請參
看《烏臺詩案研究》〔註22〕，由於非本論文重點，茲不贅敘。

二、李清照〈詞論〉

　　李清照〈詞論〉未見於李清照文集，最早見於胡仔的《苕溪漁隱
叢話》後集卷三十三，及《詩人玉屑》卷二十一。〔註23〕

　　個人比對《詩人玉屑》與胡仔的《叢話》有關李清照之〈詞論〉
後，發現《詩人玉屑》完全襲自《叢話》，甚至連胡仔的按語「苕溪漁
隱曰」亦照抄〔註24〕。故胡仔《叢話》可謂最先保存李清照〈詞論〉
的著作，保存文獻，功不可沒，並且提出自己對此〈詞論〉見解的
按語。

　　李易安云：「樂府聲詩並著，最盛於唐開元天寶間，有李八郎
　　者，能歌，擅天下時新。及第進士，開宴曲江，榜中一名士，
　　先召李，使易服隱名姓，衣冠故敝，精神慘沮，與同之宴所，

〔註21〕《四庫全書總目》卷六十四史部二十，台北：藝文印書館，中華民國
　　　　68年12月五版，頁1356。
〔註22〕江惜美，《烏臺詩案研究》，東吳大學中國文學研究所碩士論文，中華
　　　　民國75年。
〔註23〕見《南宋文學批評彙編》，編者按語：「〈詞論〉未見李清照文集，只見
　　　　於《苕溪漁隱叢話》與《詩人玉屑》卷21。」（張健編輯，台北：志文
　　　　出版社67年12月初版，頁76～77）
〔註24〕《詩人玉屑》卷21，詩餘，〈李易安評〉，台北：世界書局，2005年5
　　　　月七版，頁467～469。

曰表弟，願與坐末。眾皆不顧。既酒行樂作，歌者進，時曹
元謙念奴為冠，歌罷，眾皆咨嗟稱賞。名士忽指李曰：『請表
弟歌。』眾皆哂，或有怒者。及轉喉發聲，歌一曲，眾皆泣
下，羅拜曰：『此李八郎也。』自後鄭、衛之聲日熾，流靡之
變日煩，已有〈菩薩蠻〉、〈春光好〉、〈莎雞子〉、〈更漏子〉、
〈浣溪沙〉、〈夢江南〉、〈漁父〉等詞，不可徧舉。五代干戈，
四海瓜分豆剖，斯文道熄；獨江南李氏君臣尚文雅，故有『小
樓吹徹玉笙寒』，『吹皺一池春水』之詞，語雖奇甚，所謂『亡
國之音哀以思』也。逮至本期，禮樂文武大備，又涵養百餘
年，始有柳屯田永者，變舊聲，作新聲，出《樂章集》，大得
聲稱於世；雖協音律，而詞語塵下。又有張子野、宋子京兄
弟、沈唐、元絳、晁次膺輩繼出，雖時時有妙語，而破碎何
足名家。至晏元獻、歐陽永叔、蘇子瞻，學際天人，作為小
歌詞，直如酌蠡水於大海，然皆句讀不葺之詩爾，又往往不
協音律者，何邪？蓋誠文分平側，而歌詞分五音，又分五聲，
又分六律，又分清濁輕重。且如近世所謂〈聲聲慢〉、〈雨中
花〉、〈喜遷鶯〉，既押平聲韻，又押入聲韻；〈玉樓春〉本押
平聲韻，又押上去聲，又押入聲。本押仄聲韻，如押上聲則
協，如押入聲則不可歌矣。王介甫、曾子固文章似西漢，若
作一小歌詞，則人必絕倒，不可讀也。乃知別是一家，知之
者少。後晏叔原、賀方回、秦少游、黃魯直出，始能知之。
又宴苦無鋪敘，賀苦少典重，秦即專主情致，而少故實，譬
如貧家美女，雖極妍麗豐逸，而終乏富貴態。黃即尚故實，
而多疵病，譬如良玉有瑕，價自減半矣。」苕溪漁隱曰：「易
安歷評諸公歌詞，皆摘其短，無一免者，此論未公，吾不憑
也。其意自謂能擅其長，以樂府名家者。退之詩云：『不知群
兒愚，那用故謗傷，蚍蜉撼大樹，可笑不自量。』正為此輩
發也。」（《叢話》後集，卷三十三，頁254～255。）

李清照從唐代李八郎故事入手，追溯了唐玄宗開元、天寶年間，樂曲昌盛的局面，成為宋詞繁盛的淵源，也說明了宋詞的音樂性。此外，簡單回顧了唐末五代至北宋中葉以來歌詞發展的歷史，以及重要作家在其間的作為。

首先批評南唐李璟、馮延巳君臣，雖然寫出「小樓吹徹玉笙寒」〔註25〕、「吹皺一池春水」〔註26〕等奇語，卻不免有「亡國之音哀以思」之譏。

宋初柳永有「變舊聲，作新聲」之功，且其詞作「協音律」，卻不免有「詞語塵下」之嫌。張先、宋祁兄弟、沈唐、元絳、晁次膺等人，雖然「時有妙語」，然而「破碎何足名家」；晏殊、歐陽脩、蘇軾等飽學之士，當時的文壇領袖，寫起詞來卻往往不協音律，成為「句讀不葺之詩」。王安石、曾鞏之詞根本「不可讀也」。晏幾道之詞「苦無鋪敘」，賀鑄之詞缺少「典重」，秦觀之詞缺少「故實」，批評了唐末五代至北宋中葉的重要詞作代表作家十餘人。

李清照並分析了詩與詞不同的特性，指出了詞的平仄、聲韻、音律的特點，為詩與詞這兩種不同的文體，劃清了界線，明確了詞作為音樂文學所應具備的藝術特性。

從李清照對歷來詞人之批評，可以得出她對詞這種文體創作的要求，即是一首好詞必須具備「協音律」、「重鋪敘」、「貴典雅」、「有情致」、「尚故實」等特點。

胡仔對於李清照〈詞論〉對歷代詞家的評論，大表不滿，認為她目中無人，過於自大，「其意蓋自謂能擅其長，以樂府名家者」。認為她在品評歷代諸公之詞時，「皆摘其短」，認為這樣的評論並不公平，

〔註25〕李璟〈攤破浣溪沙〉「菡萏香銷翠葉殘，西風愁起綠波間。還與韶光共憔悴，不堪看。細雨夢回雞塞遠，小樓吹徹玉笙寒。多少淚珠無限恨，倚闌杆。」（《全唐五代詞》，頁 439）

〔註26〕馮延巳〈謁金門〉「風乍起，吹皺一池春水。閒引鴛鴦芳徑裡，手接紅杏蕊。鬥鴨闌干獨倚，碧玉搔頭斜墜，終日望君君不至，舉頭聞鵲喜。」（《全唐五代詞》，頁 392）

但卻未能提出有效的反擊，只以韓愈的〈調張籍〉詩〔註 27〕來諷刺李清照，就像那些批評指責李白、杜甫詩歌的愚兒一樣，一點也動搖不了李杜文章的光芒。

三、呂本中〈江西詩社宗派圖〉序

〈江西詩社宗派圖〉及圖中詩人名號，最早見於胡仔《苕溪漁隱叢話》前集卷四十八：〔註 28〕

> 苕溪漁隱曰：「呂居仁近時以詩得名，自言傳衣江西，嘗作《宗派圖》，自豫章以降，列陳師道、潘大臨、謝逸、洪芻、饒節、僧祖可、徐俯、洪朋、林敏修、洪炎、汪革、李錞、韓駒、李彭、晁沖之、江端本、楊符、謝薖、夏倪、林敏功、潘大觀、何顗、王直方、僧善權、高荷，合二十五人以為法嗣，謂其源流皆出豫章也。其〈宗派圖序〉數百言，大略云：『唐自李杜之出，焜耀一世，後之言詩者，皆莫能及。至韓、柳、孟郊、張籍諸人，激昂奮屬，終不能與前作者並。元和以後至國朝，歌詩之作或傳者，多依效舊文，未盡所趣。惟豫章始大出而力振之，抑揚反復，盡兼眾體，而後學者同作並和，雖體制或異，要皆所傳者一，予故錄其名字，以遺來者。』余竊謂豫章自出機杼，別成一家，清新奇巧，是其所長，若言『抑揚反復，盡兼眾體』，則非也。元和至今，騷翁墨客，代不乏人，觀其英詞傑句，真能發明古人不到處，卓然成立者甚眾，若言『多依效舊文，未盡所趣』，又非也。所列二十五人，其間知名之士，有詩句傳於世，為時所稱道者，止數人而已，其餘無聞焉，亦濫登其列。居仁此圖之作，選

〔註 27〕 韓愈〈調張籍〉「李杜文章在，光焰萬丈長。不知群兒愚，那用故謗傷，蚍蜉撼大樹，可笑不自量。……」(《韓昌黎詩繫年集釋》，錢仲聯編，台北：學海出版社，中華民國 74 年 1 月初版，頁 989)

〔註 28〕 《黃庭堅研究論集》，黃啟方師，安徽人民出版社，2005 年 12 月第 1 次印刷，頁 153。

　　擇弗精，議論不公，余是以辨之。」（《叢話》前集卷四十八，
　　頁 327～328）

胡仔的《叢話》是保存呂本中〈宗派圖序〉最早的著作無庸置疑，其後
有趙彥衛《雲麓漫鈔》一書中亦有〈宗派圖序〉，與胡仔文字稍異，所
列二十五人法嗣先後排列順序不同〔註 29〕，人亦稍異〔註 30〕，兩者之
差異比較，可參看黃師啟方〈黃庭堅與江西詩社宗派圖〉〔註 31〕，有
較詳細的解說。

　　胡仔對呂本中〈宗派圖序〉的批評有三：

　　（一）對於黃庭堅之推崇太過，胡仔只肯定黃庭堅「白山機杼，
別成一家，清新奇巧」的優點，並不認同黃之詩歌到達「抑揚反復，盡
兼眾體」的水準。

　　（二）此序所言唐憲宗元和年間以後直至宋初之詩歌，「多依效舊
义，未盡所趣」，直到黃庭堅出，始人力振作之的說法，大大不能認同。
胡仔認為「元和到今，騷翁墨客，代不乏人，觀其英詞傑句，真能發明
古人不到處，卓然成立者甚眾」。胡仔《叢話》中，論及的唐朝元和以
後之詩人，除了〈宗派圖序〉所提到「不能與前作者並」的韓愈、柳宗
視、孟郊、張籍之外，尚有嚴維、劉夢得、賈島、袁高、朱放、楊汝士
等；晚唐作家亦有李商隱、杜牧、溫庭筠、聶夷中、羅隱、王建、韓偓、
陸龜蒙等。宋朝在黃庭堅之前，歐陽脩、王安石、蘇軾，都是讓胡仔推
崇的大作家。〔註 32〕

〔註 29〕「陳師道、潘大臨、謝逸、洪朋、洪芻、饒節、祖可、徐俯、林修、
　　　　洪炎、汪革、李錞、韓駒、李彭、晁說之、江端本、楊符、謝薖、夏
　　　　倪、林敏功、潘大觀、王直方、善權、高荷凡二十五人，居仁其一也。」
　　　　（見黃師啟方，《黃庭堅研究論集》引，安徽人民出版社，2005 年 12
　　　　月第一次印刷，頁 154）
〔註 30〕誤林敏修為林修，去掉何覬，加上呂居仁。
〔註 31〕黃師啟方，《黃庭堅研究論集》引，安徽人民出版社，2005 年 12 月第
　　　　一次印刷，頁 151～259。
〔註 32〕請參看本論文第六章，第二節「論唐代重要詩人」，第三節「論宋代重
　　　　要詩人」。

（三）胡仔認為此圖「選擇弗精，議論不公」，因為圖中所列二十五人，其間知名之士，有詩句傳於世，為時所稱道者，只有數人而已，其餘沒沒無聞之輩，亦濫登其列。如《叢話》前集引列名〈宗派圖序〉謝邁詩一聯：

> 《雪浪齋日記》云：「謝邁〈初夏詩〉云：『接挐蕉葉展新綠，從臾榴花舒小紅。』句雖雕刻，而事甚新。」苕溪漁隱曰：「《江西宗派圖》中有謝邁，恐須別有佳句，若只此一聯，固無甚高論也。」（《叢話》前集卷五十三，頁 363）

胡仔認為謝邁此聯詩，「無甚高論」，言下之意，對〈宗派圖序〉所列之人質疑否定。

四、阮閱《詩總》序的保存

胡仔在《叢話》前集即指出當時福建所刊的《詩話總龜》，乃是剽竊阮閱《詩總》：

> 閩中近時又刊《詩話總龜》，此集即阮閱所編《詩總》也，余於〈漁隱叢話序〉中已備言之。阮字閎休，官至中大夫，嘗作監司郡守，盧州舒城人，其《詩總》十卷，分門編集，今乃為人易其舊序，去其姓名，略加以黃門詩說，更號曰《詩話總龜》，以欺世盜名耳。」（《叢話》前集卷十一，頁 75）

由於盜版之《詩話總龜》，沒有原著阮閱之序，所要胡仔以其家所藏《詩總》序，記錄於《叢話》中，以保存此文獻。

> 苕溪漁隱曰：「閩中近時刊行《詩話總龜》，即舒城阮閱所編《詩總》也。余家有此集，今《總龜》不載此序，故錄于此云：『余平昔與士大夫遊，聞古今詩句，膾炙人口，多未見全本，及誰氏所作也。宣和癸卯春，（『春』宋本作『冬』。）來官郴江，因取所藏諸家小史、別傳、雜記、野錄讀之，遂盡見前所未見者。至癸卯秋，得一千四百餘事，共二千四百餘詩，分四十六門而類之；其播揚人之隱慝，暴白事之曖昧，

猥陋太甚，雌黃無實者，皆略而不取。至其本惟一詩，而記
所取之意不同，如粟爆燒氈破，貓跳觸鼎翻；春洲生荻芽，
春岸飛楊花。載所作之人或異，如幾夜礙新月，半江無夕
陽；斜陽如有意，偏傍小窗明。如此之類，皆兩存之。若愛
其造語之工，而舉一聯，如風暖鳥聲碎，日高花影重；不知
其全篇。亦有喜其用字之當，而論一字，如惠和官尚小，師
達祿須干，不知其所引自誤。如鈀之類，咸辨證之。然皆前
後名公、鉅儒、逸人、達士，傳諸搢紳間，而著以為書，不
可得而增損也。但類而總之，以使觀閱，故名曰《詩總》。倦
遊歸田，幅巾短褐，松樹竹几，時卷舒之，以銷閒日，不願
行于時也。世間書固未盡於此，後有得之者，當續焉。宣和
五年十一月朔，舒城阮閱序。」」（《叢話》後集卷三十六，頁
287）

按照胡仔所言，當時流傳之《詩話總龜》，乃福建書商割裂《詩總》，再
加以蘇、黃門詩說，已非原書。《四庫全書總目提要》亦引胡仔《叢話》
中的按語云：

據其（胡仔）所言，則此書本名《詩總》，其改今名，不知出
誰手也。此本為明宗室月窗道人所刊，併改其名為阮一閱，
尤為疎舛。其書前集分四十五，所採書凡一百種；後集分六
十一門，所採書亦一百種。摭拾舊文，多資考證。惟分類瑣
屑，頗有乖於體例。前有郴陽李易序，乃曰：「阮子舊集頗雜，
月窗條而約之。彙次有義，棼結可尋。」然則此書已經改竄，
非其舊目矣。〔註33〕

則今日所見《詩話總龜》已經改竄，已非其原來的面目。另外，《四庫
全書總目提要》比較胡仔《苕溪漁隱叢話》與《詩話總龜》云：

其書繼阮閱《詩話總龜》而作。前有自序，稱閱所載者皆不

─────────────
〔註33〕《四庫全書總目》集部卷一百九十五，詩文評類一，台北：藝文印書
館，中華民國 68 年 12 月五版，頁 4085。

錄。二書相輔而行，北宋以前之詩話，大抵略備矣。然閱書
多錄雜事，頗近小說；此則論文考義者居多，去取較為謹嚴。
閱書分類編輯，多立門目；此則惟以作者時代為先後，能成
家者列其名，瑣聞軼句則或附錄之，或類聚之，體例亦較為
明晰。閱書惟採摭舊文，無所考正；此則多附辨證之語，尤
足以資參訂。故閱書不甚見重於世，而此書則諸家援據，多
所取資焉。〔註34〕

由四上的論述可見，《叢話》不僅體例明晰，且在採摭舊文之外，又多
所考正，附辨證之語，足以提供後人參考，此乃《叢話》為歷代諸家援
引取資的緣故，其重要性，也就不言而喻。

五、保存許多當時熟語成語、方言俗語

《叢話》前後集中，保存了許當時的熟語成語，此略舉幾則，以
見一斑。

【讀不捨手】：書讀得很有興味而不願放下。

> 余與之別餘二十年，復見于此。愛其詩，讀不捨手；屬其
> 談，挽不聽去，交相語及唐詩僧。(《叢話》前集卷五十六，
> 頁383)

【目披手抄】：眼睛一邊看，手一邊抄。形容勤於攻讀。

> 終日明窗淨几，目披手抄，誠心好之，遂忘其勞。(《叢話》
> 後集序，頁1)

【當局者迷】：當事人往往看不清楚事情的真相。

> 當局者迷，固人情之通患。(《叢話》前集卷十九，頁126)

【屋下架屋】：在房屋之下架設房屋。比喻重複模仿，無所創新。

> 文章必自名一家，然後可以傳不朽。若體規畫圓，准方作矩，
> 終為人之臣僕。古人譏屋下架屋，信然。(《叢話》前集卷四

〔註34〕《四庫全書總目》集部卷一百九十五，詩文評類一，台北：藝文印書
館，中華民國68年12月五版，頁4095。

十九，頁 333）

【臨文不諱】：古時對君主、尊長示敬而有避諱，但寫作時為考慮避免影響文義，故不加避諱。

老杜家諱閑，而詩中有翩翩戲蝶過閑慢。……介甫刊作閑字，豈非臨文不諱之義乎。（《叢話》前集卷二十，頁 132）

【一字之師】：稱能改正或更動文句中一個字的老師。

（張乖崖）公曰：「蕭弟（蕭楚才），一字之師也。」（《叢話》前集卷二十五，頁 171）

【日鍛月煉】：比喻長時間不懈的下苦功鑽研。

天下事有意為之，輒不能盡妙，……世乃有日鍛月煉之說，此所以用功者雖多，而名家者終少也。（《叢話》前集卷八，頁 49）

【色藝兩絕】：姿色與技藝都非常出色，絕無僅有。

有一歌者號囀春鶯，色藝兩絕，平居屬念，不知流落何許。（《叢話》前集卷六十，頁 415）

【神施鬼設】：形容構思極為巧妙。

某細味杜詩，皆於古人語句補綴為詩，平穩妥貼，若神施鬼設。（《叢話》前集卷十一，頁 75）

【泉石膏肓】：意指喜愛山水風景成癖好。

余頃年登山臨水，未嘗不讀王摩詰詩，固知此老胸次，定有泉石膏肓之疾。（《叢話》前集卷十五，頁 97）

【高舉遠蹈】隱居避世。

唯其高舉遠蹈，不受世紛，而至于躬耕乞食，其忠義亦足見矣。（《叢話》前集卷三，頁 19）

【點石成金】：一種道家仙術。用手指或靈丹將石頭點化成黃金。比喻善於修改文字，能化腐朽為神奇。

苕溪漁隱曰：「詩句以一字為工，自然穎異不凡，如靈丹一粒，點石成金也。」（《叢話》後集卷九，頁 64）

【纖芥不遺】：形容非常詳盡，連最微小的部分都沒有遺漏。

　取唐以來至于吾宋詩頌銘贊，奇編奧錄，窮力討論，纖芥不
　遺。(《叢話》後集卷三十六，頁 288)

《叢話》除了保存許多當時熟語成語之外，也保存了當時的方言
俗語，如：

　苕溪漁隱曰：「予官閩中，見其風俗，呼父為郎罷，呼子為囝。
　顧況有詩云：『郎罷別囝，囝別郎罷；及至黃泉，不得在郎罷
　前。』乃知顧況用此方言也。山谷〈送秦少章往餘杭從蘇公
　詩〉：『斑衣兒啼真自樂，從師學道也不惡；但使新年勝故年，
　即如常在郎罷前。』唐子西詩：『見餒嗔郎罷。』皆用顧況語
　也。」(《叢話》後集卷三十一，頁 235)

此則可見閩中方言，呼父為「郎罷」，呼子為「囝」。

　《宋景文筆記》云：「蜀人見物驚異，輒曰噫嘻。李太白作〈蜀
　道難〉，因用之。汾、晉之間，尊者呼左右曰咄，左右必曰喏。
　而司空圖作〈休休記〉，又用之。修書學士劉義叟為余言：《晉
　書》咄嗟而辦，非是。宜言咄喏而辦。然咄嗟前世人文章中
　多用之，或自有義。」苕溪漁隱曰：：『蘇子瞻，蜀人也。作
　〈後赤壁賦〉云：『嗚呼噫嘻，我知之矣。』〈洞庭春色賦〉
　云：『嗚呼噫嘻，我言夸矣。』皆用此語。』(《叢話》後集卷
　四，頁 27～28)

此則可知蜀人見物驚異之俗語為「噫嘻」。李白的〈蜀道難〉「噫吁戲！
危乎高哉！」〔註35〕東坡〈後赤壁賦〉「嗚呼噫嘻，我知之矣。」，東
坡〈洞庭春色賦〉「嗚呼噫嘻，我言夸矣。」，皆用此俗語。

　　當然《叢話》尚保存一些不見於詩人本集的軼詩、名不見經傳的

〔註35〕李白〈蜀道難〉：「噫吁戲！危乎高哉！蜀道之難難於上青天。蠶叢及
　　魚鳧，開國何茫然。爾來四萬八千歲，始與秦塞通人煙。西當太白有
　　鳥道，可以橫絕峨眉巔。……」(《李太白詩歌全集》古近體詩卷七，
　　清‧王琦注，劉建新校勘，北京：今日中國出版社，1997 年 11 月第
　　一版，頁 62～63)

詩人之詩，由於資料尚多，而篇幅有限，當待來日再續作整理。

第二節　考證糾繆的成就

　　胡仔《叢話》花費許多篇幅於考證論辯，誠如《四庫全書提要》所云：

> （阮）閱書惟採摭舊文，無所考正；此則多附辨證之語，尤
> 足以資參訂。故閱書不甚見重於世，而此書則諸家援據，多
> 所取資焉。〔註36〕

　　宋代許多詩話，只是條列排比資料，不管資料來源是否正確，然而胡仔的《叢話》，對於所引用的資料不會照單全收，除了找出原義，仔細辨證分析資料，也廣搜其他辨證，或者親身目睹，或者聞諸友朋，或者從眾書中廣泛搜證……，比起其他宋代詩話，只是羅列資料，既不加以考證，對其所列資料的對錯毫無所悉，甚至妄改引文、妄改文字、妄辨資料……，胡仔則不畏艱辛地鉅細靡遺地加以糾繆改正，並補充全詩或文。

一、作者考

　　胡仔曾批評楊湜《古今詞話》的謬誤曰：

> 《古今詞話》以古人好詞，世所共知者，易甲為乙，稱其所
> 作，仍隨其詞牽合為說，殊無根蒂，皆不足信也。（《叢話》
> 後集卷三十九，頁）

　　許多其他宋詩話亦犯此謬誤。胡仔除了挑出其錯誤之外，並予以一一改正。

　　（一）糾正《王直方詩話》以王安石〈落星寺詩〉乃章傳道所作之誤，並引出全詩。

　　《王直方詩話》云：「荊公集中有〈落星寺詩〉，其末云：『勝

〔註36〕《四庫全書總目》集部卷一百九十五，詩文評類一，台北：藝文印書
　　　　館，中華民國68年12月五版，頁4095。

概惟詩可收拾，不才羞作等閒來。』落星寺在彭蠡湖中，劉
咸臨嘗親見寺僧，言幼時目睹閩中章傳道作此詩，其前六句
皆同，其末云：『勝概詩人盡收拾，可憐蘇、石不曾來。』
蘇、石謂子美、曼卿也。後人愛其詩者，改末句作荊公詩傳
之，遂使一篇之意不完，其體與荊公所作詩亦不類。」苕溪
漁隱曰：「直方所言非也。余細觀此詩，句語體格，真是荊
公作，餘人豈能道此。今具載全篇，識者必能辨之。詩云：
『窣雲臺殿起崔嵬，萬里長江一酒杯。坐見山川吞日月，杳
無車馬送塵埃。雁飛雲路聲低過，客近天門夢易回。勝概惟
詩可收拾，不才羞作等閒來。』」（《叢話》前集卷三十四，
頁 231）

（二）糾正張耒誤將溫庭筠詩、嚴維詩當成孟郊、賈島之詩之
誤。

張文潛云：「唐之晚年，詩人類多窮士，如孟東野、賈浪仙之
徒，皆以刻琢窮苦之言為工。……唐之野詩，稱此兩人為最，
至於奇警之句，往往有之，如雞聲茅店月，人跡板橋霜，則
羈旅窮愁，想之在目。若曰柳塘春水慢，花塢夕陽遲，則春
物融冶，人心和暢，有言不能盡之意，亦未可以為小道無取
也。」苕溪漁隱曰：「六一居士以『雞聲茅店月，人跡板橋
霜』是溫庭筠詩，『柳塘春水慢，花塢夕陽遲』是嚴維詩。文
潛乃以為郊、島詩，豈非誤邪？」（《叢話》前集卷十九，頁
125）

（三）糾正《雪浪齋日記》誤將劉夢得詩當成是儲光羲的詩。

《雪浪齋日記》云：「荊公喜唐人『楓林社日鼓，茅屋午時
雞』，書於劉楚公第。或以為此即儲光羲詩。」苕溪漁隱曰：
「此一聯乃夢得〈秋日送客至潛水驛詩〉，非儲光羲也。」
（《叢話》前集卷二十，頁 136）

（四）以魏泰《隱居詩話》、畢仲詢《幕府燕閒錄》二書來糾正歐

陽脩《六一居士詩話》誤記杜荀鶴詩「風暖鳥聲碎、日高花影重。」為周朴之詩。〔註37〕

  《六一居士詩話》云：「唐之晚年，詩人無復李、杜豪放之格，然亦務以精意相高。如周朴者，杼思尤艱，每有所得，必極雕琢，故詩人稱朴詩月鍛季煉，未及成篇，已播人口，……。余少時猶見其集，其句有云：『風暖鳥聲碎，日高花影重。』又云：『曉來山鳥鬧，雨過杏花稀。』誠佳句也。」苕溪漁隱曰：「余讀《隱居詩話》云：『此一聯非朴詩也，乃杜荀鶴之句。』然猶未敢以《六一居士詩話》為誤。後又看《幕府燕閒錄》云：『杜荀鶴詩，鄙俚近俗，惟〈宮詞〉為唐第一，云：早被嬋娟誤，欲粧臨鏡慵。承恩不在兒，教妾若為容。風暖鳥聲碎，日高花影重。年年越溪女，相憶採芙蓉。故諺云：杜詩三百首，惟在一聯中。風暖鳥聲碎，日高花影重是也。』」（《叢話》前集卷二十三，頁153～154）

  （五）糾正釋惠洪《冷齋夜話》誤將郭功甫〈金山行〉的詩句當成是李白的詩句。

  《冷齋夜話》云：「李翰林曰：『鳥飛不盡暮天碧。』……」苕溪漁隱曰：「『飛鳥不盡暮天碧』之句，乃郭功甫〈金山行〉，《冷齋》以為李翰林詩，何也？」（《叢話》前卷三十五，頁235～236）

  （六）糾正《西齋話紀》誤將劉夢得詩當成是李商隱詩。

  《西齋話紀》云：「李商隱〈路逢王二十入翰林詩〉云：『定知欲報淮南詔，急召王褒入九重。』……」苕溪漁隱曰：「〈路逢王二十入翰林詩〉，乃劉夢得詩，非李商隱詩也。」（《叢話》前集卷四十，頁272）

  （七）糾正《冷齋夜話》誤將白樂天〈東城尋春詩〉、〈竹窗詩〉誤

〔註37〕按：此詩《全唐詩》同時收錄在杜荀鶴與周朴之詩中。

以為是黃魯直〈貴宜州詩〉，又妄評以「魯直學道，故詩閑暇」之語。

《冷齋夜話》云：「秦少游〈貴雷州詩〉曰：『南土四時都熱，愁人日夜俱長，安得此身如石，一時忘了家鄉。』黃魯直〈貴宜州詩〉曰：『老色日上面，懽悰日去心，今既不如昔，後當不如今。』『輕紗一幅巾，小簟六尺床，無客盡日靜，有風終夜涼。』少游情鍾，故詩酸楚，魯直學道，故詩閑暇。至東坡則云：『平生萬事足，所欠唯一死。』英特邁往之氣，可畏而仰哉。」苕溪漁隱曰：「『老色日上面，懽悰日去心，今既不如昔，後當不如今』，乃白樂天〈東城尋春詩〉也。『輕紗一幅巾，小簟六尺床，無客盡日靜，有風終夜涼。』亦白樂天〈竹窗詩〉也。二詩既非魯直所作，《冷齋》何妄有一學道閑暇」之語邪？」（《叢話》前集卷四十八，頁326）

二、作品考

（一）考證李翱的作品。胡仔以《唐書》李翱本傳來考證《傳燈錄》中所保存朗州刺史李翱所作兩首詩，糾正《石林詩話》所云李翱詩散亡無一篇存者之誤。又糾正《古今詞話》所載鄭州刺史李翱詩非也之誤。

《石林詩話》云：「人之材力，信自有限。李翱、皇甫湜，皆韓退之高弟，而二人獨不傳其詩，不應散亡無一篇存者，計亦非其所長，故多不作耳。……翱見於〈遠遊聯句〉『前之距灼灼，此去信悠悠』，一見之後，遂不復見……，」苕溪漁隱曰：「余讀《傳燈錄》，言『朗州刺史李翱謁藥山，問如何是道。師以手指上下曰：會麼？翱曰：不會。師曰：雲在天水在缾。翱遂贈以詩曰：練得身形似鶴形，千株松下兩函經，我來問道無餘說，雲在青天水在缾。』又：『藥山一夜登山經行，忽雲開見月，大笑一聲，應澧陽東九十許里，居民盡謂東家。翱再贈詩曰：選得幽居愜野情，終年無送亦無迎，有

時直上孤峰頂，月下披雲笑一聲。」余以《唐書》翱本傳考
之，翱嘗為朗州刺史，則《傳燈錄》所載是也。翱未嘗為鄭
州刺史，《古今詞話》所載鄭州刺史李翱詩非也。《傳燈錄》
有此二詩，《石林》以謂『翱詩散亡智一篇存者，但一見〈遠
遊聯句〉而已』。何也？」（《叢話》前卷二十，頁129）

（二）考證李煜〈臨江仙〉寫作時間，來糾正蔡條《西清詩話》
所云「未就而城破」的說法。

> 《西清詩話》云：「南唐後主，圍城中作無長短句，未就而城
> 破：『櫻桃落盡春歸去，蝶翻金粉雙飛，子規啼月小樓西。曲
> 欄盡箔，惆悵卷金泥。門巷寂寥人去後，望殘煙草低迷。』
> 余嘗見殘藁點染晦昧，心方危窘，不在書耳。藝祖云：『李煜
> 若以作詩工夫治國事，豈為吾虜也。』」苕溪漁隱曰：「余觀
> 《太祖實錄》及《三朝正史》云：『開寶乙亥年十月，詔曹彬、
> 潘美等率師伐江南，八年十一月，拔昇州。』今後主詞乃詠
> 春景，決非十一月城破時作。《西清詩話》云後主作長短句，
> 未就而城破，其言非也。然王師圍金陵凡一年，後主至圍城
> 中春間作此詩，則不可知，是時其心豈不危窘，於此言之乃
> 可也。」（《叢話》前卷五十九，頁406～407）

胡仔以《太祖實錄》及《三朝正史》來考據辨證，南唐亡國之時乃「十
一月」，而李後主這闋〈臨江仙〉[註38]詞歌詠的乃是「春景」，決非
十一月城破時作，來糾正蔡條《西清詩話》所云「未就而城破」之
說，胡仔認為：「王師圍金陵凡一年，後主於圍城中，春間作此詩」的
說法較合理。

（三）杜詩〈秋雨歎〉文字考

> 《束皋雜錄》云：「杜詩：『闌風伏雨秋紛紛。』『伏』乃『仗』

〔註38〕南唐‧李煜〈臨江仙〉「櫻桃落盡春歸去，蝶翻輕粉雙飛。子規啼月小
樓西。玉鉤羅幕，惆悵暮煙垂。別巷寂寥人散後，望殘煙草低迷。爐
香閑嫋鳳凰兒。空持羅帶，回首恨依依。」（《全唐五代詞》，頁455）

字之誤。闌珊之風，冗仗之雨也。」苕溪漁隱曰：「《世說》：
『王忱求簟于王恭。恭曰：丈人不悉恭，恭作人無長物。』
則冗仗用此『長』字為是。《集韻》：去聲，與『仗』字同音。
杜詩舊本作『長雨』，《東皋雜錄》謂『伏』乃『仗』之誤，
非也。」（《叢話》後集卷八，頁 53）

宋代孫宗鑑《東皋雜錄》以為杜甫詩〈秋雨歎〉之二的首句「闌風伏雨
秋紛紛。」[註39] 應改為「闌風仗雨秋紛紛。」才對。而胡仔則以為
應是「闌風長雨秋紛紛。」才對，並佐以《世說新語》、《集韻》對「長」
字的解釋，並以杜詩舊本作「長雨」為佐證。

　　（四）黃庭堅〈夏日夢伯兄寄江南〉詩考

　　《復齋漫錄》云：「唐吳子華詩云：『暖漾魚遺子，晴游鹿引
　　麛。』乃悟山谷詩『河天月暈魚分子，槲葉風微鹿養麛』所
　　自。」苕溪漁隱曰：「山谷此詩，乃是『河天月暈魚分子，槲
　　葉風微鹿養茸』，非『麛』字韻，《復齋》誤矣。」（《叢話》
　　後集卷三十一，頁 243）

胡仔糾正《復齋漫錄》所引山谷詩〈夏日夢伯兄寄江南〉[註40] 第六
句文字之誤，應為「槲葉風微鹿養茸」而非「槲葉風微鹿養麛」。

三、詞牌考辨

（一）〈洞仙歌〉詞牌考辨

　　《漫叟詩話》云：「楊元素作《本事曲》，記〈洞仙歌〉：『冰
　　肌玉骨，自清涼無汗，水殿風來暗香滿。繡簾開，一點明月

[註39] 今版本為「闌風伏雨秋紛紛」杜甫〈秋雨嘆〉（之二）「闌風伏雨秋紛
　　　紛，四海八荒同一云。去馬來牛不復辯，濁涇清渭何當分。禾頭生耳
　　　黍穗黑，農夫田婦無消息。城中斗米換衾綢，想許寧論兩相直。」（《杜
　　　詩鏡銓》，清·楊倫編輯，台北：華正書局，中華民國 67 年 12 月初
　　　版，頁 82）

[註40] 黃庭堅〈夏日夢白兄寄江南〉「故園相見略雍容，睡起南窗日射紅。詩
　　　酒一言談笑隔，江山千里夢魂通。河天月暈魚分子，槲葉風微鹿養茸。
　　　幾度白砂青影裏，審聽嘶馬自搘筇。」（《山谷詩集注》，頁 1263）

窺人，人未寢，欹枕釵橫雲鬢亂。起來攜素手，庭戶無聲，
時見疎星渡河漢。試問夜如何？夜已三更，金波淡，玉繩低
轉。細屈指，西風幾時來，又不道流年暗中偷換。』」錢塘有
一老尼，能誦後主詩首章兩句，後人為足其意，以填此詞。
余嘗見一士人誦全篇云：『冰肌玉骨清無汗，水殿風來暗香
暖，簾開明月獨窺人，欹枕釵橫雲鬢亂，起來瓊戶啟無聲，
時見疎星渡河漢，屈指西風幾時來，只恐流年暗中換。』」
（《叢話》前集卷六十，頁412～413）

東坡〈洞仙歌序〉云：「僕七歲時，見眉州老尼，姓朱，忘其
名，年九十餘，自言嘗隨其師入蜀主孟昶宮中，一日，大熱，
蜀主與花蕊夫人夜起，避暑摩訶池上，作一詞，朱具能記之。
今四十年，朱已死矣，人無知此詞者，獨記其首兩句云：『冰
肌玉骨，自清涼無汗』，暇日尋味，豈〈洞仙歌令〉乎，乃為
足之云。」苕溪漁隱曰：「《漫叟詩話》所載〈本事曲〉，云錢
唐一老尼能誦後主詩首章兩句，與東坡〈洞仙歌序〉全然不
同，當以〈序〉為正也。」（《叢話》前卷六十，頁413）

胡仔以東坡〈洞仙歌序〉「眉州老尼嘗隨其師入蜀主孟昶宮中，……獨
記其首兩句」考據辨證《漫叟詩話》所引楊元素《本事曲》所言〈洞仙
歌〉「錢塘有一老尼，能誦後主詩首章兩句」之誤。

（二）〈如夢令〉詞牌考辨

苕溪漁隱曰：「東坡言：『〈如夢令〉曲名，本唐莊宗製，一名
〈憶仙姿〉，嫌其不雅，改云〈如夢〉。莊宗作此詞，卒章云：
如夢如夢，和淚出門相送。取以為之名。』《古今詞話》云：
『後唐莊宗修內苑，掘得斷碑，中有字三十二曰：曾宴桃源
深洞，一曲舞鸞歌鳳。長記欲別時，殘月落花烟重。如夢如
夢，和淚出門相送。莊宗使樂工入律歌之，名曰〈古記〉。』
但《詞話》所記，多是臆說，初無所據，故不可信，當以坡

言為正。」(《叢話》後集卷三十九，頁326)

胡仔以東坡樂府所載對後唐莊宗〈如夢令〉詞牌的來源解釋，糾正楊湜《古今詞話》以後唐莊宗修內苑，掘得斷碑三十二字，使樂工入律歌之，名曰〈古記〉的說法。胡仔批評《古今詞話》所記，多是臆說，沒有來源根據，不可相信。

(三)〈賀新郎〉詞牌考辨

《古今詞話》云：「蘇子瞻守錢塘，有官妓秀蘭，天性黠慧，善于應對。湖中有宴會，群妓畢至，惟秀蘭不來，遣人督之，須臾方至。子瞻問其故，具以『髮結沐浴，不覺困睡，忽有人叩門聲，急起而問之，乃樂營將催督之，非敢怠忽，謹以實告。』子瞻亦恕之。坐中倅車，屬意于蘭，見其晚來，恚恨未已，責之曰：『必有他事，以此晚至。』秀蘭力辯，不能止倅之怒。是時，榴花盛開，秀蘭以一枝藉手告倅，其怒愈甚。秀蘭收淚無言。子瞻作〈賀新涼〉以解之，其怒始息。其詞曰：『乳燕飛華屋，悄無人，桐陰轉午，晚涼新浴。手弄生綃白團扇，扇手一時似玉。漸困倚，孤眠清熟。門外誰來推繡戶，枉教人，夢斷瑤臺曲。又却是，風敲竹。石榴半吐紅巾蹙。待浮花浪蕊都盡，伴君幽獨。濃艷一枝，細看取，芳心千重似束。又恐被西風驚綠。若待得君來，向此花前，對酒不忍觸。共粉淚，兩簌簌。』子瞻之作，皆紀目前事，蓋取其沐浴新涼，曲名〈賀新涼〉也，後人不知之，誤為〈賀新郎〉，蓋不得子瞻之意也。子瞻真所謂風流太守也，豈可與俗吏同日語哉。」苕溪漁隱曰：「野哉，楊湜之言，真可入《笑林》。東坡此詞，冠絕古今，托意高遠，寧為一娼而發邪？『簾外誰來推繡戶，枉教人，夢斷瑤臺曲，又卻是，風敲竹』，用古詩『捲簾風動竹，疑是故人來』之意，今乃云『忽有人叩門聲，急起而問之，乃樂營將催督』，此可笑者一也。『石榴

半吐紅巾蔗，待浮花浪蕊都盡，伴君幽獨，濃艷一枝，細看取，芳心千重似束』，蓋初之時，千花事退，榴花獨芳，因以中寫幽閨之情；今乃云『是時榴花盛開，秀菊以一枝藉手告俘，其怒愈甚』，此可笑者二也。此詞腔調寄〈賀新郎〉，乃古曲名也，今乃云『取其沐浴新涼，曲名〈賀新涼〉，後人不知之，誤為〈賀新郎〉』，此可笑者三也。《詞話》中可笑者甚眾，姑舉其尤者。第東坡此詞，深為不幸，橫遭點汙，吾不可無一言雪其恥。宋子京云：『江左有文拙而好刻石者，謂之詅嗤符。』今楊湜之言俚甚，而鋟板行世，殆類是也。」（《叢話》後集卷二十九，頁 327～328）

胡仔糾正楊湜《古今詞話》之誤。

1. 妄稱東坡〈賀新郎〉乃為一娼（秀蘭）而寫，胡仔辨證此詞乃是用古詩「捲簾風動竹，疑是故人來」之意隱括而成。

2. 楊湜擅編秀蘭的故事。

3.〈賀新郎〉乃古曲名，楊湜謬言：「曲名〈賀新涼〉，後人不知之，誤為〈賀新郎〉」。

四、偽書考辨──李歌《注詩史》、《東坡錦繡段》、《詩話總龜》

苕溪漁隱曰：「余觀《注詩史》是二曲李歌，述其〈自序〉云：『歌上書之明年，言狂意妄，聖天子不賜鑕樵，全生棄逐嶺表，東坡先生亦謫昌化，幸忝門下青氈，又於疑誤處，授先生指南三千餘事，疏之編簡，聊自記其忘遺爾。』然三千餘事，余嘗細考之史傳小說，殊不略見一事，寧盡出於異書邪？以此驗之，必好事者偽撰以誑世，所謂李歌者，蓋以詭名耳。其間又多載東坡語，如『草黃騏驥病』，則注云：『陳峻臥疾，梁拘過門曰：霜經草黃，騏驥病矣，駑駘何以快駛。蓋言君子不得時，小人自肆也。』『少游一日來問余曰：某細

味杜詩，皆於古人語句補綴為詩，平穩妥貼，若神施鬼設，
不知工部腹中幾個國子監邪？余喜此譚，遂筆寄同叔，子由
一字同叔。使知少游留心於老杜。』『意欲鏈疊嶂』，則注云：
『袁盎曰：諸侯欲鏈連雲疊嶂而造物，夫復如何。』『余因舟
中與兒子迨同注，檢書倦先臥，余繼燭至曉，遂疏之。』似
此等語甚眾，此聊舉其一二言之，當亦是偽撰耳。近時又有
箋注東坡詩句者，其集刊行，號曰《東坡錦繡段》者是也。
亦隨句撰事牽合，殊無根蒂，正與李歊《注詩史》同科，皆
不可信也。閩中近時又刊《詩話總龜》，此集即阮閱所編《詩
總》也，余於〈漁隱叢話序〉中已備言之。阮字閎休，官至
中大夫，嘗作監司郡守，廬州舒城人，其《詩總》十卷，分
門編集，今乃為人易其舊序，去其姓名，略加以蘇黃門詩說，
更號曰《詩話總龜》，以欺世盜名耳。世所傳〈眼兒媚〉詞：
『樓上黃昏杏花寒，斜月小欄干，一雙燕子，兩行歸雁，畫
角聲殘。綺窗人在東風裏，無語對春閑。也應似舊，盈盈秋
水，淡淡春山。』亦閎休所作也。閎休嘗為錢唐幕官，眷一
營妓，罷官去，後作此詞寄之。」（《叢話》前集卷十一，頁
74～75）

胡仔辨證三書之偽。

1. 李歊《注詩史》所述東坡三千餘事，殊不略見一事，所以胡仔
懷疑：難道都是出自於異書嗎？故胡仔認為一定是好事者偽撰以誆
世，至於李歊之名，亦是假名。

2.《東坡錦繡段》箋注東坡詩句，皆為隨句撰事牽合，殊無根蒂，
不可相信。

3.《詩話總龜》即阮閱所編《詩總》〔註41〕，被人易其舊序，去其
姓名，略加以蘇黃門詩說，更號曰《詩話總龜》，以欺世盜名耳。

〔註41〕此可參閱第六章，第一節，保存文獻，頁330～331。

　　胡仔《叢話》花費許多心血於考證糾繆上，不僅糾正許多其他詩話的繆誤，尚花許多心力在出處用事的考證上〔註42〕，及其他名物考等，由於卷帙繁多，本節只能略選一二，當待來日續以專題完成。

第三節　詩話典籍的輯佚

　　胡仔《叢話》前後集一百卷中，保存了許多原來可能已散佚的詩話，錢仲聯先生〈宋詩話鳥瞰〉云：

> 今人所編的宋代詩話輯佚本，其材料很多是取自胡仔書中。
> 〔註43〕

張葆全先生亦云：

> 有的詩話著作僅靠了他書的稱引，才得以部分地何存下來。
> 例如在《詩話總龜》、《苕溪漁隱叢話》、《詩人玉屑》諸詩
> 話集中，由於編者的選錄，保存了不少現已失傳的詩話著
> 作的若干片段，其中比較著名的有：王立之的《王直方詩
> 話》、李錞的《李希聲詩話》、洪芻的《洪駒父詩話》、蔡啟
> 的《蔡寬夫詩話》、李頎的《古今詞話》、曾慥的《高齋詩
> 話》等原，這些詩話今天只有片段的殘存，已看不到原書的
> 全貌。〔註44〕

由於今日所見的《詩話總龜》已經後人割裂，非原書全貌〔註45〕，而《詩人玉屑》有些資料是直接從《叢話》中取來，連胡仔的按語也照抄。故這些宋詩話的保存之功，首推胡仔的《叢話》。

　　張葆全先生又繼云：

> 古代詩話節本最多的是明人陶宗儀所編的筆記總集《說郛》。

〔註42〕請參第四章第三節「用事」。
〔註43〕收錄於《宋詩綜論叢編》，高雄：麗文文化事業股份有限公司，1993 年
　　　　10 月，頁 187。
〔註44〕張葆全，《詩話與詞話》（原出版者：上海古籍出版社，1984 年第一
　　　　版），台北：萬卷樓圖書有限公司，中華民國 80 年初版，頁 122。
〔註45〕請參第六章第一節「保存文獻的價值」，有關《詩話總龜》的辨證。

原編一百卷，散佚後經清人陶珽收集整理，增訂為一百二十卷本行世。該書對原著只作摘抄，因此靠它傳世的著作就只能稱作「節本」或「殘本」。其中宋詩話殘本（均為一卷）有：嚴有翼《藝苑雌黃》、范溫《潛溪詩眼》、吳沆《環溪詩話》、蘇軾《東坡詩話》、蔡絛《西清詩話》、闕名《漫叟詩話》、陳輔《陳輔之詩話》、敖陶孫《敖器之詩話》、潘子真《潘子真詩話》、劉斧《青瑣詩話》、闕名《玄散詩話》。〔註46〕

良玉按：以上張葆全先生所云，不管是明人陶宗儀所編的一百卷《說郛》，或清人陶珽收集整理的一百二十卷本《說郛》，所保存的宋詩話殘本，除了吳沆《環溪詩話》、闕名《玄散詩話》這兩本詩話之外，其餘《叢話》皆有收錄。

　　個人比對郭紹虞《宋詩話輯佚》所搜集的宋詩話，有一大部份皆是直接從胡仔《叢話》中輯出。今列舉郭紹虞《宋詩話輯佚》從胡仔《叢話》所輯宋詩話九種為例：

　　（一）郭思《瑤谿集》2則〔註47〕，皆從《叢話》錄出。

　　《瑤谿集》云：「子美教其子曰：『熟茲《文選》理。』《文選》之尚，不愛奇乎！今人不為詩則已，苟為詩，則《文選》不可不熟也。《文選》是文章祖宗，自兩漢而下，至魏、晉、宋、齊，精者斯採，萃而成編，則為文章者，焉得不尚《文選》也。唐時文弊，尚《文選》太甚，李衛公德裕云：『家不蓄《文選》。』此蓋有激而說也。老杜於詩學，世以謂前無古人，後無來者。然觀其詩大率宗法《文選》，摭其華髓，旁羅曲探，咀嚼為我語。至老杜體格，無所不備，斯周詩以來，老杜所以為獨步也。」（《叢話》前集卷九，頁56）

〔註46〕張葆全，《詩話與詞話》，台北：萬卷樓圖書有限公司，中華民國80年初版，頁122。

〔註47〕郭紹虞，《宋詩話輯佚‧瑤谿集》，台北：華正書局，中華民國70年12月初版，頁532。

《瑤溪集》云：「《詩》之六義，後世賦別為一大文，而比少
興多，詩人之全者，惟杜子美時能兼之。如〈新月詩〉，『光
細弦欲上，影斜輪未安。』位不正，德不充，風之事也。『微
升古塞外，已隱暮雲端。』才升便隱，似當日事，此之事也。
『河漢不改色，關山空自寒。』河漢是矣，而關山自淒然，
有所感興也。『庭前有白露』，露是天之恩澤，雅之事。『暗
滿菊花團』，天之澤止及於庭前之菊，成功之小如此，頌之
事。說者以為子美此詩，指肅宗作。」（《叢話》前集卷十三，
頁 84）

（二）胡某《胡氏評詩》2 則〔註48〕。郭紹虞云從《詩話總龜》
後集卷五所輯出，但經個人比對之後，實乃《叢話》中被去掉「苕溪
漁隱曰」的胡仔按語。由此可證明《詩話總龜》後集，並非阮閱原書，
乃是經後人抄錄《叢話》按語入書的偽書。胡仔在《叢話》前集、後
集皆曾辯證過《詩話總龜》被人去掉作者、原序，略加蘇、黃門學說
〔註49〕，已非阮閱《詩總》之原書。

（苕溪漁隱曰：）「魯直〈過平輿懷李子先詩〉：『世上豈無千
里馬，人中難得九方皋。』〈題徐孺子祠堂詩〉：『白屋可能無
孺子，黃堂不是欠陳蕃。』二詩命意絕相似，蓋歎知音者難
得耳。」（《叢話》後集卷三十二，頁 246）

（苕溪漁隱曰：）「澶淵之役，王介甫以為丞相萊公功第一，
張文潛則謂『可能功業盡萊公』，大抵人之議論，各有所見，
故爾不同，今具載二詩，識者當能辨之。介甫〈澶州詩〉云：
『去都二百四十里，河流中間兩城峙，十城草木不受兵，北
城樓櫓如邊城。城中老人為予語，契丹此地經抄虜，黃屋親
乘矢石間，胡馬欲踏河冰渡。大發一矢胡無酋，河冰亦破沙
水流，歡盟從此至今日，丞相萊公功第一。』文潛〈聽客話

〔註48〕郭紹虞，《宋詩話輯佚・胡仔評詩》，頁 513。
〔註49〕請參第六章第一節「保存文獻的價值」有關《詩話總龜》的辨證。

澶淵事詩〉云:『憶昔胡來動河朔,渡河飲馬吹胡角。澶淵城
下冰載車,邊風蕭蕭千里餘。城上黃旗坐真主,夜遣六丁張
猛弩,雷驚電發一矢飛,橫射胡酋貫車柱。犬羊無蹤大漠空,
歸來封禪告成功,自是乾坤扶聖主,可能功業盡萊公。』」(《叢
話》後集卷二十,頁 246)

（三）佚名《桐江詩話》23 則〔註50〕,其中除了第 3 則〈感事〉、
第 4 則〈煎茶〉為《叢話》所無之外,其餘 20 則皆同《叢話》,第 23
則為郭紹虞據《叢話》前集所補,如下:

苕溪漁隱曰:「小說記事,率多舛誤,豈復可信,雖事之小者,
如一詩一詞,蓋亦是爾。〈淮陰侯廟詩〉『築壇拜日恩雖重』
之句,《青箱雜記》謂是錢昆作,《桐江詩話》謂是黃好謙作,
是一詩而有二說也。」(《叢話》前集卷二十四「五季雜記」,
頁 166)

郭紹虞按語云:

據是知《桐江詩話》有論〈淮陰侯廟詩題壁詩〉,詩曰「築壇
拜日恩雖重,躡足封時慮已深。隆準早知同鳥喙,將軍應起
五湖心。」見《青箱雜記》〔註51〕

（四）曾慥《高齋詩話》25 則〔註52〕。其中前 22 則皆從《叢話》
錄出,第 23 則郭紹虞云從《詩話總龜》後集卷五錄出,但此則《叢話》
前集亦有收錄:

《高齋詩話》云:「荊公〈題金陵此君亭詩〉云:『誰憐直節
生來瘦,自許高才老更剛。』賓客每對公稱頌此句,公輒顰
蹙不樂。晚年與平甫坐亭上,視詩牌曰:『少時作此題榜,一
傳不可追改。大抵少年題詩,可以為戒。』平甫曰:『此揚子

〔註50〕郭紹虞,《宋詩話輯佚·桐江詩話》,台北:華正書局,中華民國 70 年
12 月初版,頁 340～349。
〔註51〕郭紹虞,《宋詩話輯佚·桐江詩話》,頁 349。
〔註52〕《宋詩話輯佚·高齋詩話》,頁 489～497。

雲所以悔其少作也。」（《叢話》前集卷三十四，頁 229）
故《叢話》所收錄《高齋詩話》就佔了 23 則，只有 24 則〈荊公作池
上看金沙詩〉、25 則〈少游詞〉兩則《叢話》沒有收錄。

　　（五）蔡啟《蔡寬夫詩話》87 則〔註53〕，除了第 86 則〈詹光茂
寄妻遠詩〉，引自《能改齋漫錄》之外，其餘 86 則皆從《叢話》錄出。
其中第 23 則、28 則、38 則、47 則、48 則、62 則、76 則，郭紹虞皆
將胡仔「苕溪漁隱曰」的考證按語，直接引入。郭紹虞在序中云：

> 朱曾緒《開有益齋讀書志》，稱：「於吳山書肆得宋《蔡寬夫
> 詩話》三卷，舊鈔本」又朱氏引勞季言云：「《寬夫詩話》俱
> 在《漁隱叢話》，及當日全部收入，此本勘驗恩合」則知此鈔
> 本即從《漁隱叢話》中輯出者。〔註54〕

由此得知，《蔡寬夫詩話》得要保存，《叢話》功不可沒。

　　（六）潘淳《潘子真詩話》37 則〔註55〕。其中 32 則皆從《叢話》
錄出，除了第 3 則「試茶詩」、第 4 則「絃管語」、第 35 則「王光遠
詠廬山詩」、第 36 則「零陵香」第 37 則「味魚」五則，為《叢話》
所無。

　　第 32 則「春水船如天上坐」，郭紹虞雖云引自吳幵《優古堂詩
話》、吳曾《能改齋漫錄》，但個人經比對之後，發現此則乃節錄自《叢
話》後集《復齋漫錄》引山谷言，而文字稍異。試排比如下。

> 「船如天上坐，人似鏡中行」。又云「船如天上坐，魚似鏡中
> 懸」。沈雲卿詩也。杜子美云：「春水船如天上坐，老年花似
> 霧中看。」蓋觸類而長之。」（《宋詩話輯佚·蔡寬夫詩話》
> 32 則，頁 311～312）

> 《復齋漫錄》云：「山谷言：『船如天上坐，人似鏡中行。又
> 云：船如天上坐，魚似鏡中懸。沈雲卿詩也。老杜云：春水

〔註53〕《宋詩話輯佚·蔡寬夫詩話》，頁 377～421。
〔註54〕《宋詩話輯佚》，頁 5。
〔註55〕《宋詩話輯佚·潘子真詩話》，頁 298～313。

船如天上坐。祖述佺期之語也。繼之以老年花似霧中看，蓋觸類而長之。』……」（《叢話》後集卷五，頁 30～31）

又，第 33 則「阿咸」，則是從《叢話》後集卷六所引《藝苑雌黃》及胡仔按語收入：

〈杜位宅守歲詩〉破題云：「守歲阿戎家。」又有『盍簪喧櫪馬，列炬散林鴉』之句。潘惇《詩話補闕》云：『舊本作『守歲阿咸家』。』按杜位，子美姪也，當以阿咸為是。故東坡有〈除夜詩〉：『欲喚阿咸來守歲，林鴉櫪馬鬪喧嘩。』正用杜詩。則知今本作阿戎者誤。」（《叢話》後集卷六，頁 36）

第 34 則「鮑照名」，則從《叢話》前集卷二《宋子京筆記》、《潘子真詩話》節入。

（七）范溫《潛溪詩眼》29 則〔註56〕。其中 26 則《叢話》皆有收錄。《宋詩話輯佚‧潛溪詩眼》第 2 則、第 3 則，郭紹虞云引自《說郛》本，但亦云「見《王直方詩話》，疑《說郛》誤引」，《叢話》則所引出處為《王直方詩話》。可見此兩則不應被放在《潛溪詩眼》。故除第 26 則「坡文工于命意」、第 28 則「長恨歌用事之誤」、第 29 則「王稱詩」，三則為《叢話》所無外，其餘皆有收錄。

《王直方詩話》云：「〈橄欖詩〉：『紛紛青子落紅鹽，正味森森苦且嚴，待得微甘回齒頰，已輸崖蜜十分甜。』范景文言：『橄欖木高大難採，以鹽擦木身，則其實自落，此所以有落紅鹽之語也。』南人誇橄欖，北人誇棗。」（《宋詩話輯佚‧潛溪詩眼》）第 2 則，頁 314～315，《叢話》前集卷四十一，頁 282）

良玉按：《叢話》少了「南人誇橄欖，北人誇棗。」九字。

《王直方詩話》云：「古詩云：『博山爐中百和香，鬱金蘇合及都梁。』又云：『氍毹五水香，迷迭及都梁。』案《廣誌》：

〔註56〕《宋詩話輯佚‧潛溪詩眼》，頁 314～334。

『都梁香出交、廣，形如藿香。迷迭出西域。』魏文帝又有
〈迷迭賦〉。」(《宋詩話輯佚‧潛溪詩眼》第 3 則，頁 315，
《叢話》前集卷二，頁 9)

此外，第 27 則「句法以一字為工」，郭紹虞云引自《詩學指南》本《名賢詩旨》。個人對照此則，實乃割裂《叢話》兩則的各一部分。

句法以一字為工，自然穎異不凡，如靈丹一粒，點石成金也。浩然云：『微雲澹河漢，疎雨滴梧桐』，工在「澹」「滴」字。如陳舍人從易偶得《杜集》舊本，文多脫誤，至送蔡都尉云：身輕一鳥，其下脫一字。陳公因與數客論，各以一字補之，或云疾，或云落，或云起，或云下，或云度：莫能定。其後得一善本，乃是身輕一鳥過。陳公歎服，一過字為工也。如淮海小詞云：『杜鵑聲裏斜陽暮。』東坡曰：『此詞高絕。但既云斜陽，又云暮，則重出也。余因此識作詩句法，不當重疊。(《宋詩話輯佚‧潛溪詩眼》第 27 則，頁 333～334)

苕溪漁隱曰：「詩句以一字為工，自然穎異不凡，如靈丹一粒，點石成金也。浩然云：『微雲澹河漢，疎雨滴梧桐。』上句之工，在一『淡』字，下句之工，在一『滴』字。若非此二字，亦烏得而為佳句哉？如《六一居士詩話》云：『陳舍人從易偶得《杜集》舊本，文多脫誤，至送蔡都尉云：身輕一鳥，其下脫一字。陳公因與數客論，各以一字補之。或云疾，或云落，或云起，或云下，或云度：莫能定。其後得一善本，乃是身輕一鳥過。陳公歎服。余謂陳公所補數字不工，而老杜一過字為工也。』又如《鍾山語錄》云：『暝色赴春愁。下得赴字最好，若下起字，便是小兒語也。無人覺來往。下得覺字大好。足見吟詩，要一兩字工夫。』觀此，則知余之所論，非鑿空而言也。」(《叢話》後集卷九，頁 64)

《詩眼》云：「……後誦淮海小詞云：『杜鵑聲裏斜陽暮。』

公曰:『此詞高絕。但既云斜陽,又云暮,則重出也。……余
因此曉句法,不當重疊。』(《叢話》前集卷五十,頁 339～
340)

　　(八)洪芻《洪駒父詩話》22 則〔註57〕。其中前 20 則皆直接從
《叢話》錄出。除第 21 則「天棘解」引自宋・朱翌《猗覺寮雜記》
〔註58〕,第 22 則自《叢話》有關「欸乃」之音訓〔註59〕,而得出《洪
駒父詩話》有論柳子厚「欸乃一聲山水綠」之語。故郭紹虞《宋詩話輯
佚》中的洪芻《洪駒父詩話》22 則,實則有 21 則皆錄自《叢話》。

　　(九)胡宗汲《詩話雋永》20 則〔註60〕。其中前 19 則皆直接從
《叢話》錄出,第 20 則云錄自《詩話總龜》後集卷四十八,但實則此
則《叢話》後集亦有收錄。

《詩話雋永》云:「夏均父嘗言:詩之比類,直要相停。嘗與
客泛舟,載肥妓而飲濁酒,其詩曰:『蟻浮金椀濁,妓壓畫船
低。』」(《宋詩話輯佚・詩說雋永》第 20 則,《叢話》後集卷
四十,頁 336)

第四節　詩話版本的校勘

　　宋詩話有許多已散佚,有些版本則經後人竄亂,謬誤特多。郭紹
虞《宋詩話考》即是以胡仔的《叢話》校訂陳師道《後山詩話》、司馬
光《續詩話》等。

〔註57〕《宋詩話輯佚・洪駒父詩話》,頁 422～431。
〔註58〕《叢話》無洪駒父詩話此條,但《叢話》前集卷八有《冷齋夜話》、《學
　　　　林新編》有關杜甫「天棘」的辯證,胡仔亦有考證。」(《叢話》前集
　　　　卷八,頁 48)
〔註59〕苕溪漁隱曰:「余遊浯溪,讀磨崖〈中興頌〉,於碑側有山谷所書〈欸
　　　　乃曲〉,因以百金買碑本以歸,今錄入《叢話》。又《元次山集・欸乃
　　　　曲》注云:『欸音襖,乃音靄,棹舡之聲。』洪駒父《詩話》謂欸音靄,
　　　　乃音襖,遂反其音,是不曾看《元次山集》及山谷此碑而妄為之音
　　　　耳。」(《叢話》前集卷十九,頁 124)
〔註60〕《宋詩話輯佚・詩說雋永》,頁 432～436。

一、《後山詩話》

　　胡仔在《叢話》中，已糾出《後山詩話》中，有四則和黃庭堅《豫章集》前所載重覆，疑為後人誤編入《後山詩話》。〔註61〕

　　郭紹虞《宋詩話考》，談論《後山詩話》云：

> 既非師道手定之稿，又有後人竄亂之跡，故雖獲流傳，而謬誤特多。〔註62〕

郭紹虞以胡仔《叢話》校訂《後山詩話》版本舛誤十例，或者缺字，或者錯字，或者闕文，試舉幾例如下：

> 《後山詩話》云：「望夫石，在處有之，古之詩人，共用一律。惟劉夢得云『望來已是幾千歲，只似當年初望時。』語雖拙而意工。黃叔達，魯直之弟也，以顧況為第一，云『山頭日日風和雨，行人歸來石應語。』語意皆工。江南有望夫石，每過其下，不風即雨，疑況得句處也。」（《歷代詩話·後山詩話》，頁302，《叢話》前集卷三十七，頁254）

郭云：「惟夢得云」缺「劉」字，依《叢話》補。又「黃叔度」依《叢話》改為「黃叔達」。〔註63〕

> 《後山詩話》云：「武才人出慶壽宮，色最後庭，裕陵得之，會教坊獻新聲，為作詞，號〈瑤台第一層〉。」（《歷代詩話·後山詩話》，頁305，《叢話》前集卷五十九，頁407）

郭云：「武才人出壽宮」應據《叢話》作「武才人出慶壽宮」，意始明

〔註61〕胡仔《苕溪漁隱叢話》前集卷六。苕溪漁隱曰：「無己《後山詩話》論『黃獨無苗山雪盛』，及『過時如發口，君側有讒人。』韋蘇州『書後欲題三百顆』，評李白詩如黃帝張樂於洞庭之野，此四事，皆見魯直《豫章集》中。今《後山》亦有之，不差一字，疑後人誤編入也，台北：長安出版社，中華民國67年12月初版，頁34。良玉按：今《歷代詩話·後山詩話》59～62則，台北：漢京文化事業有限公司，中華民國72年1月初版，頁311～312。

〔註62〕郭紹虞，《宋詩話考》，台北：漢京文化事業有限公司，中華民國72年1月初版，頁18。

〔註63〕郭紹虞《宋詩話考》，頁18。

顯。〔註64〕

> 《後山詩話》云:「世語云:蘇明允不能詩,歐陽永叔不能
> 賦;曾子固短於韻語,黃魯直短於散語;蘇子瞻詞如詩,秦
> 少游詩如詞。」(《歷代詩話‧後山詩話》,頁 312,《叢話》
> 前集卷三十八,頁 255)

郭云:「曾子開秦少游詩如詞」句,脫字甚多,據《漁隱叢話》前集應
為「曾子固短於韻語,黃魯直短於散語;蘇子瞻詞如詩,秦少游詩如
詞」。〔註65〕

> 《後山詩話》云:「王旂,平甫之子,嘗云:今語例襲陳言,
> 但能轉移耳。世稱秦詞『愁如海』為新奇,不知李國主已云:
> 『問君能有幾多愁,恰似一江春水向東流』,但以『江』為
> 『海』耳。」(《歷代詩話‧後山詩話》,頁 315,《叢話》前
> 集卷五十,頁 342~343)

郭云:「王游」條,「游」應從《叢話》前集作「王旂」。〔註66〕

二、《續詩話》(《迂叟詩話》)

郭紹虞《宋詩話考》論及司馬光《續詩話》云:

> 溫公論詩之語,除《續詩話》外,見《漁隱叢話》所引者,
> 尚有《司馬文正公日錄》數則,……《漁隱叢話》所引《迂
> 叟詩話》,每有今本《續詩話》所無,豈今本經後人刪節,非
> 其全耶?〔註67〕

良玉按:《叢話》所稱《迂叟詩話》即今之《續詩話》。《叢話》前後集
所引《迂叟詩話》共有 12 則,其中前集的 10 則中,有 3 則乃今本《續
詩話》所無:

〔註64〕郭紹虞《宋詩話考》,頁 18。
〔註65〕郭紹虞《宋詩話考》,台北:漢京文化事業有限公司,中華民國 72 年
1 月初版,頁 18。
〔註66〕郭紹虞《宋詩話考》,頁 19。
〔註67〕郭紹虞《宋詩話考》,頁 7。

《迂叟詩話》云：「唐曲江，開元、天寶中，旁有殿宇，安、史亂後，其地盡廢。文宗覽杜甫詩云：『江頭宮殿鎖千門，細柳新蒲為誰綠？』因建紫雲樓、落霞亭，歲時賜宴。又詔百司於兩岸建亭館。太宗於西郊鑿金明池，池中有亭榭，以閱水戲，而士人遊觀，無存泊之所。若兩岸如唐制，設亭館，即逾曲江之盛也。」（《叢話》前集卷十三，頁 85～86）

《迂叟詩話》云：「《周禮》，四時變國火，謂春取榆柳之火，夏取棗杏之火，季夏取桑柘之火，秋取柞楢之火，冬取槐檀之火。而唐時唯清明取榆柳之火，以賜近臣戚里。本朝因之，唯賜輔臣、戚里、帥臣、節察、二司使、知開封府，樞密直學士、中使，皆得厚贈，非常賜例也。」（《叢話》前集卷二十三，頁 156）

《迂叟詩話》云：「太祖以開寶九年，中外無事，始詔旬假日不坐。然其日輔臣猶對於後殿，問聖體而退。至道三年三月二十九日旬假，是日，太宗猶對輔臣，至夕，帝崩。李南陽永熙挽詞曰：『朝憑玉几言猶在，暮啟金縢事已非。』時稱佳作。至真宗朝時，旬假輔臣始不入。寶元中，西事方興，假日視事。慶曆初乃如舊。」（《叢話》前集卷二十五，頁 167）

〔註 68〕

　　由以上《後山詩話》及《迂叟詩話》（《續詩話》）之例，可見宋詩話在流傳的過程中，許多散佚、謬誤的資料，可以經由胡仔《叢話》提供補充或校勘異文錯字，故《叢話》除了保存大量的文獻之外，所提供的詩話版本的校勘，亦功不可沒。

第五節　詩話體製的奠基

　　宋建安蔡夢弼《草堂詩話》二卷，成書約於南宋寧宗（1204）期

〔註 68〕以上三則，郭紹虞《宋詩話考》中，亦錄其文，以備續考，頁 7。

間〔註 69〕。輯宋人詩話、語錄、文集、說部中論杜之語，乃踵胡仔《苕溪漁隱叢話》之例，而為專家詩話之體。又採諸家說後，亦仿《叢話》之例，間附辨正之語，頗異於惟事採摭者。〔註 70〕

　　良玉按：蔡夢弼《草堂詩話》不僅體製仿胡仔《苕溪漁隱叢話》，許多資料亦直接從《叢話》中節錄而出，稍加變化而已。《叢話》前後集共收有關杜甫資料共十四卷，前集乃卷六、卷七、卷八、卷九、卷十、卷十一、卷十二、卷十三、卷十四「杜少陵」，《叢話》後集有卷五、卷六、卷七、卷八、卷九的「杜子美」。

　　蔡夢弼《草堂詩話》從《叢話》中有關杜甫之卷數中，直接採取了許多資料，有時連胡仔的按語也選入。以下姑舉幾例，以見一斑。

　　　東坡《蘇子瞻詩話》曰：「太史公論《詩》：『《國風》好色而不淫，《小雅》怨誹而不亂。』以予觀之，是特識變風、變雅耳，烏睹詩之正乎？昔先王之澤衰，然後變風發乎情，雖衰而未竭，是以猶止於禮義，以為賢於無所止者而已。若夫發於性，止於忠孝，其詩豈可同日而語哉！古今詩人眾矣，而子美獨為首者，豈非以其流落饑寒，終身不用，而一飯未嘗忘君也歟？」（《草堂詩話》〔註 71〕第 3 則，頁 224）

良玉按：此則見於《叢話》後集卷五「杜子美」〔註 72〕，胡仔引「東坡云」〔註 73〕，蔡夢弼則妄立「東坡《蘇子瞻詩話》」之名。

　　　後山陳無己《詩話》曰：「黃魯直言：『杜子美之詩法出審言，

〔註 69〕郭紹虞《宋詩話考》，台北：漢京文化事業有限公司，中華民國 72 年元月初版，頁 98。郭紹虞先生以為蔡夢弼著《草堂詩箋》四十卷，《補遺》十卷，《草堂詩話》原附刻其後，此後別有單本。《草堂詩箋》有嘉泰甲子（1204）自跋，此書（《草堂詩話》）殆亦同時。

〔註 70〕郭紹虞《宋詩話考》，頁 98。

〔註 71〕《續歷代詩話・草堂詩話》，丁仲祐編訂，台北：藝文印書館，中華民國 72 年 6 月四版。

〔註 72〕《叢話》後集卷五「杜子美」，頁 29。

〔註 73〕按：胡仔所引實自東坡〈王定國詩敘〉，收錄於《經進東坡文集事略》卷五十六，台北：世界書局，中華民國 64 年 1 月再版，頁 915～916。

句法出庾信，但過之耳。』」苕溪胡元任曰：「老杜亦自言『吾
祖詩冠古』，則其詩法乃家學所傳耳。」（《草堂詩話》第 4 則，
頁 224～225）

良玉按：此則見於《叢話》前集卷六「杜少陵」〔註74〕，胡仔引《後山
詩話》之語，蔡夢弼則改為「後山陳無己《詩話》」，胡仔「苕溪漁隱曰」
的按語，被蔡夢弼改為「苕溪胡元任曰」。

《詩眼》曰：「古人學問，必有師友淵源。漢楊惲一書，迥
出當時流輩，則司馬遷外甥故也。自杜審言已自工詩，當時
沈佺期、宋之問等，同在儒館為交游，故杜甫律詩布置法
度，全學沈佺期，更推廣集大成耳。沈有云：『雲白山青千
萬里，何時重謁聖明君。』甫云：『雲白山青萬餘里，愁看
直北是長安。』沈有云：『人疑天上坐，魚似鏡中懸。』甫
云：『春水船如天上坐，老年花似霧中看。』是皆不免蹈襲前
輩，然前後傑句，亦未易優劣也。」（《草堂詩話》第 5 則，
頁 225）

良玉按：此則見於《叢話》前集卷六「杜少陵」〔註75〕，胡仔引《詩
眼》之語，而文字稍異。

山谷《黃魯直詩話》曰：「『船如天上坐，人似鏡中行』，『人
疑天上坐，魚似鏡中懸』，沈雲卿之詩也。雲卿得意於此，故
屢用之。老杜『春水船如天上坐』，祖述佺期之語也，繼之以
『老年花似霧中看』，蓋觸類而長之也。」苕溪胡元任曰「沈
雲卿之詩，源於王逸少〈鏡湖詩〉所謂『山陰路上行，如在
鏡中遊』之句。然李太白〈入青溪山〉詩云：『人行明鏡中，
鳥度屏風裏。』雖有所襲，語益工也。」（《草堂詩話》第 6
則，頁 225）

良玉按：此條見《叢話》前集卷六「杜少陵」引《詩眼》的一部分，

〔註74〕《叢話》前集卷六「杜少陵」，頁 33。
〔註75〕《叢話》前集卷六「杜少陵」，頁 33。

〔註76〕及《叢話》後集卷五「杜子美」引《復齋漫錄》云：『山谷言』
〔註77〕，文字稍異〔註78〕，甚至將胡仔的考證按語引入。然而《草堂
詩話》妄立「山谷黃魯直《詩話》」之名。郭紹虞懷疑：「昔人均不言有
此書，豈（蔡夢弼）隨意立名，抑當時自有輯出別者耶？」〔註79〕

> 《秦少游詩話》曰：「曾子固文章妙天下，而有韻者輒不工；
> 杜子美長於歌詩，而無韻者幾不可讀。」夢弼謂：無韻者，
> 若〈課伐木〉〈詩序〉之類是也。（《草堂詩話》第11則，頁
> 228）

良玉按：此則蔡夢弼明顯直接剽竊胡仔考證糾謬的成果，胡仔只曰
「少游嘗有此語，《藝苑》以為東坡，誤矣。」〔註80〕蔡夢弼則直接將
此語的出處改為秦少游《詩話》，妄立秦少游詩話之目，又竊嚴有翼
《藝苑雌黃》之按語，「竊意東坡所謂無韻者，蓋若〈課伐木〉、〈詩序〉
之類是也。」為己之按語。

> 《遯齋閑覽》曰：「杜子美之詩，悲懽窮泰，發斂抑揚，疾徐
> 縱橫，無施不可。故其詩有平淡簡易者，有綿麗精確者，有

〔註76〕《詩眼》云：「……『舡如天上坐，魚似鏡中懸。』沈雲卿詩也。雲卿
得意於此，故屢用之。老杜『春水船如天上坐』祖述佺期之語也，繼
之以『老年花似霧中看』，蓋觸類而長也。」（《叢話》前集卷六「杜少
陵」，頁33）
〔註77〕《復齋漫錄》云：「山谷言：『船如天上坐，人似鏡中行。又云：船如
天上坐，魚似鏡中懸。沈雲卿詩也。老杜云：春水船如天上坐。祖述
佺期之語也。繼之以老年花似霧中看，蓋觸類而長之。』予以雲卿之
詩原於王逸少〈鏡湖詩〉，所謂『山陰路上行，如在鏡中遊』之句。然
李太白〈入青溪山〉亦云：『人行明鏡中，鳥度屏風裏。』雖有所襲，
然語益工也。」（《叢話》後集卷五「杜子美」，頁30）
〔註78〕「船如天上坐」改為「人疑天上坐」。
〔註79〕郭紹虞《宋詩話考》，台北：漢京文化事業有限公司，中華民國72年
元月初版，頁98。
〔註80〕《藝苑雌黃》云：「東坡嘗言：『曾子固文章妙天下，而有韻者輒不工。
杜子美長於歌詩，而無韻者幾不可讀。』……竊意東坡所謂無韻者，
蓋若〈課伐木〉、〈詩序〉之類是也。」苕溪漁隱曰：「少游嘗有此語，
《藝苑》以為東坡，誤矣。」（《叢話》後集卷五「杜子美」，頁34）

嚴重威武若三軍之帥者，有奮迅馳驟若泛駕之馬者，有淡泊
閒靜若山谷隱士者，有風流醞藉若貴介公子者。蓋其詩緒密
而思深，觀者苟不能臻其閫奧，未易識其妙處，夫豈淺近者
所能窺哉？此甫之所以光掩前人後後來無繼也。元稹謂兼人
之所獨專，斯言信矣！」（蔡夢弼《草堂詩話》第？則）

此條亦見《苕溪漁隱叢話》前集卷六引《遯齋閑覽》而有刪減〔註81〕，
將評論者「王荊公云」刪掉，直接改成《遯齋閑覽》曰，張冠李戴，實
為不妥。

　　由以上蔡夢弼《草堂詩話》的體制，可見《草堂詩話》已異於早
期只憑記憶所及記載的詩話，或惟事採摭不加評論的詩話，《草堂詩
話》搜集各家有關杜甫的資料，成此專家詩話之體制，並仿《叢話》之
體制，間附辨正之語。

　　《叢話》的編纂方法，先引書名或人名〔註82〕，再引內容，讓人
一目了然內容出處，不像魏慶之《詩人玉屑》，先引內容，文後再用細
字引用出處，方回在《桐江集・詩人玉屑考》已詳細比較了《叢話》與
《詩人玉屑》二書之體例曰：

《漁隱》編次有法，先書前賢詩話、文集，然後間書己見，
此為得體。他人與《玉屑》往往刊去前人標題，若己所言者，
下乃細注出處，使人讀之如無首然。又或每段立為品目，殊

〔註81〕《苕溪漁隱叢話》前集卷六，其原文如下：《遯齋閑覽》云：「或問王
荊公云：『編四家詩，以杜甫為第一，李白為第四，豈白之才格詞致不
逮甫也？』公曰：『白之歌詩，豪放飄逸，人固莫及；然其格止於此而
已，不知變也。至於甫，則悲歡窮泰，發斂抑揚，疾徐縱橫，無施不
可，故其詩有平淡簡易者，有綺麗精確者，有嚴重威武若三軍之帥者，
有奮迅馳驟若泛駕之馬者，有淡泊閒靜若山谷隱士者，有風流醞藉若
貴介公子者。蓋其緒密而思深，觀者苟不能臻其閫奧，未易識其妙處，
夫豈淺近者所能窺哉？此甫所以光掩前人，而後來無繼也。元稹以謂
兼人所獨專，斯言信矣。』……」（頁37～38）
〔註82〕《叢話》所引人名皆為宋之名人，如東坡云、山谷云、張文潛云、韓
子蒼云、六一居士云、蘇子由云、秦少游云。引其人名而不引其書名。

可憎厭。況又不能出《漁隱》度外……質後歷敘《三百篇》、

漢魏以至南渡，人別為異，即《漁隱》條例耳。〔註83〕

方回指出了《詩人玉屑》體例上的弊端，亦道出胡仔《叢話》體例之
優點。

就如方回所言《詩人玉屑》「歷敘《三百篇》、漢魏以至南渡，人
別為異，即《漁隱》條例耳」。《詩人玉屑》自卷十二之後，品藻古今人
物，其按人物以時代先後為主，多與《叢話》相類。且引自《叢話》者
頗多，往往即以胡仔所引書名作注，易使讀者誤以為胡仔的按語，也是
此書原文。

如《詩人玉屑》卷二十一，「王逐客」條，引書出自《漫叟詩話》，
但連「苕溪漁隱曰」也一齊抄錄，讓人誤以為胡仔的「苕溪漁隱曰」也
出自《漫叟詩話》：

《漫叟詩話》云：「〈古樂府詩〉云：『今世襪襪子，觸熱向人
家。』襪襪，《集韻》解之云：『不曉事。』余素畏熱，乃知
人觸熱來人家，其謂不曉事宜矣。嘗愛王逐客作〈夏詞送將
歸〉，不用浮瓜沉李等事，而天然有塵外涼思，其詞云：『百
尺清泉聲陸續，映蕭洒碧梧翠竹，面千步回廊，重重簾幕，
小枕欹寒玉。試展鮫綃看畫軸，見一片瀟湘凝綠。待玉漏穿
花，銀河垂地，月上欄干曲。』此語非觸熱者之所知也。」
苕溪漁隱曰：「余嘗愛李太白〈夏日山中詩〉：『脫巾掛石壁，
露頂洒松風。』其清涼可想也。」(《叢話》前集卷五十九，
頁 409，《詩人玉屑》〔註84〕，頁 475～476)

《詩人玉屑》有些甚至連「苕溪漁隱曰」的出處一併刪掉，直接剽竊胡
仔之按語。如《詩人玉屑》卷十七，「海棠詩」條、「梅詩」條，皆直接

〔註83〕方回，《桐江集》卷七，收錄於宛委別藏，台灣：商務印書館，中華民
國 70 年 10 月初版，頁 426～427。
〔註84〕魏慶之《詩人玉屑》卷二十一，「王逐客」條，台北：世界書局，2005
年 5 月七版，頁 475～476。

引胡子按語：

> 東坡作此詩，則詞格超逸，不復蹈襲前人，其詩有『嫣然一
> 笑竹籬間，桃李漫山總粗俗。自然富貴出天姿，不待金盤薦
> 華屋。朱唇得酒暈生臉，翠袖卷紗紅映肉。林深霧暗曉光遲，
> 日暖風輕春睡足。雨中有淚亦悽愴，月下無人更清淑。』元
> 豐間，東坡謫黃州，寓居定惠院，院之東，小山上有海棠一
> 株，特繁茂，每歲盛開時，必為攜客置酒，已五醉其下矣，
> 故作此長篇。平生喜為人寫，蓋人間刊石者自有五六本，云
> 軾平生得意詩也。」（《叢話》前集卷二十八，頁197，《詩人
> 玉屑》，頁384）

> 東坡暾字韻三首，皆擺落陳言，古今人未嘗經道者，三首並
> 妙絕，第二首尤奇。詩云：『羅浮山下梅花村，玉雪為骨冰作
> 魂。紛紛初疑月掛樹，耿耿獨與參黃昏。先生索居江海上，
> 悄如病鶴棲荒園。天香國艷肯相顧，知我酒熟詩清溫。蓬萊
> 宮中花鳥使，綠衣倒掛扶桑暾。抱叢窺我方醉臥，故遣啄木
> 先敲門。麻姑過君急洒掃，鳥能歌舞花能言。酒醒人散山寂
> 寂，惟有落蕊黏空樽。』注云：『嶺南珍禽有倒掛子，綠毛紅
> 喙，如鸚鵡而小，自海東來，非塵埃間物也。』」（《叢話》後
> 集卷二十一，頁147，《詩人玉屑》，頁384）

　　由上可見，《叢話》不僅在體例上創新，《詩人玉屑》卷十二之後
品藻古今人物的體例，全仿自《叢話》，且其所選人物亦多與《叢話》
相類。

第六節　編纂體製的檢討

一、資料龐大駁雜

　　《叢話》前後集一百卷，編纂以人物為主，按照時代先後，廣搜
各種與詩人詩作相關資料。時代上自先秦，上至南宋，其中單列的名家

有十一位：晉朝陶淵明；唐朝李白、杜甫、韓愈、白居易；宋朝歐陽
脩、梅聖俞、王安石、蘇軾、黃庭堅、秦觀。其他作家有些合幾人為一
卷，有些則可能只有一則資料，因為胡仔取材甚寬，古今之詩人，只要
以詩名世者，不管只是一句、一聯，或是一篇，皆在搜羅之列：

> 苕溪漁隱曰：「古今詩人，以詩名世者，或只一句，或只一聯，
> 或只一篇，雖其餘別有好詩，不專在此，然播傳於後世，膾
> 炙於人口者，終不出此矣，豈在多哉？如『池塘生春草』，則
> 謝康樂也；『澄江靜如練』，則謝宣城也；……『庭草無人隨
> 意綠』，則王胄也。凡此皆以一句名世者。……『殘星數點雁
> 橫塞，長笛一聲人倚樓』，乃趙嘏也；『禪伏詩魔歸靜域，酒
> 衝愁陣作奇兵』，乃韓偓也；『蝴蝶夢中家萬里，杜鵑枝上月
> 三更』，乃崔塗也；……『草解忘憂憂底事，花名含笑笑何人』，
> 乃丁晉公也；……『倒著衣裳迎戶外，盡呼兒女拜燈前』，乃
> 謝師厚也；……凡此皆以一聯名世者。『春城無處不飛花，寒
> 食東風御柳斜，日暮漢宮傳蠟燭，輕煙散入五侯家。』此韓
> 翃也。……『紫陌紅塵拂面來，無人不道看花回，玄都觀裏
> 桃千樹，儘是劉郎去後栽。』此劉夢得也。『芳草和煙暖更青，
> 閑門要路一時生，年年點檢人間事，惟有春風不世情。』此
> 羅鄴也。……『西塞山邊白鳥飛，桃花流水鱖魚肥。青箬笠，
> 綠蓑衣，斜風細雨不須歸。』此玄真子也。……『白日依山
> 盡，黃河入海流，欲窮千里目，更上一層樓。』此王之渙
> 也。……并白樂天〈琵琶行〉、盧仝〈月蝕詩〉、杜牧之〈華
> 清宮詩〉、石曼卿〈籌筆驛詩〉、郭功甫〈金山行〉，皆篇長不
> 錄。凡此皆以一篇名世者，余今姑敘其梗概如此。若唐之李、
> 杜、韓、柳，本朝之歐、王、蘇、黃，清辭麗句，不可悉數，
> 名與日月爭光，不待摘句言之也。其餘詩人，佳句尚多，猶
> 恐一時記憶有遺忘者，繼當附益之。」（《叢話》後集卷二，
> 頁 10～13）

甚至一些名不見經傳的詩人詩作，亦在記載之列：

> 苕溪漁隱曰：「余頃歲過湘中，郵亭壁間，有左鄩絕句云：『疊
> 疊山腰繫冷雲，疎疎雨腳弄黃昏，松聲更帶溪聲急，不是行
> 人也斷魂。』又於苕溪道觀中壁間有鄭子覃絕句云：『紛紛紅
> 雨入蒼苔，密蔭新成鶯友來，擬逐幽人夢蓬島，一聲裂竹故
> 驚回。』皆佳作也。壬午歲過三衢，於驛舍壁間見題一聯云
> 『不知何處雨，便覺此間涼。』自在無峭急之態，不知何人
> 詩也。」（《叢話》前集卷五十四，頁 371）

郵亭壁間的左鄩絕句，苕溪道觀中壁間的鄭子覃絕句，甚至三衢驛舍
壁間佚名之一聯詩，皆在搜羅之列，資料不免顯得駁雜龐大。當然，
從優點看，使這些名不見經傳的詩人詩作，得以留傳，可謂保存文獻
之功。

《叢話》前、後集資料龐雜，前集共有 1313 則，後集共有 938
則，加起來共有 2251 則。是歐陽脩《六一詩話》28 則的八十倍之多。
宋代詩話總集，無人出其右。

《叢話》因兼容並蓄，內容不免有駁雜，如有專門記載僧、道
〈緇黃雜記〉〔註85〕，專門記載修鍊成仙的〈神仙雜記〉〔註86〕，專
門記載傳說中的神仙呂洞賓〈回仙〉〔註87〕，甚至牽涉怪力亂神的〈鬼
詩〉〔註88〕。

> 《東軒筆錄》云：「潭州士人夏鈞，罷官，過永州，謁何仙姑
> 而問曰：『世人多言呂先生，今安在？』何笑曰：『今日在潭
> 州興化寺設齋。』鈞專記之，到潭日，首於興化寺取齋簿視
> 之，果其日有華州回客設供。頃年滕宗亮謫守巴陵郡，有華
> 州回道士上謁，風骨聳秀，神宇清邁，滕知其異，回占一詩

〔註85〕《叢話》前集卷五十七、《叢話》後集卷三十七。
〔註86〕《叢話》前集卷五十八、《叢話》後集卷三十七。
〔註87〕《叢話》前集卷五十八、《叢話》後集卷三十八。
〔註88〕《叢話》前集卷五十八、《叢話》後集卷三十八。

贈之，曰：『華州回道士，來到岳陽城，別我遊何處，秋空一劍橫。』回聞之，憮然大笑而別，莫知所之。」（《叢話》前集卷五十八，頁399）

《見聞錄》云：「呂申公夷簡，嘗通判蜀中，忘其郡名，廨宇中素有鬼物，號榆老姑，乃榆木精，其狀一老醜婦。常出廚間與群婢為偶，或時不見，家人見之久，亦不以為怪。公呼問之，即下堦拜云：『妾在宅日久，雖非人，然不敢為禍。』公亦置而不問。嘗謂：『公他日必大貴。』一日，忽妊，群婢戲之，自云：『非久當產。』遂月餘不見，忽出，云已產矣。請視之，後園榆木西南生大贅乃是，視之果然。」（《叢話》後集卷三十八，頁314）

《文昌雜錄》曰：「昔年，陳州有女妖，自云孔大娘，每昏夜於鼓腔中與人語言，尤知未來事。時晏元獻守陳，方製小詞一闋，修改未定，而孔大娘已能歌之矣。亦可怪也。」（《叢話》後集卷三十八，頁316）

許彥周《詩話》云：「長安慈恩寺有數女仙夜游，題詩云：『黃子陂頭好月明，強踏華筵到曉行，烟波山色翠黛橫，折得荷花遠恨生。』化為白鶴飛去。明夜又題一首云：『湖水團團夜如鏡，碧樹紅花相掩映，北斗闌干移曉柄，有似佳期常不定。』亦婉約可愛。」（《叢話》後集卷三十八，頁316）

魏泰《東軒筆錄》所記夏鈞所謁之人，果真何仙姑乎？興化寺齋簿的「華州回客」，如何證實即是呂洞賓呢？滕宗亮在巴陵郡，所見的「華州回道士」，如何即以「風骨聳秀，神宇清邁」而推斷他即是呂洞賓？這些皆為無法證實的傳聞。

《見聞錄》記載呂夷簡官宅中「榆老姑」的鬼物；龐元英《文昌雜錄》中記載陳州「孔大娘」在晏殊詞修改未定之之際，已能歌之；許彥周《詩話》記載長安慈恩寺女仙題詩……，以上所載，皆是子所不云

的「怪力亂神」，或許只是提供讀者「以資閒談」的材料罷了！

二、字字有來處的瑣碎

　　胡仔《叢話》中，甚多考據用事出處（字字有來處）不免瑣碎，於詩義的瞭解卻不一定有幫助。

> 苕溪漁隱曰：「余讀史傳，及舊聞於知識間，得少陵詩事甚多，皆王原叔所不注者，如〈冬狩行〉云：『自從獻寶朝河宗』，《穆天子傳》：『天子西征，至陽紆山，河伯馮夷之所居，是為河宗。天子乃沉璧禮焉。河伯乃與天子披圖視典，以觀天下寶器。』〈秋日夔府詠懷〉云：『穰多栗過拳』，《西京雜記》：『上林苑嶧陽采大如拳。』」……（《叢話》前集卷十一，頁 70）

以上對杜詩用語「河宗」、「栗過拳」之出處之考據，卻沒有進一步的說明解釋，對於詩義的瞭解幫助有限。

> 苕溪漁隱曰：「『家家養烏鬼』之句，余觀諸公詩話，其說蓋有四焉。《漫叟詩話》以豬為烏鬼，《蔡寬夫詩話》以烏野神為烏鬼，《冷齋夜話》以烏蠻鬼為烏鬼，沈存中《筆談》、《緗素雜記》以鸕鷀為烏鬼，今具載其說焉。……余嘗細考四說，謂鸕鷀為烏鬼是也，其謂豬與烏野神、烏蠻鬼為烏鬼者，非也。余官建安，因事至北苑焙茶，扁舟而歸，中途見數漁舟，每舟用鸕鷀五六，以繩繫其足，放入水底捕魚，徐引出，取其魚。目睹其事，益可驗矣。」〔註89〕（《叢話》前集卷十二，頁 81～82）

此則引用《漫叟詩話》、《蔡寬夫詩話》、《冷齋夜話》、沈存中《筆談》、《緗素雜記》等詩話筆記對「烏鬼」一詞的不同說法，最後加上自己親身體驗，歸納論斷「烏鬼」為「鸕鷀」的結論，充滿學術論證的精神，但對一般讀者來說，可能就嫌囉嗦瑣碎，清代楊倫《杜詩鏡銓》就提出

〔註89〕此則全文，請參考本論文第三章第三節，頁 49～50。

批評：「自山谷謂杜詩無一字無來處，注家繁稱遠引，惟取務博矜奇，如天棘、烏鬼之類，本無關詩義，遂致聚紛紜。」〔註90〕

胡仔此種尋找出處的解詩法，只能說是受到大時代的影響，對詩句本身的理解賞析，並未作進一步的解釋或分析。南宋陸游《老學庵筆記》曾經對這種、無一字無來處」的解詩法，提出了異議：

> 今杜詩，但尋出處，不知少陵之意，……縱使字字尋得出處，
>
> 去少陵之意益遠矣。……〔註91〕

胡仔《叢話》雖有資料駁雜、考證瑣碎等缺點，但瑕不掩瑜。資料龐大駁雜，卻也提供後人許多珍貴的史料，保存了許多已佚的詩話、筆記小說的資料，而達成保存文獻之功；「字字有來處」的考據用事用語出處，雖然瑣碎，卻也提供許多考證糾繆的成績，提供後人正確的參考資料。

第七節　編纂內容的檢討

一、資料錯誤

胡仔雖然花費許多精力於考據糾繆上，但因《叢話》資料龐雜，仍不免引用資料時有一些謬誤。

> 苕溪漁隱曰：「韓子蒼云：『韋蘇州少時，以三衛郎事玄宗，豪縱不羈。』余因記《唐宋遺史》云：『韋應物赴大司馬杜鴻漸宴，醉宿驛亭，醒見二佳人在側，驚問之。對曰：郎中席中與司空詩，因令二樂妓侍寢。問記得詩否。一妓強記，乃誦曰：高髻雲鬟宮樣妝，春風一曲杜韋娘。司空見慣渾閑事，惱亂蘇州刺史腸。』觀此，則應物豪縱不羈之性，暮年猶在也。子蒼又云：『余觀蘇州為性高潔，鮮食寡欲，所居掃地焚香而坐。』此是《韋集》後王欽臣所作序，載《國史補》之

〔註90〕《杜詩鏡銓》凡例，頁11。
〔註91〕陸游《老學庵筆記》卷七，台北：木鐸出版社，1982年初版，頁95。

語，但恐溢美耳。」(《叢話》後集卷九，頁 64)

此則胡仔誤將劉禹錫的軼事、詩作當成韋應物。

　　唐朝范攄〔註92〕《雲谿友議》卷中「中山悔」條，此詩之主角為「劉禹錫」，引詩云：「高髻雲鬟宮樣粧，春風一曲杜韋娘。司空見慣尋常事，斷盡蘇州刺史腸。」與胡仔所引《唐宋遺史》作者、詩作稍異。

　　《雲谿友議》成書於唐末僖宗時期，所記多為中、晚唐文壇軼聞趣事。以唐人說唐詩，耳目所接，終較後人為近。再者，范攄乃唐之吳（今江蘇蘇州）人，不管就時代上或地理上，對唐代蘇州所發生之事，應較接近事實。

　　　東坡云：「『湘中老人讀黃老，手援紫蘦坐碧草，春至不知湘
　　　水深，日暮忘卻巴陵道。』唐末有人見作是詩者，詞氣殆是
　　　李謫仙。予都下見有人攜一紙文書，字則顏魯公也，墨跡如
　　　未乾，紙亦新健，其詩曰：『朝披夢澤雲，笠釣青茫茫。』此
　　　語非太白不能道也。」苕溪漁隱曰：「太白此詩中後云：『暮
　　　跨紫鱗去，海氣侵肌涼。』亦奇語也。」(《叢話》前集卷五，
　　　頁 29)

此則「湘中老人讀黃老」一詩乃賈至〈君山〉詩〔註93〕，胡仔引東坡錯誤資料〔註94〕，誤以為李白之詩。「朝披夢澤雲」才是李白之〈闕題〉詩。〔註95〕

〔註92〕范攄〔唐〕(約公元 877 年前後在世) 字不詳，自號五雲溪人，里居及
　　　　生卒年均不詳，約唐僖宗乾符中前後在世。居若耶溪，若耶別名五雲，
　　　　因以自號。
〔註93〕賈至〈君山〉「湘中老人讀黃老，手援紫蘦坐碧草。春至不知湖水深，
　　　　日暮忘卻巴陵道。」(《全唐詩》卷 235_33，頁 2598)
〔註94〕此則乃略引蘇軾《東坡志林》〈記女仙主〉條：「予頃在都下，有傳太
　　　　白詩者，其略曰：『朝披夢澤雲』，又云：『笠澤清茫茫。』此非世人語
　　　　也，蓋有見太白在肆中而得此詩者。神仙之道，真不可以意度。」
〔註95〕李白〈闕題〉「朝披夢澤雲，笠釣青茫茫。暮跨紫鱗去，海氣侵肌涼。」
　　　　此詩《李太白詩歌全集》找不到。為李白軼詩。

東坡云：「『欲掛衣冠神武門，先尋水竹渭南村，卻將舊斬樓
蘭劍，買得黃牛教子孫。』余舊見此詩於關右寺壁上，愛之，
不知其何人作也。《蔡寬夫詩話》云：『是王嗣宗詩。』」（《叢
話》前集卷五十四，頁367）

此詩趙德麟《侯鯖錄》及陳鵠《耆舊十》皆謂是「姚嗣宗」所作。胡仔
引《蔡寬夫詩話》云是「王嗣宗」，姓氏錯誤。

《雪浪齋日記》云：「荊公問山谷云：『作小詞曾看李後主詞
否？』云：『曾看。』荊公云：『何處最好？』山谷以『一江
春水向東流』為對。荊公云：『未若細雨夢回雞塞遠，小樓吹
徹玉笙寒，又細雨濕流光最好。』」（《叢話》前集集卷五十
九，頁407）

此則胡仔引別人詩話而未能考證出其誤。《雪浪齋日記》所引荊公「細
雨夢回雞塞遠，小樓吹徹玉笙寒」、「細雨濕流光」乃中主李璟之詞，非
李後主詞。

苕溪漁隱曰：「詞句欲全篇皆好，極為難得。如賀方回『淡黃
楊柳帶棲鴉』，柔處度『藕葉清香勝花氣』，二句寫景詠物，
可謂造微入妙，若其全篇，皆不逮此矣。……」（《叢話》前
集卷五十九，頁410）

此則胡仔將賀鑄〔註96〕〈浣溪沙〉的詞句「淡黃楊柳暗棲鴉」〔註97〕
誤引為「淡黃楊柳帶棲鴉」。將秦湛（字處度）〔註98〕姓氏誤為「柔
處度」。

苕溪漁隱曰：「近時婦人能文詞，如李易安，頗多佳句，……

〔註96〕 賀鑄（1052～1125），字方回，北宋衛州（今河南汲縣）人。做過武官，
後轉文官。
〔註97〕 賀鑄〈減字浣溪沙〉「樓角初銷一縷霞。淡黃楊柳暗棲鴉。玉人和月摘
梅花。笑撚粉香歸洞戶，更垂簾幕護窗紗。東風寒似夜來些。」（《全
宋詞》，頁537）
〔註98〕 秦湛，字處度，秦觀么子。宋政和年間（1111～1118）任常州通判，定
居常州武進。所引「藕葉清香勝花氣」，失調名，只此一句。

　　　　〈九日詞〉云：『簾捲西風，人似黃花瘦。』……」（《叢話》
　　　前集卷六十，頁416）

按：李易安〈九日詞〉〔註99〕「簾捲西風，人比黃花瘦。」〔註100〕而
非「人似黃花瘦」。

　　　　苕溪漁隱曰：「……東坡自黃移汝，別雪堂鄰里，有詞云：『百
　　　年強半少，來日苦無多。』蓋用退之詩『年皆過半百，來日
　　　苦無多』之語……」（《叢話》前集卷四十，頁275）

蘇軾〈滿庭芳〉詞為「百年強半」〔註101〕，胡仔多了一字，成為「百
年強半少」，詞句錯誤。

　　　元豐七年（1084）四月一日，蘇軾將離開黃州，量移汝州（今河
南臨汝）。鄰里友人紛紛相送，蘇軾作此詞和鄉老告別。蘇軾詞中「百
年強半，來日苦無多。」有語襲韓愈詩「年皆過半百，來日苦無多」
〔註102〕之處。

〔註99〕此詞牌名為〈醉花陰〉。

〔註100〕李清照〈醉花陰〉「薄霧濃雲愁永晝，瑞腦消金獸。佳節又重陽，玉
　　　枕紗廚，半夜涼初透。東籬把酒黃昏後，有暗香盈袖。莫道不消魂，
　　　簾捲西風，人比黃花瘦。」（《李清照集》，台北：河洛出版社，中華
　　　民國64年3月初版，頁11）

〔註101〕〈滿庭芳〉元豐七年四月一日，余將去黃移汝，留別雪堂鄰里二三君
　　　子，會李仲覽自江東來別，遂書以遺之。「歸去來兮，君歸何處？萬
　　　里家在岷峨。百年強半，來日苦無多。坐見黃州再閏，兒童盡楚語吳
　　　歌。山中友，雞豚社酒，相勸老東坡。云何，當此去，人生底事，來
　　　往如梭。待閑看秋風，洛水清波。好在堂前細柳，應念我，莫剪柔柯。
　　　仍傳語，江南父老，時與曬漁蓑。」（《蘇詞彙評》，曾棗莊、曾濤編，
　　　台北：文史哲出版社，中華民國87年5月初版，頁16～17）

〔註102〕〈除官赴闕至江州寄鄂岳李大夫〉「盆城去鄂渚，風便一日耳。……
　　　年皆過半百，來日苦無多。少年樂新知，衰暮思故友。譬如親骨肉，
　　　寧免相可不。我昔實愚蠢，不能降色辭。子犯亦有言，臣猶自知之。
　　　公其務賈過，我亦請改事。桑榆儻可收，願寄相思字。」（《韓昌黎詩
　　　繫年集釋》，錢仲聯編，台北：學海出版社，中華民國74年1月初
　　　版，頁1183～1184）

二、印象式批評

胡仔的評語簡約，往往一個字、兩個字帶過，如何「工」、如何「佳」、如何「渾成」……皆未有說明，可謂傳統印象式批評。

> 苕溪漁隱曰：「李太白有云：『天清一雁遠。』文潛有云：『天形一雁高』，二句俱工，未易分優劣也。」（《叢話》後集卷三十三，頁256）

此則比較李白〔註103〕、張耒〔註104〕的二句詩句，評以「俱工」，未進一步說明，可謂傳統「印象式批評」。

> 苕溪漁隱曰：「孫覿，字濟師，嘗作〈落梅詞〉，甚佳：『一聲羌管吹嗚咽，玉溪半夜梅翻雪。江月正茫茫，斷橋流水香。含章春欲暮，落日千山雨。一點著枝酸，吳姬先齒寒。』」（《叢話》前集卷五十九，頁411）

評論孫覿〈落梅詞〉，「甚佳」，但未具體說明「佳」在何處？

> 苕溪漁隱曰：「老杜〈和早期大明宮詩〉，賈至為唱首，王維、岑參皆有之，四詩皆佳絕。……。」（《叢話》前集卷十，頁67）

胡仔推崇賈至、王維、岑參、杜甫四人所寫的〈早朝大明宮詩〉詩皆「佳絕」。但如何「絕佳」並未進一步分析說明，只引出全詩。

> 苕溪漁隱曰：「唐自四月一日，寢廟薦櫻桃後，頒賜百官，各有差。摩詰詩：『歸鞍競帶青絲籠，中使頻傾赤玉盤。』摩詰詩渾成……」（《叢話》後集卷九，頁60）

胡仔此則推崇王維〈敕賜百官櫻桃〉詩「渾成」。但如何「渾成」並未說明。

〔註103〕李白〈送張舍人之江東〉「張翰江東去，正值秋風時。天清一雁遠，海闊孤帆遲。白日行欲暮，滄波杳難期。吳洲如見月，千里幸相思。」（《李太白詩歌全集》，清·王琦注，劉建新校勘，北京：今日中國出版社，1997年11月第一版，頁510）

〔註104〕張耒〈臘日四首（之二）〉「臘雲寒不動，殘歲轉蕭條。雪意千山靜，天形一雁高。冰留簷舊滴，紅到杏新梢。寂寞群兒笑，因文更解嘲。」

苕溪漁隱曰：「『天街小雨潤如酥，草色遙看近卻無。最是一
年春好處，絕勝煙柳滿皇都。』此退之〈早春詩〉也。……
曲盡其妙。」（《叢話》後集卷十，頁 73～74）

胡仔只推崇韓愈〈早春詩〉〔註105〕「曲盡其妙」，而未再作進一步
詮釋。

苕溪漁隱曰：「退之詩如『何人有酒身無事，誰家多竹門可款』
之句，尤閑遠有味。」（《叢話》前集卷十八，頁 119）

此則推崇韓愈〈遊青龍寺贈崔大補闕〉〔註106〕詩「閑遠有味」，未說明
原因。

由以上幾則可見，胡仔的評語簡約：「俱工」、「甚佳」、「佳絕」、
「渾成」、「曲盡其妙」、「閑遠有味」，兩個字、四個字甚至一個字帶
過，並沒有進一步說明。

黃維樑先生在〈詩話詞話中摘句為評的方法〉一文中云：

中國印象式批評的特色，是籠統概括、好用比喻、評語簡
約。……明代謝榛《四溟詩話》中，說杜詩「星垂平野闊，
月湧大江流」一聯的湧字尤「奇」，究竟何以見得，批評家似
乎覺得沒有向讀者交代的需要。〔註107〕

可見胡仔的詩評，深受傳統批評的影響，未能跳出時代的限制，亦未可
深責也。

三、受時代侷限的詩觀

胡仔詩論有傳統濃厚的儒家「溫柔敦厚」的詩教觀念，詩歌評論

〔註105〕 詩名應為〈早春呈水部張十八員外二首〉其二，《韓昌黎詩繫年集釋》，
　　　　錢仲聯編，台北：學海出版社，中華民國 74 年 1 月初版，頁 1257。
〔註106〕 〈遊青龍寺贈崔大補闕（寺在京城南門之東）〉……年少得途未要忙，
　　　　時清諫疏尤宜罕。何人有酒身無事，誰家多竹門可款。須知節候即風
　　　　寒，幸及亭午猶妍暖。……」（《韓昌黎詩繫年集釋》，錢仲聯編，台
　　　　北：學海出版社，中華民國 74 年 1 月初版，頁 563）
〔註107〕 收錄於《中國文學縱橫論》，黃維樑，台北：東大圖書公司，中華民
　　　　國 77 年 8 月初版，頁 241～259。

完全站在封建倫理的立場，有時不免太過主觀，無法持客觀立場。

> 苕溪漁隱曰：「義山詩，楊大年諸公皆深喜之，然淺近者亦多，如〈華清宮詩〉云：『華清恩幸古無倫，猶恐蛾眉不勝人，未免被他褒女笑，只教天子暫蒙塵。』用事失體，在當時非所宜言也；……義山又有〈馬嵬〉詩云：『如何四紀為天子，不及盧家有莫愁。』〈渾河中詩〉云：『咸陽原上英雄骨，半是君家養馬來。』如此等詩，庸非淺近乎！」（《叢話》後集卷十四，頁 104～105）

此則胡仔批評李義山〈華清宮詩〉「用事失體，在當時非所宜言也。」乃是站在封建立場，臣子不該有批評皇帝的言論。

今人馬彬先生在《楊貴妃》一書云：

> 唐朝，是中國史上文化、政治、經濟最發達的一朝，也是特出的有言論自由的朝代。……可以放言無忌。批評皇帝，拿皇帝的故事作詩作文，甚至講得很不堪，亦不會遭禍。……從李商隱的作品中，卻讓我們得知：唐人對皇家的言論自由到了可驚的寬容程度，……李商隱最出色的一首詠楊貴妃的詩（〈馬嵬〉）：「海外徒聞更九州，他生未卜此生休」這兩句雖沿襲〈長恨歌〉「忽聞海上有仙山」的提示，但翻了新意，作為楊貴妃在海外得知玄宗皇帝被廢被囚，這對楊貴妃逃亡到日本傳說，有進一步的傳播作用。同詩最後兩句：「如何四紀為天子，不及盧家有莫愁。」再加「君王若道能傾國，玉輦何由過馬嵬」，那是直接批評皇帝無力護全一名女子以及「有情」的虛假，亦屬於言論自由的頂端了！〔註108〕

可見，胡仔對李商隱〈華清宮詩〉為「當時非所宜言」並非事實。而被胡仔目為「淺近」的〈馬嵬〉詩，卻是被馬彬先生推崇為「李商隱最出色的一首詠楊貴妃的詩」，可見詩歌的評論，原是見仁見智的觀點。

〔註108〕南宮搏（馬彬），《楊貴妃》，台北：麥田出版社，2002 年 4 月初版，頁 340～342。

　　胡仔略舉李商隱〈馬嵬〉、〈渾河中詩〉二詩為「淺近」之詩例，其實並非真正「淺近」，只是李商隱的政治諷刺詩歌，不能為胡仔傳統儒者「溫柔敦厚」的詩觀所接受。〔註109〕

　　個人以為胡仔對李商隱的評論未免以偏蓋全，李商隱之詩工麗，長於諷諭，善於用典，自成一格，諸「無題」名篇，深受廣大讀者所喜愛，元好問〈論詩絕句〉亦曾評李義山詩云：「望帝春心託杜鵑，佳人錦瑟怨華年，詩家總愛西崑好，只恨無人作鄭箋。」以「淺近」目之，離事實遠矣！

> 苕溪漁隱曰：「近時婦人能文詞，如李易安，頗多佳句，小詞云：『昨夜雨疏風驟，濃睡不消殘酒。試問捲簾人，卻道海棠依舊。知否知否，應是綠肥紅瘦。』『綠肥紅瘦』，此語甚新。又〈九日詞〉云：『簾捲西風，人似黃花瘦。』此語亦婦人所難到也。易安再適張汝舟，未幾反目，有〈啟事〉與綦處厚云：『猥以桑榆之晚景，配茲駔儈之下材。』傳者無不笑之。」
> （《叢話》前集卷六十，頁416～417）

此則胡仔推崇李清照〈如夢令〉一詞中「綠肥紅瘦」，用語甚新，〈醉花陰〉詞「簾捲西風，人似黃花瘦」的用語乃婦人所難到。肯定其文字駕馭之才能。但對李易安再嫁張汝舟，未幾反目，則明顯站在封建禮教的立場，頗有鄙視譏笑之意。此乃肯定其詞作，而否定其人品，明顯受到時代背景的侷限與影響。

四、詩論有前後矛盾之處

　　胡仔的詩論，由於在不同的時間內陸續完成，不免有觀點改變或前後矛盾之處。

> 苕溪漁隱曰：「古今詩人，以詩名世者，或只一句，或只一聯，或只一篇，雖其餘別有好詩，不專在此，然播傳於後世，

〔註109〕有關此則詩歌分析論述，請參第五章第二節「唐朝重要詩人評論」
　　　　──李商隱評論。

膾炙於人口者，終不出此矣，豈在多哉？……『漠漠水田飛白鷺，陰陰夏木轉黃鸝』，乃王維也；……」（《叢話》後集卷二，頁 11）

苕溪漁隱曰：「……古之詩人，如王維猶竊李嘉祐『水田飛白鷺，夏木囀黃鸝』。……皆可軒渠一笑也。」（《叢話》後集卷十八，頁 127）

由以上兩則有關王維的詩論，見於《叢話》後集所載，胡仔詩論不免有矛盾之處。前一則胡仔推崇王維「漠漠水田飛白鷺，陰陰夏木轉黃鸝」〔註110〕詩句膾炙人口，播於後世，以此聯詩句為王維名句代表。但另一則按語中，卻云：「古之詩人，如王維猶竊李嘉祐『水田飛白鷺，夏木囀黃鸝』。……皆可軒渠一笑也。」〔註111〕，明顯地譏笑王維此聯詩句乃竊自李嘉祐的詩句「水田飛白鷺，夏木囀黃鸝」〔註112〕。同樣的詩句，胡仔卻前後有兩種完全不同的批評態度。

五、批評術語不明確

苕溪漁隱曰：「杜牧之詩云：『蔫紅半落平池晚，曲渚飄成錦一張。』又云：『平生五色線，願補袞衣裳。』魯直皆用其語，詩云：『菰葉蘋花飛白鳥，一張紅錦夕陽斜。』又云：『公有胸中五色線，平生補袞用功深。』」（《叢話》後集卷三十二，頁 245）

此則胡仔指出黃庭堅「菰葉蘋花飛白鳥，一張紅錦夕陽斜。」〔註113〕

〔註110〕王維〈積雨輞川莊作〉「積雨空林煙火遲，蒸藜炊黍餉東菑。漠漠水田飛白鷺，陰陰夏木囀黃鸝。山中習靜觀朝槿，松下清齋折露葵。野老與人爭席罷，海鷗何事更相疑。」（《全唐詩》卷 128_19，頁 1298）
〔註111〕《叢話》後集卷十八，頁 127。
〔註112〕李嘉祐「水田飛白鷺，夏木囀黃鸝。」此聯詩集中無之，保存在李肇《國史補》中，稱嘉祐有此句，王右丞取以為七言。《全唐詩》卷 207_49（頁 2169）則以〈句〉為名，保存此聯詩。有關此則的進一步論述，請參第四章第二節「奪胎換骨」。
〔註113〕〈和李才甫先輩快閣〉五首其一「山寒江冷丹楓落，爭渡行人簇晚

一聯詩，用的是杜牧詩「蔫紅半落平池晚，曲渚飄成錦一張。」〔註114〕之語；黃庭堅詩「公有胸中五色線，平生補袞用功深。」〔註115〕一聯，用的是杜牧「平生五色線，願補袞衣裳。」〔註116〕之詩語。

　　按：黃庭堅「一張紅錦夕陽斜。」用的乃是杜牧「蔫紅半落平池晚，曲渚飄成錦一張。」的詩意。「黃昏時，枯萎的紅花，飄落在池面上，蜿蜒曲折的江面像是鋪上了一張紅色的錦緞。」故此則應是「用其意」而非「用其語」。胡仔的批評述語有時不太明確。黃庭堅〈再次韻四首〉才是「用其語」──用杜牧〈郡齋獨酌（黃州作）〉詩語。

　　　　苕溪漁隱曰：「山谷詞云：『春歸何處，寂寞無行路。若有人
　　　　知春去處，喚及歸來同住。』王逐客云：『若到江南趕上春，
　　　　和春住。』體山谷語也。」（《叢話》後集卷三十九，頁 325
　　　　～326）

此則胡仔但言王觀詞乃是「體山谷語」，但未說明「體山谷語」為何？

　　　　個人細觀此兩詞，王觀的〈卜算子〉「若到江南趕上春，和春住。」〔註117〕，趕上春，和春同住，顯得較主動積極，黃庭堅的〈清平樂〉「春歸何處，寂寞無行路。若有人知春去處，喚取歸來同住。」〔註118〕

　　　　沙。菰葉蘋花飛白鳥，一張紅錦夕陽斜。」（《山谷詩集注》，任淵、史
　　　　容、史季溫注，上海：古籍出版社，2003 年 12 月第一版，頁 840）
〔註114〕杜牧〈春晚題韋家亭子〉「擁鼻侵襟花草香，高臺春去恨茫茫。蔫紅
　　　　半落平池晚，曲渚飄成錦一張。」（《全唐詩》卷 521_50，頁 5961）
〔註115〕〈再次韻四首〉：「延和西路古槐陰，不隔朝宗夙夜心。公有胸中五色
　　　　線，平生補袞用功深。」（《山谷詩集注》，任淵、史容、史季溫注，
　　　　上海：古籍出版社，2003 年 12 月第一版，頁 172～172）
〔註116〕按：「願補袞衣裳」應為「願補舜衣裳」才對。〈郡齋獨酌（黃州作）〉
　　　　「……豈為妻子計，未去山林藏。平生五色線，願補舜衣裳。弦歌教
　　　　燕趙，蘭芷浴河湟。……」（《全唐詩》卷 520_3，頁 5939～5940）
〔註117〕王觀（逐客）〈卜算子〉（送鮑浩然之浙東）：「水是眼波橫，山是眉峰
　　　　聚。欲問行人去那邊，眉眼盈盈處。才始送春歸，又送春歸去。若到
　　　　江南趕上春，千萬和春住。」（《全宋詞》，頁 260～261）
〔註118〕黃庭堅〈清平樂〉：「春歸何處，寂寞無行路。若有人知春去處，喚取
　　　　歸來同住。春無蹤跡誰知。除非問取黃鸝。百囀無人能解，因風飛過
　　　　薔薇。」（《全宋詞》，頁 393）

則是消極地詢問是否有人知道春的去處，喚他回來同住，顯得較被動消極，這裡的「體山谷語」應是「規模其意而形容之」的「反其意」（翻案）之作。

> 苕溪漁隱曰：「退之〈赤藤杖〉詩：『空堂晝倚牖戶，飛電著壁搜蛟螭。』故東坡〈鐵柱杖詩〉云：『入懷冰雪生秋思，倚壁蛟龍護晝眠。』山谷〈筇竹杖贊〉：『涪翁晝寢，蒼龍掛壁。』皆用退之詩也。」（《叢話》前集卷十八，頁 117）

此則胡仔云「用退之詩」，但並未說明何謂「用退之詩」？讀者只能自己去比較觀察三者之間的關係。

　　按：蘇東坡〈鐵柱杖詩〉〔註 119〕與黃山谷〈筇竹杖贊〉〔註 120〕皆用韓退之〈赤藤杖〉詩〔註 121〕之「詩意」。故胡仔此處所云「用退之詩」乃是「用退之詩意」。

　　韓愈將手杖比喻為掛在牆壁上快如閃電的蛟龍，陪伴著在大堂上

〔註 119〕蘇軾〈樂全先生日，以鐵拄杖為壽〉二首其一：「先生真是地行仙，住世因循五百年。每向銅人話疇昔，故教鐵杖鬥清堅。入懷冰雪生秋思，倚壁蛟龍護晝眠。遙想人天會方丈，眾中驚倒野狐禪。三年相伴影隨身，踏遍江湖草木春。摘石舊痕猶作眼，閉門高節欲生鱗。畏途自衛真無敵，捷徑爭先卻累人。遠寄知公不嫌重，筆端猶自幹千鈞。」（《蘇文忠公詩編註集成》，清・王文誥，台北：學生書局，中華民國 76 年 10 月第三次印刷，頁 2520）

〔註 120〕黃庭堅〈筇竹杖贊〉：「厲廉隅而不劌，故竊比於彭耼之壽。屈曲而有直體，能獨立於雪霜之後。伯夷食薇而清，陳仲咽李而瘦。涪翁晝寢，蒼龍掛壁。涪翁履危，心如鐵石。窮山獨行，解兩虎爭。終不使卞莊乘間，而孺子成名。」

〔註 121〕韓愈〈和虞部盧四酬翰林錢七赤藤杖歌（元和四年作）〉「赤藤為杖世未窺，台郎始攜自滇池。滇王掃宮避使者，跪進再拜語嗚咽。繩橋拄過免傾墮，性命造次蒙扶持。途經百國皆莫識，君臣聚觀逐旌麾。共傳滇神出水獻，赤龍拔須血淋漓。又雲羲和操火鞭，暝到西極睡所遺。幾重包裹自題署，不以珍怪誇荒夷。歸來捧贈同舍子，浮光照手欲把疑。空堂晝眠倚牖戶，飛電著壁搜蛟螭。南宮清深禁闈密，唱和有類吹塤篪。妍辭麗句不可繼，見寄聊且慰分司。」（見《韓昌黎詩繫年集釋》，錢仲聯編，台北：學海出版社，中華民國 74 年 1 月初版，頁 711～712）

畫寢的自己。東坡所詠的鐵柱杖，由鐵柱杖握在手中冰冷的質地，令水產生秋天的寒涼之意敘述起——「入懷冰雪生秋思」，再運用韓愈〈赤藤杖〉的兩句詩意，融為一句，說明掛在牆壁上的手杖猶如蛟龍一般，保護著畫寢的自己。黃山谷詠竹杖的贊文，運用韓愈之詩意，說明自己畫寢，竹杖像蛟龍般掛在牆壁上。

小結

　　《叢話》為南北宋之間最重要的詩話總集之一，除了保存許多珍貴的文獻——蘇軾「烏臺詩案」史料、李清照的〈詞論〉、呂本中的〈江西詩社宗派圖〉序、阮閱《詩總》序的保存、亦保存許多宋代的熟語成語、方言俗語。

　　胡仔六百多則「苕溪漁隱曰」的按語，皆是其孜孜仡仡考證的成果。除了考證詩作出處，另有作者、作品的考辨，詞牌、偽書的考證，其他詩話筆話記載的繆誤的考辨，皆為珍貴的研究文獻。

　　此外，《叢話》中保存了許多已佚的詩話，成為宋詩話的輯佚最重要的一部文獻。而許多散佚的版本，經後人竄亂，謬誤特多，《叢話》保存的豐富文獻，正好提供版本的校勘。而《叢話》的體制，亦奠定了其後詩話的體例，例如蔡夢弼《草堂詩話》輯宋人詩話、語錄、文集、說部中論杜之語，乃是學習《叢話》之體例，而為專家詩話之體，又仿《叢話》間附辨正之語之體例，不同以往詩話惟事於採撫而已。

　　當然，《叢話》亦不免有其必須檢討的缺點，在體制上，因為《叢話》兼容並蓄，資料太過龐大，內容不免有駁雜，如有專門記載僧、道〈緇黃雜記〉，專門記載修鍊成仙的〈神仙雜記〉，專門記載傳說中的神仙呂洞賓〈回仙〉，甚至牽涉怪力亂神的〈鬼詩〉。而無一字無來處的考據搜索，不免過於瑣碎，於詩義的瞭解，不見得有太大的幫助。

　　在內容上，由於資料龐大，不免有資料錯誤之病，或者張冠李戴，弄錯作者，或者詩句文字版本有誤；由於評語簡約，不免有印象式批評之病；胡仔因受時代背景的侷限，其詩觀顯得封建保守，不能接受批評

國君的言論；詩論有時會有前後不同的評論的矛盾；批評術語不夠明確之敝病。

第七章　結　論

　　胡仔《叢話》為南北宋之間最重的詩話總集之一，但是截至目前
為止，研究《叢話》的只有十餘篇小論文，尚無專著進行整體的討論研
究。故本論文旨在呈現胡仔的詩論及對歷代重要詩人的評論，及其具
體保存文獻的價值，考證糾繆的成果。

　　本論文的具體研究成果如下：

一、確認胡仔生平與詩詞著作

　　目前可見有關胡仔生平研究資料有七篇，但多只就胡仔生卒年及
早年官建安、晚年官閩作論述，對胡仔的個性思想及交遊，則未有提及
者，故本論文就《叢話》中所記載之零星資料，歸納胡仔的個性思想，
及《叢話》中提及之三、四友人作一整理。

　　胡仔著作除了《叢話》百卷被收入《四庫全書》集部詩文評類外，
早年（29歲）奉父命撰有《孔子編年》五卷，被收入《四庫全書》史
部傳記類。

　　此外，《叢話》所載胡仔自作的詩詞，有十首詩、十三詩聯及兩闋
詞，亦正是《全宋詩》及《全宋詞》所收錄者，但《全宋詩》誤收一首
汪稱隱之詩〔註1〕，另少收兩聯詩，個人已在論文中作了補充。

　　本論文除了收錄胡仔的詩詞之外，亦記錄胡仔自云仿效所作之詩

〔註1〕請參第二章第一節「胡仔的生平」肆·著作，有關詩詞的部份。

作，以便讀者可以從胡仔詩詞的實際創作中，發現胡仔本人在詩歌創作上，不脫江西詩派「奪胎換骨」的方法，由此亦可見其論詩之主張。

二、探索《叢話》體例之創新與影響

　　筆者比較《叢話》與北宋早期詩話體例之異同，及其對南宋當代詩話體例之影響，發現《叢話》之體例，已略具現代學術思想的精神，不但將所搜集的資料分類歸納於各個作者、主題之下，更具有仔細考證出處，糾正繆誤的考據家精神。

　　《叢話》與北宋歐陽脩《六一詩話》、司馬光的《續詩話》、劉攽《中山詩話》等早期詩話，作者多就自己記憶所及，隨記隨筆，不引他書，不涉考證的編輯方法有很大的不同。

　　胡仔不認同阮閱《詩總》分門編纂詩歌的體例，故以人物為主，按時代先後排列，自國風漢魏六朝，以至南渡之初，選擇重要的大家，標出其名，其餘則入雜記。採取「以類相從」之編輯法，有意識地將同一作者或同一主題的資料集中在一起，如：陶潛、杜甫、李白、韓愈、白居易、歐陽脩、王安石、蘇軾、黃庭堅等，同一主題如「烏臺詩案」、「西崑體」、「半夜鐘」、「茶」等，方便後學研究參考。胡仔除了按人物先後分類加以搜集，並注明出處，頗具現代學術研究的精神態度，對材料的正確與否，也嚴格考證，糾正許多不嚴謹的早期詩話所犯的繆誤，故胡仔《叢話》的學術價值高出當代阮閱《詩總》許多，也常為後世諸家爭相援引的重要書籍。

　　《叢話》的編纂體例，對於當代即有重大的影響，如成書於南宋的蔡夢弼《草堂詩話》及魏慶之《詩人玉屑》，皆受其影響。

　　成書約於南宋寧宗（1204）期間的蔡夢弼《草堂詩話》仿《叢話》輯宋人詩話、語錄、文集、說部中論杜之語的體例，而為專家詩話之體。且仿《叢話》之例，間附辨正之語。〔註2〕

〔註 2〕郭紹虞，《宋詩話考》，台北：漢京文化事業有限公司，中華民國 72 年元月初版，頁 98。另，請參本論文第六章第五節「詩話體制的奠基」。

　　方回《桐江集‧詩人玉屑考》比較《叢話》與《詩人玉屑》二書之體例，並指出《詩人玉屑》體例上的弊端。《叢話》的編纂方法，先引書名或人名〔註3〕，再引內容，讓人一目瞭然內容出處；魏慶之《詩人玉屑》，先引內容，文後再用細字引用出處，使人讀之如無首然。〔註4〕

　　方回並指出《詩人玉屑》「歷敘《三百篇》、漢魏以至南渡，人別為異，即《漁隱》條例耳」。亦即《詩人玉屑》自卷十二之後，品藻古今人物，按人物時代先後排列之體例，襲自於《叢話》。

　　筆者比對《詩人玉屑》與《叢話》所列之資料，發現《詩人玉屑》直接引自《叢話》者頗多，往往即以胡仔所引書名作注，甚至連胡仔的「苕溪漁隱曰」也抄錄，易使讀者誤以為胡仔的按語，也是此書原文〔註5〕。《詩人玉屑》有些資料，直接剽竊胡仔「苕溪漁隱曰」的按語〔註6〕，而未注明出處。

〔註3〕《叢話》所引人名皆為宋之名人，如東坡云、山谷云、張文潛云、韓子蒼云、六一居士云、蘇子由云、秦少游云。引其人名則不引其書名。

〔註4〕方回《桐江集‧詩人玉屑考》詳細比較《叢話》與《詩人玉屑》二書之體例：「《漁隱》編次有法，先書前賢詩話、文集，然後閒書己見，此為得體。他人與《玉屑》往往刊去前人標題，若己所言者，下乃細注出處，使人讀之如無首然。又或每段立為品目，殊可憎厭。況不能出《漁隱》度外……其後歷敘《三百篇》、漢魏以至南渡，人別為異，即《漁隱》條例耳。」(《桐江集》卷七，收錄於宛委別藏，台灣：商務印書館，中華民國70年10月初版，頁426～427)

〔註5〕如《詩人玉屑》卷二十一，「王逐客」條：《漫叟詩話》云：「〈古樂府詩〉云：『今世桃褉子，觸熱向人家。』桃褉，《集韻》解之云：『不曉事。』余素畏熱，乃知人觸熱來人家，其謂不曉事宜矣。嘗愛王逐客作〈夏詞送將歸〉，不用浮瓜沉李等事，而天然有塵外涼思，其詞云：『百尺清泉聲陸續，映蕭洒碧梧翠竹，面千步回廊，重重簾幕，小枕欹寒玉。試展鮫綃看畫軸，見一片瀟湘凝綠。待玉漏穿花，銀河垂地，月上欄干曲。』此語非觸熱者之所知也。」苕溪漁隱曰：「余嘗愛李太白〈夏日山中詩〉：『脫巾掛石壁，露頂洒松風。』其清涼可想也。」(《叢話》前集卷五十九，頁409，《詩人玉屑》，頁475～476)

〔註6〕如《詩人玉屑》卷十七，「海棠詩」條、「梅詩」條，皆直接引胡仔對東坡詩評論的按語。
　　　(1)「海棠詩」條：「東坡作此詩，則詞格超逸，不復蹈襲前人，其詩

由上可見，《叢話》在體例上有創新之功，影響當代及後代詩話甚巨。方回自敘「著《名僧詩話》，實用元任條例」〔註7〕，可見《叢話》體例的廣泛影響。

三、研究胡仔的詩論

胡仔在《叢話》中自云編輯理念為「欲學詩者師少陵而友江西」（《叢話》前集卷四十九），已指出自己的詩論主張，乃是以杜甫之詩為宗，而輔佐以江西詩派詩歌創作的理論。

三篇有關胡仔詩論的論文，皆限於篇幅之故，只能指出大略，而未能作進一步的析論。張雙英先生〈胡仔詩歌批評析論〉一文中指出「胡仔詩評與黃庭堅詩論有不少雷同之處——只是稍為比較具體一些」。指出胡仔在詩體上，主張以「變體」抒解「定體」的呆板與僵化；押韻上要避免落韻；字法上重視鍊字等三大綱目。莫道才先生〈胡仔及其《苕溪漁隱叢話》論略〉也指出「總的來看，胡仔的詩學思想創新不大，基本是繼承、沿襲了黃庭堅的詩學思想。……徵引得較多的也是崇

有『嫣然一笑竹籬間，桃李漫山總粗俗。自然富貴出天姿，不待金盤薦華屋。朱脣得酒暈生臉，翠袖卷紗紅映肉。林深霧暗曉光遲，日暖風輕春睡足。雨中有亦悽愴，月下無人更清淑。』元豐間，東坡謫黃州，寓居定惠院，院之東，小山上有海棠一株，特繁茂，每歲盛開時，必為攜客置酒，已五醉其下矣，故作此長篇。平生喜為人寫，蓋人間刊石者自有五六本，云軾平生得意詩也。」（《叢話》前集卷二十八，頁 197，《詩人玉屑》，頁 384）

(2)「梅詩」條：「東坡畹字韻三首，皆擺落陳言，古今人未嘗經道者，三首並妙絕，第二首尤奇。詩云：『羅浮山下梅花村，玉雪為骨冰作魂。紛紛初疑月掛樹，耿耿獨與參黃昏。先生索居江海上，悄如病鶴棲荒園。天香國艷肯相顧，知我酒熱詩清溫。蓬萊宮中花鳥使，綠衣倒掛扶桑畹。抱叢窺我方醉臥，故遣啄木先敲門。麻姑過君急洒掃，鳥能歌舞花能言。酒醒人散山寂寂，惟有落蕊黏空樽。』注云：『嶺南珍禽有倒掛子，綠毛紅喙，如鸚鵡而小，自海東來，非塵埃間物也。』」（《叢話》後集卷二十一，頁 147，《詩人玉屑》，頁 384）

〔註7〕方回，《桐江集》卷七，〈漁隱叢話考〉，收錄於宛委別，台灣：商務印書館，中華民國 70 年 10 月初版，頁 428。

江西詩派的詩話。」葉當前先生〈論三大宋代詩話總集的詩學思想比較研究〉亦指出「綜觀胡仔的詩學思想，實際是江西詩派詩論的翻版，但他沒有襲江西詩派的詩術語，而是以另一種說法來表達，可以說是江西詩論的奪胎換骨。」〔註8〕

　　以上三篇論文，皆指出胡仔詩論不脫黃庭堅江西詩派詩論的主張，但皆未能具體歸納整理胡仔的詩論，故本論文劌力以赴者，即是就《叢話》百卷中，胡仔的六百五十四則「苕溪漁隱曰」按語，去整理歸納，並找出胡仔詩例的原詩與作者，比較詩意、詩語之間的異同，以便詮釋胡仔按語之義，釐清分析胡仔詩論的重點，及其主張與黃庭堅江西詩派有何異同？個人整理胡仔的詩論，歸納出胡仔詩論的幾個重點：

（一）以杜甫之詩為宗

　　《叢話》前後集搜集了十三卷 259 則有關杜甫的專論則數，尚有許多散置於其他篇幅中討論杜詩的則數，尚未計入。其中有關杜詩之探討，集合各家討論有關杜甫的家學淵源、句法、章法、鍊字、用事、集大成等藝術成就的探討，提供後學學習參考。

　　胡仔本身亦致力於杜甫詩歌的用事出處搜尋，及「老杜體」的研究。胡仔對杜詩的注解、評論、考證，共有 34 則，多達 80 多首杜詩的考據研究。〔註9〕

　　胡仔有評論詩歌時，以杜詩為最高典範，除了尋找杜詩「無一字無來處」的用語、用事出處；並推崇其運用「方語」、「歇後語」入詩的「以俗為雅」之手法；及聲律上「拗句」、「拗律」的開創之功。「別託意其中」的含蓄委婉的詩歌手法，以及摭實不憑空捏造的創作態度。〔註10〕

〔註 8〕請參第一章「緒論」三、前人研究成果回顧，頁 6～9。
〔註 9〕請參第四章第一節「以杜甫之詩為宗」。
〔註10〕請參第四章第一節「以杜甫之詩為宗」。

（二）奪胎換骨

有關黃庭堅江西詩派所主張之「奪胎換骨」法，向來皆是引用釋惠洪《冷齋夜話》中有關「奪胎換骨」的論述，但是由於惠洪舉例有誤，以致後學紛紛，屬於「奪胎」抑或「換骨」法，總是區分不清楚。〔註11〕

歷代，由於對「奪胎換骨」法的不瞭解，由是產生許多負面的批評。金朝王若虛《滹南詩話》指責此法曰「魯直論詩，有『奪胎換骨』、『點鐵成金』之喻，世以為名言。以予觀之，特剽竊之黠者耳」〔註12〕。即是將「奪胎換骨」和「剽竊」畫上等號。此後，接受此種觀點者，代不乏人。

今人莫礪鋒先生在〈黃庭堅「奪胎換骨」辨〉一文中，則為「奪胎換骨」法加以詮釋，並提出正面的評價。

莫礪鋒先生將「點鐵成金」、「奪胎換骨」釋義為「師前人之辭」與「師前人之意」。指出一般人只看到「奪胎換骨」法「因襲」的部分，而未注意到「創新」的部分，因而產生剽竊的誤解。並說明「奪胎換骨」法，「以故」只是手段，「為新」才是目的。並區分「奪胎換骨」為三類：（一）學習前人的構思方式。（二）模仿前人的詩意。（三）借用前人的辭句。〔註13〕

《叢話》百卷，搜集了許多有關詩歌「奪胎換骨」的實例，可以揭開「奪胎換骨」法的神秘面紗，釐清世人對「奪胎換骨」法的誤解。此中，亦可見歷代大詩人，莫不在傳統的文化中汲取營養，或取其意，或取其語，或效其格式。

雖然，胡仔並未使用「奪胎換骨」一詞，只云「用……之詩」、「體……詩」、「用……詩意」、「用……語」、「與……詩相類」、「語意全然相

〔註11〕請參第四章第二節「奪胎換骨」。
〔註12〕《歷代詩話續編·滹南詩話》，丁仲祜輯，台北：木鐸出版社，中華民國70年3月初版，頁523。
〔註13〕莫礪鋒，《江西詩派研究》，附錄二〈黃庭堅「奪胎換骨」辨〉，濟南：齊魯書社，1986年博士論文，頁283～305。

類」、「詩語甚相似」……，但其意等同於江西詩派「奪胎」、「換骨」的創作手法。《叢話》中這許多借用前人詩意、詩語、格式的詩例，可以用來進一步詮釋黃庭堅「奪胎換骨」的方法。

從胡仔本人的詩詞創作中，亦明顯可見、胡仔很常使用「奪胎換骨」法創作詩歌。

至於如何區分「奪胎」與「換骨」，個人苦思良久。因為歷代談「奪胎換骨」法，很少有實例可參，且「奪胎」、「換骨」之法，從惠洪《冷齋夜話》所舉的實例，即已錯誤。誤將王安石〈菊詩〉「千花百卉彫零後，始見閑人把一枝。」奪胎於鄭谷〈十日菊〉「自緣今日人心別，未必秋香一夜衰。」之詩意的「奪胎法」說成「換骨法」。把東坡「兒童恨喜朱顏在，一笑那知是酒紅。」用白居易「醉貌如霜葉，雖紅不是春。」詩意的「換骨法」說成「奪胎法」。

但是，惠洪在其文集《石門文字禪》卷十六有一首七言絕句「蘆花蓼花能白紅，數曲秋江慘澹中，好是飛來雙白鷺，為誰粧點水屏風。」即是嫌古詩之詞鄙野，然其理可取，用其意而不用其語的「換骨法」〔註14〕創作。此則可以用來具體說明「奪胎換骨」的意涵，補充《冷齋夜話》的模糊。

「奪胎法」的「規模其意而形容之」；「換骨法」的「不易其意而造其語」，表面上似乎可分，但是在實際上卻有其困難，誠如郭玉雯先生所云：「言意是否可以判然而分？像『換骨法』是否在更換語詞之後，即可完全保留其原來之意？而『奪胎法』既基於前人作品之立意，在造語上是否也受其影響？」〔註15〕，意義與語言，是否能夠完全判然區

〔註14〕此詩前云：「古詩云：蘆花白間蓼花紅，一日秋江慘淡中，兩箇鷺鷥相對立，幾人喚作水屏風。然其理可取，而其詞鄙野，余為改之曰換骨法」，說明自己是以「換骨法」創作。《景印文淵閣四庫全書·石門文字禪》集部55，第1116冊，台灣：商務出版社，頁1116～357。

〔註15〕敦玉雯，〈有關奪胎換骨法若干問題的探討〉，收錄於《宋代文學與思想》，台灣學生書局，中華民國78年8月初版，頁184。

分？似乎顯得棘手。

個人參考各家說法之後，最後決定參酌王源娥先生及莫礪鋒先生的分類法而稍異，將「奪胎換骨」區分為「語襲」（「師前之辭」）、「意襲」（區分為「師前人之意」與「反其意」的翻案之作）、「格襲」三種，將《叢話》中胡仔所云「用……之詩」、「體……詩」、「用……詩意」、「用……語」、「與……詩相類」、「語意全然相類」、「詩語甚相似」……等，不甚明確的批評術語，加以歸類區分，希望能為「奪胎換骨」的創作方法，作一釐清的工作。

（三）用事

誠如嚴羽指出宋詩「以學問為詩」的特色，「用事」亦是江西詩派的特色。胡仔對於「用事」的主張，有以下幾點：

1.「用事」必須摭實，不可憑空捏造。故推崇杜甫〈寄李十二白〉「詩成泣鬼神。」乃是用范傳正李白墓誌銘所引賀知章推崇李白〈烏棲曲〉「可以哭鬼神」之事。李德裕〈述夢詩〉「荷靜蓬池膾，冰寒郢水醪。」反映的是唐學士初夏皇上賜食，皆是蓬萊池魚膾，夏至頒冰及酒，以酒味濃，和冰而飲，禁中有郢酒坊的史實。

2.「用事」的極致典範，乃「精切工整」或事為我用。

如東坡的〈太守徐君猷、通守孟亨之，皆不飲酒，以詩戲之〉詩，東坡因太守徐君猷、通守孟亨之之姓，而用古代徐、孟兩姓典故，姓與事皆合。王安石〈上元夜戲劉貢父〉所用劉向之典故，姓與事皆切合劉貢父〔註16〕。二詩皆可謂用事之極致。

此外，杜甫〈九日藍田崔氏莊〉「明年此會知誰健，醉把茱萸仔細看。」王維〈九日憶東山兄弟〉「遙知兄弟登高處，徧插茱萸少一人。」朱放〈九日與楊凝崔淑期登江上山有故不往〉「那得更將頭上髮，學他年少插茱萸。」三人雖然同樣是表現「重陽節」——登高、插茱萸之習俗的詩，但是三人呈現出三種不同的風格與情感，乃是各有所感，「用

〔註16〕請參第四章第三節「用事」。

事則一，命意不同。」被胡仔推崇為「善於用事」。〔註17〕

3.「用事」必須合乎「字字有來處」的原則。詩歌不論是用僻字，或是用語、用事，必須有出處。

4.「用事」必須避免像李商隱〈馬嵬〉、〈華清池〉等詩，用事失體（不合乎倫理），非當時為人臣子所宜言的敝病。此外，要避免用事錯誤、用事重疊等弊病。

（四）鍊字

胡仔對詩歌的「鍊字」，提出「詩句以一字為工，自然穎異不凡，如靈丹一粒，點鐵成金。」〔註18〕的看法，並歷舉其他詩話討論詩歌「以一字論工拙」的實例。

胡仔之父胡舜陟修改東坡〈水調歌頭〉「低綺戶」為「窺綺戶」，胡仔以為「字既改，其詞益佳」〔註19〕。胡仔則修改徐伸〈二郎神〉「雁足不來，馬嘶難駐」為「雁足不來，馬蹄難去」〔註20〕，以為如此語意乃佳。由以上二例可見，胡仔父子皆熱衷於文字的鍛鍊。

（五）當於理

對於詩歌是否「當於理」，則是胡仔論詩的標準之一。凡不合於常理者，無論是不合於大自然的常理，或者修辭太過誇大，或者議論標新立異，與眾不同，都受到胡仔的批評。

如王建的〈山居〉「閉門留野鹿，分食與山雞」被胡仔批評野鹿與山雞，如此馴狎，與人共食同住，並不合於大自然常理〔註21〕。李白的〈北風行〉用誇飾的修辭描寫「燕山雪花大如席」，被胡仔評論「句可謂豪矣，奈無此理。」〔註22〕

〔註17〕《叢話》後集卷六「杜子美」，頁39～40。
〔註18〕胡仔《叢話》後集卷九，頁64。
〔註19〕《叢話》前集卷五十九，頁407。
〔註20〕《叢話》前集卷五十九，頁410～411。
〔註21〕請參第四章第五節「當於理」。（《叢話》後集卷十四，頁105）
〔註22〕胡仔《叢話》後集卷二十六，頁190。

此外，杜牧的詠史詩〈赤壁〉、〈題商山四皓廟〉、〈題烏江亭〉，因為議論與眾不同，從另一角度批判歷史事件，被胡仔批評為「好異而叛於理」。

（六）貴獨創

詩歌的創作上，胡仔強調要有「自出新意」的獨創能力，「學詩亦然，若循習陳言，規摹舊作，不能變化，自出新意，亦何以名家。」〔註23〕無論是「意」、「語」或「格式」的獨創，胡仔皆頗為推崇賞識。〔註24〕

由以上歸納整理，可見胡仔的詩論，大抵不超出黃庭堅江西詩派詩論的範疇，無論是記錄「體……詩」、「用……詩意」、「用……語」，等同於「奪胎換骨」的詩歌創作的實例；或注重「鍊字」，「點石成金」的文字鍛鍊；或孜孜於「無一字無來處」的用事出處的搜尋；或者強調自立獨創的精神，皆為江西詩派所主張的詩歌理論。此外，胡仔在的詩詞創作上，亦很常運用「奪胎換骨」的方法。

胡仔的詩論與江西詩派詩論，所差異者為江西詩派「尊杜宗黃」，除了推崇杜甫之外，尊黃庭堅為宗派之祖。胡仔則「尊杜」，卻不那麼「宗黃」。胡仔只推崇黃庭堅詩歌「自出機杼，別成一家」的獨創性及「清新奇巧」的風格〔註25〕，但批評黃庭堅詩歌「過於出奇」〔註26〕。對於呂居仁〈宗派圖序〉、惠洪《禁臠》及張耒等人對於黃庭堅的極力推崇，則並不贊同。

〔註23〕《叢話》前集卷四十九，頁333。
〔註24〕請參第四章第六節「貴獨創」。
〔註25〕《叢話》前集卷四十八，苕溪漁隱曰：「……余竊謂豫章自出機杼，別成一家，清新奇巧，是其所長，若言『抑揚反復，盡兼眾體』，則非也。……」（頁327～328）
〔註26〕《叢話》後集卷三十二，苕溪漁隱曰：「後山謂魯直作詩，過於出奇。誠哉是言也。」（頁243）

四、整理胡仔對歷代重要詩人的評論

　　《叢話》單列的名家共十一家，六朝以前只有陶潛，唐朝有杜甫、李白、韓愈、白居易四人，宋朝有歐陽脩、梅聖俞、王安石、東坡、山谷、秦少游六家。〔註27〕

　　本論文對胡仔對歷代重要詩人的評論，加要歸納整理。以「善論其理」、「固窮守道」評論陶潛〈和郭主簿〉、〈止酒詩〉。推崇杜甫詩之無一字無來處，及「老杜體」所樹立的典範；以「句豪無理」評李白〈北風行〉、〈秋浦歌〉；以「善於用事」評王維〈九日憶東山兄弟〉、〈山中送別詩〉；以「閑遠有味」、「曲盡其妙」評韓愈〈遊青龍寺贈崔大補闕〉、〈早春〉詩；以「平易淺近」評論「白居易論」；以「淺近失體」評李商隱〈華清宮詩〉、〈馬嵬〉、〈渾河中詩〉等詩；以「好異叛理」評杜牧〈赤壁〉、〈題烏江亭〉詩。

　　對於宋朝幾位名家皆有評論。對於歐陽脩之詩歌，特別肯定其「意」、「語」或「格式」的獨創，如〈雪詩〉不用陳語，「於艱難中特出奇麗」的語新意奇，〈六月十四夜飛蓋橋玩月〉的「自出胸臆，不肯蹈襲前人」的獨創精神。

　　讚賞王安石〈明妃曲〉、〈上元戲劉貢甫詩〉等詩「辭格超逸」、「用事精切」，讚歎王安石暮年小詩「使人一唱而三歎」。

　　讚美蘇軾的題畫詩「語豪而不畔於理」、「善造語能形容者」，詠物詩則「託物以寓意，此格尤新奇，前人未之有也」、「詞格超逸，不復蹈襲前人」。詠景詩「於長篇中只篇首四句，便能寫盡，語仍快健。」推崇蘇軾南遷之後「老而嚴」的詩歌，認為可以與杜甫夔州以後之詩相媲美。對於蘇軾自嶺外回中原之後的詩，更肯定其「語意高妙」，有如參禪悟道之人。對於蘇軾詩歌「用事」上的功力，胡仔曾多次在《叢話》中予以推崇，如「天生此對」、「事與姓皆同」、「用事親切可喜」。胡仔

〔註27〕《叢話》前後集共收錄：陶潛三卷、杜甫十三卷、李白兩卷、韓愈四卷、白居易兩卷、歐陽脩三卷、梅聖俞一卷、王安石四卷、東坡十四卷、山谷五卷、秦少游一卷。

對蘇軾的推崇讚美,可謂宋朝評價最高的一位,且更甚於唐朝的李白、白居易的評論。

胡仔在詩歌創作技巧與主張,對於黃庭堅江西詩派的詩論多所吸收,但對於黃庭堅的推崇,卻遠不如蘇軾。只以「自出機杼,別成一家」、「清新奇巧」肯定黃庭堅之詩作。

胡仔對秦觀詞的評價,只以「婉美」許之,認為其詞「格力」失之於弱。

胡仔《叢話》對歷代重要詩人篩選與評論,使《叢話》成為後學一本重要的詩學指南。方回〈漁隱叢話考〉曰:「余幼好之,……晝夕竊觀,學詩實自此始……」〔註28〕。其影響後學,可見一般,方回《瀛奎律髓》所立之江西詩派「一祖三宗」,以杜甫為祖,或者受胡仔「以子美之詩為宗」(《叢話》前集卷十四)、「師少陵而友江西」(《叢話》前集卷四十九)的影響,亦未可知。

五、尋找《叢話》的文獻價值

《叢話》前後集一百卷,輯錄了許多珍貴的文獻,如胡仔針對阮閱《詩總》因徽宗宣和五年(1123),下令禁止司馬公、蘇軾等人著作及元祐學術,故阮閱編《詩總》時,有所顧忌,於元祐諸人論詩文字均未收錄,胡仔遂作補遺工作。故《叢話》中收錄元祐諸公文字特多,具有珍貴的文獻價值。

個人比對郭紹虞《宋詩話輯佚》,發現許多宋詩話資料都是直接從《叢話》節錄出來的,如:王立之的《王直方詩話》、洪芻的《洪駒父詩話》、蔡啟的《蔡寬夫詩話》、李頎的《古今詩話》、曾慥的《高齋詩話》、嚴有翼《藝苑雌黃》、范溫《潛溪詩眼》、蔡絛《西清詩話》、闕名《漫叟詩話》、陳輔《陳輔之詩話》、潘子真《潘子真詩話》、劉斧《青瑣詩話》等詩話。

〔註28〕方回,《桐江集》卷七,收錄於宛委別,台灣:商務印書館,中華民國70年10月初版,頁427。

此外，李清照的〈詞論〉、呂本中的〈江西詩社宗派圖〉及圖中詩人名號，皆是最早見於《叢話》之記載，以及阮閱《詩總》原序的保存，蘇軾「烏臺詩案」的檔案，還有一些不見於本集的軼詩〔註29〕，名不見經傳的詩人之詩詞的保存〔註30〕，這些珍貴的文獻資料，都是《叢話》無可取代的價值。

另外，《叢話》所引的八百種左右的文獻中，哪些是現在仍存在的文獻？哪些是現在不存在的文獻？將是之後整理的目標。

六、歸納《叢話》考據糾繆的成果

胡仔《叢話》八百五十四則「苕溪漁隱曰」的按語，除了尋找詩歌用事出處，提出自己的詩觀，評論唐宋名家詩歌，並作了許多其他詩話不曾做過的考證糾繆的功夫。

《叢話》糾正許多詩話誤植作者的錯誤。如《雪浪齋日記》誤將劉夢得詩當成是儲光羲的詩〔註31〕；《西齋話紀》誤將劉夢得詩當成

〔註29〕按：如保存李白軼詩。《叢話》後集卷四引《法藏碎金》云：「予記太白有詩云：『野禽啼杜宇，山蝶舞莊周。』……」（頁25）《叢話》前集卷五引東坡云：「……予都下見有人攜一紙文書，字則顏魯公也，墨跡如未乾，紙亦新健，其詩曰：『朝披夢澤雲，笠釣青茫茫。』此語非太白不能道也。」苕溪漁隱曰：「太白此詩中後云：『暮跨紫鱗去，海氣侵肌涼。』亦奇語也。」（頁29）《叢話》後集卷四苕溪漁隱曰：「新安永西寺，寺依山背，下瞰長溪。太白題詩斷句云：『檻外一條溪，幾回流碎月。』今集中無之。」（頁25）保存李白集中所無之詩一聯。保存包拯軼詩，《叢話》前集卷二十六，苕溪漁隱曰：「包孝肅拯，合肥人。及出守本郡，不肯少屈法以阿鄉曲之好，故流俗稍稍謗議，公乃為詩以見意，其間一聯云：『直幹終為棟，真鋼不作鉤。』其守正不回如此。」（頁180）

〔註30〕如胡仔自己之詩、其父胡舜陟之詩，皆因《叢話》而保存。唐圭璋《全宋詞》有些詞作即從錄出：如胡舜陟之詞〈感皇恩〉〈漁家傲〉（《全宋詞》，頁909～910），胡仔的〈滿江紅〉〈水龍吟〉二詞（《全宋詞》，頁1071～1072），像孫覿〈落梅〉詞（《全宋詞》，頁1038），女子劉彤的〈臨江仙〉（《全宋詞》，頁1071）、廣漢營妓僧兒的〈滿庭芳〉詞（《全宋詞》，頁1071），唐圭璋是從《叢話》前後集錄出。

〔註31〕《叢話》前集卷二十引《雪浪齋日記》云：「荊公喜唐人『楓林社日鼓，茅屋午時雞』，書於劉楚公第。或以為此即儲光羲詩。」苕溪漁隱曰：

是李商隱詩〔註32〕；《冷齋夜話》將白居易〈東城尋春詩〉、〈竹窗詩〉當成是黃庭堅〈責宜州詩〉，又妄評以「魯直學道，故詩閑暇」之語〔註33〕。曾慥《樂府雅詞》誤將李漢老〈秋月詞・念奴嬌〉當成徐師川所作，孫和仲所作〈梅詞・點絳唇〉當成洪覺範所作；誤將晁沖之叔用〈漢宮春・梅詞〉當成是李漢老的作品〔註34〕。糾正曾慥《雅詞》誤將曹元寵〈望月婆羅門詞〉一詞當成是楊如晦的詞〔註35〕。糾正《古今詞話》將秦觀〈千秋歲〉當成是任世德作、將秦觀〈八六子〉當成賀方回作、秦觀〈浣溪沙〉當成涪翁作、將晁無咎〈鹽角兒〉以為晁次膺作、汪彥章〈點絳唇〉以為蘇叔黨作〔註36〕。《王直方詩話》將王安石

「此一聯乃夢得〈秋日送客至潛水驛詩〉，非儲光羲也。」（頁136）

〔註32〕《叢話》前集卷四十引《西齋話紀》云：「李商隱〈路逢王二十入翰林詩〉云：『定知欲報淮南詔，急召王褒入九重。』……」苕溪漁隱曰：「〈路逢王二十入翰林詩〉，乃劉夢得詩，非李商隱詩也。」（頁272）

〔註33〕《叢話》前集卷四十八引《冷齋夜話》云：「……黃魯直〈責宜州詩〉曰：『老色日上面，懽悰日去心，今既不如昔，後當不如今。』『輕紗一幅巾，小簟六尺床，無客盡日靜，有風終夜涼。』……魯直學道，故詩閑暇。……」苕溪漁隱曰：「『老色日上面，……』，乃白樂天〈東城尋春詩〉也。『輕紗一幅巾，……』亦白樂天〈竹窗詩〉也。二詩既非魯直所作，《冷齋》何妄有一學道閑暇」之語邪？」（頁326）

〔註34〕《叢話》前集卷五十九，苕溪漁隱曰：「曾端伯慥，編《樂府雅詞》，以〈秋月詞・念奴嬌〉為徐師川作，〈梅詞・點絳唇〉為洪覺範作，皆誤也。〈秋月詞〉乃李漢老，〈梅詞〉乃孫和仲，……〈念奴嬌詞〉云：『素光練淨映秋山，隱隱脩眉橫綠。……滿天霜曉，叫雲吹斷橫玉。』〈點絳唇〉詞云：『流水泠泠，斷橋斜路梅枝亞。……風吹平野，一點香隨馬。』……又端伯所編《樂府雅詞》中，有〈漢宮春・梅詞〉，云是李漢老作，非也，非晁沖之叔用作，……其詞曰：『瀟洒江梅，向竹梢稀處橫兩三枝，……清香未減，風流不在人知。』」（頁409～410）

〔註35〕《叢話》後集卷三十九，苕溪漁隱曰：「曹元寵本善作詞……如〈望月婆羅門詞〉……曾端伯編《雅詞》，乃以此詞為楊如晦作，非也。」（頁322）

〔註36〕《叢話》後集卷三十九，苕溪漁隱曰：「《古今詞話》以古人好詞，世所共知者，易甲為乙，稱其所作，仍隨其詞牽合為說，殊無根蒂，皆不足信也。如秦少游〈千秋歲〉：『水邊沙外，城郭春寒退。』……乃以為任世德所作。又〈八六子〉『倚危亭，恨如芳草，萋萋剗盡還生』者，〈浣溪沙〉『腳上鞋兒四寸羅』者，二詞皆見《淮海集》，乃以〈八六

之詩當成是梅聖俞之詩〔註 37〕等。又世傳東坡所作的〈江城子〉（「銀濤無際卷蓬瀛」）、〈青玉案〉（「三年枕上吳中路」）二詞，胡仔據《西清詩話》〈江城子〉為葉夢得所作〔註 38〕，據《桐江詩話》考證〈青玉案〉為姚進道所作〔註 39〕。

　　此外，仔細尋繹，糾正詩人的用事錯誤，即使是大詩人歐陽脩〔註 40〕、東坡〔註 41〕亦不能免，此皆胡仔《叢話》用心致力之處。

子〉為賀方回作，以〈浣溪沙〉為涪翁作。晁無咎〈鹽角兒〉『開時似雪，謝時似雪，花中奇絕』者，為晁次膺作，汪彥章〈點絳唇〉『新月娟娟，夜寒江靜山啣斗』者，為蘇叔黨作，皆非也。」（頁 323～324）

〔註 37〕《叢話》前集卷三十一引《王直方詩話》云：「……陳無己喜聖俞詩，獨誦其兩句云：『胡地馬牛歸隴底，漢人煙火起湟中。』」苕溪漁隱曰：「《臨川集》荊公〈次韻元厚之平戎慶捷詩〉，即是此兩句，王直方稱陳無己喜聖俞詩，獨誦此兩句。余遍閱《宛陵集》無此兩句，乃直方之誤。」（頁 216）

〔註 38〕唐圭璋《全宋詞》即是依據《叢話》之考證，將〈江城子〉詞，從張元幹詞中刪掉。《全宋詞》，唐圭璋，台北：明倫出版社，中華民國 59 年 12 月初版，頁 1088。良玉按：《全宋詞》詞牌名為〈江神子〉。

〔註 39〕苕溪漁隱曰：「……世傳〈江城子〉、〈青玉案〉二詞、皆東坡所作，然《西清詩話》謂〈江城子〉乃葉少蘊作，《桐江詩話》謂〈青玉案〉乃姚進道作。……〈江城子〉云：『銀濤無際卷蓬瀛，落霞明，暮雲平，……千古恨，入江聲。』〈青玉案詞〉云：『三年枕上吳中路，遣黃耳隨君去。……春衫猶是，小蠻針線，曾濕西湖雨。』」（《叢話》前集卷五十九，頁 409～410）

〔註 40〕如《叢話》前集卷三十引《西清詩話》云：「歐公〈謝人寄牡丹詩〉：『邇來不覺三十年，歲月纔如熟羊胛。』……苕溪漁隱曰：「余讀《資治通鑒》云：『唐太宗時，骨利幹遣使入貢。骨利幹於鐵勒諸部為最遠，晝長夜短，日沒後天色正曛，煮羊胛適熟，日已復出矣。』所紀與史載小異。此作羊胛，歐公作羊胛，仄聲押韻，未知孰是。」（頁 208）良玉按：胡仔以《資治通鑒》考據，以為歐陽脩〈謝人寄牡丹詩〉「羊胛」恐怕應為「羊胛」才是。

〔註 41〕《叢話》前集卷四十，苕溪漁隱曰：「（東坡）〈和子由使契丹至涿州見寄詩〉云：『始憶庚寅降屈原，旋看蠟鳳戲僧虔。』《晉書》：『王弘與兄弟會集，任子孫戲：僧達跳下地作虎子；僧綽正坐采蠟燭珠為鳳凰，僧達奪取打壞，亦復不惜；僧虔累十二博棋，既不墜落，亦不重作。』則勤鳳凰戲乃僧綽也。又〈立春日與李端叔詩〉云：『丞掾頗哀亮。』定武有此碑本，坡自大字寫之，作『亮』字。後漢馬援為隴西太守，務開恩信，寬以待下，任吏以職，但總大體而已。諸曹時白外事，援

　　《叢話》的考證糾繆，往往為後人所割裂剽竊，個人發現南宋魏慶之《詩人玉屑》、蔡夢弼《草堂詩話》有一些資料，都是直接從《叢話》引用，甚至剽竊胡仔「苕溪漁隱曰」的按語而不注明出處，從這兩本和胡仔同一時代的南宋詩話，即可見《叢話》對當代及後世的價值與影響。

　　由於胡仔《叢話》致力於考證糾繆者頗多，本論文限於篇幅，只是概略列舉一二，待將來再續作論文整理。

輒曰：『此丞掾之任，何足相煩，頗哀老子，使得遨遊，若大姓侵小民，點吏不從令，此乃太守事耳。則「亮」字當作「掾」也』。又〈次韻錢舍人病起〉云：『何如一笑千病散，絕勝倉公飲上池。』《史記》：『扁鵲遇長桑君曰：我有禁方，年老欲傳與公。乃出其懷中藥予扁鵲：飲是以上池之水，三十日當知物矣。』則非太倉公也。」（頁270～271）良玉按：胡仔糾正東坡詩「用事」之誤三首。〈和子由使契丹至涿州見寄詩〉云：「始憶庚寅降屈原，旋看蠟鳳戲僧虔。」以《晉書》考證當為「僧綽」才對。〈立春日與李端叔詩〉云：「丞掾頗哀亮。」「亮」字當作「掾」字才對。〈次韻錢舍人病起〉云：「何如一笑千病散，絕勝倉公飲上池。」以《史記》辨證「倉公」當為「扁鵲」才對。

重要引用書目

古籍

1. 《四部叢刊正編・春秋繁露》，台灣：商務書局，中華民國？年（未注明）。

2. 《四部叢刊正編・雲笈七籤》，台灣：商務書局，中華民國？年（未注明）。

3. 《景印文淵閣四庫全書・石門文字禪》集部 55，第 1116 冊，台灣：商務出版社。

4. 《禮記正義》，十三經注疏整理委員會整理，北京大學出版社，2000 年 12 月第一版。

5. 《楚辭補注》，宋・洪興祖撰，台北：漢京文化事業有限公司，中華民國 72 年 9 月初版。

6. 《山海經校注》，袁珂校注，台北：里仁書局，中華民國 84 年初版三刷。

7. 《史記會注考證》，漢・司馬遷撰，日・瀧川龜太郎注，台北：洪氏出版社，中華民國 72 年 10 月再版。

8. 《漢書》（百衲本二十四史），漢・班固撰，台灣：商務書局，中華民國 70 年 1 月台 5 版。

9. 《後漢書》，南朝宋・范曄，楊家駱主編，台北：鼎文書局，中華民國 69 年 8 月初版。

10. 《晉書》，唐・房玄齡等，楊家駱主編，台北：鼎文書局，中華民國 69 年 8 月初版。

11. 《宋史》，元・脫脫等，楊家駱主編，台北：鼎文書局，中華民國 69 年 8 月初版。

12. 《新校本舊唐書》，後晉・劉昫等撰，楊家駱主編，台北：鼎文書局，中華民國 70 年元月初版。

13. 《增補六臣注文撰》，梁・蕭統撰，李善等注，台北：華正書局，中華民國 70 年初版。

14. 《陶淵明詩箋注》，晉・陶潛撰，丁仲祜箋注，台北：藝文印書館，中華民國 94 年初版七刷。

15. 《李太白詩歌全集》，唐・李白撰，清・王琦注，劉建新校勘，北京：今日中國出版社，1997 年 11 月第一版。

16. 《杜詩鏡銓》，唐・杜甫撰，清・楊倫編輯，台北：華正書局，中華民國 67 年 12 月初版。

17. 《韓昌黎詩繫年集釋》，唐・韓愈撰，錢仲聯編，台北：學海出版社，中華民國 74 年 1 月初版。

18. 《苕溪漁隱叢話》，宋・胡仔，廖德明點校，台北：長安出版社，中華民國 67 年 12 月初版。

19. 《歐陽脩全集》，宋・歐陽脩著，台北：河洛圖書出版社，中華民國 64 年 3 月初版。

20. 《王文公文集》，宋・王安石著，上海：人民出版社，1974 年 9 月第一版。

21. 《蘇文忠公詩編註集成》，宋・蘇軾，清・王文誥箋注，台北：學生書局，中華民國 76 年 10 月第三次印刷。

22. 《經進東坡文集事略》，宋・蘇軾，台北：世界書局，中華民國

64 年 1 月再版。

23. 《山谷詩集注》，任淵、史容、史季溫注，上海：古籍出版社，2003 年 12 月第一版。

24. 《山谷題跋》，宋·黃庭堅著，屠友祥校注，上海：遠東出版社，1999 年 1 月第 1 版。

25. 《李清照集》，宋·李清照，台北：河洛出版社，中華民國 64 年 3 月初版。

26. 《王荊公詩李氏注附沈氏堪誤補正》，宋·李璧注，台北：鼎文書局，中華民國 68 年 9 月初版。

27. 《蘇軾文集》，宋·蘇軾撰，孔凡禮點校，北京：中華，1992 年 3 月初版。

28. 《蘇轍集》（欒城集），宋·蘇轍撰，台北：河洛圖書出版社，中華民國 64 年 10 月臺初版。

29. 《淮海集箋注》，宋·秦觀撰，徐培均箋注，上海古籍出版社，2000 年 11 月第 2 次印刷。

30. 《桐江集》，元·方回，宛委別藏，台灣：商務印書館，中華民國 70 年 10 月初版。

31. 《影印摛藻堂四庫全書》，台北：世界書局，中華民國 77 年 2 月台初版。

32. 《四庫全書總目》，清·紀昀等，台北：藝文印書館，中華民國 68 年 12 月五版。

33. 《雲笈七籤》，四部叢刊子部，台灣商務印書館。

34. 《文心雕龍校注》，南朝梁·劉勰撰，楊明照校注，台北：河洛出版社，中華民國 65 年初版。

35. 《老學庵筆記》，宋·陸游，台北：木鐸出版社，中華民國 71 年初版。

36. 《詩人玉屑》，宋·魏慶之，世界書局，2005 年 5 月七版。

37. 《《瀛奎律髓刊誤》，元・方回撰，清紀曉嵐批點（收錄於《叢書集成續編》第 114 冊），台北：新文豐，中華民國 78 年初版。

38. 《詩藪》，明・胡應麟，台北：廣文書局，中華民國 62 年 9 月初版。

39. 《唐詩品彙》，明・高棅，上海古籍，中華民國 77 年初版。

40. 《甌北詩話》，清・趙翼，台北：木鐸出版社，中華民國 71 年 4 月初版。

41. 《歷代詩話》，清・何文煥輯，台北：漢京文化事業有限公司，中華民國 72 年 1 月初版。

42. 《續歷代詩話》，丁仲祐編，台北：藝文印書館，中華民國 72 年四版。

43. 《歷代詩話續編》，丁仲祐輯，台北：木鐸出版社，中華民國 70 年 3 月初版。

44. 《清詩話》，丁福保輯，台北：木鐸出版社，中華民國 77 年 9 月初版。

45. 《清詩話續編》，台北：藝文印書館，中華民國 74 年 9 月初版。

46. 《全唐詩》，清・聖祖御製，台北：明倫出版社，中華民國 60 年 5 月初版。

47. 《全唐五代詞》，張璋、黃畬編，台北：文史哲，中華民國 75 年台一版。

48. 《全宋詞》，唐圭璋編輯，台北：明倫出版社，中華民國 59 年 12 月初版。

近人著作

1. 《南宋文學批評彙編》，張健編輯，台北：志文出版社，中華民國 67 年 12 月初版。

2. 《宋詩話考》，郭紹虞，台北：漢京文化事業有限公司，中華民國 72 年元月初版。

3. 《宋詩話輯佚》，郭紹虞，台北：華正書局，中華民國 70 年 12 月初版。

4. 《江西詩社宗派研究》，龔鵬程，台北：文史哲出版社，中華民國 72 年 10 月初版。

5. 《宋詩綜論叢編》，高雄：麗文文化事業股份有限公司，1993 年 10 月。

6. 《中國文學發展史》，劉大杰，台北：華正書局，1984 年 5 月出版。

7. 《兩宋文史論叢》，黃師啟方，台北：學海出版社，中華民國 74 年 10 月初版。

8. 《李太白研究》，夏敬觀，台北：里仁書局，中華民國 74 年初版。

9. 《宋詩論文選輯》（一），黃永武、張高評編著，高雄：復文書局，中華民國 77 年 5 月初版。

10. 《宋詩論文選輯》（三），高雄：復文圖書出版社，中華民國 77 年 5 月初版。

11. 《唐宋詩舉要》，高步瀛，台北：學海出版社，中華民國 77 年再版。

12. 《中國詩話史》，蔡鎮楚，湖南：湖南文藝出版社，1988 年 5 月第 1 版。

13. 《宋代文學與思想》，黃師啟方，台灣：學生書局，中華民國 78 年 8 月初版。

14. 《宋詩三百首》，金性堯，台北：書林出版有限公司，1990 年 10 月一版。

15. 《詩話與詞話》，張葆全，台北：萬卷樓圖書有限公司，中華民國 80 年初版。

16. 《靈谿詞說》，繆鉞、葉嘉瑩合著，台北：正中書局，中華民國 82

年 8 月臺初版。

17. 《黃庭堅年譜新編》，鄭永曉，社會科學文獻研究社，1997 年 12 月。

18. 《黃庭堅研究論集》，黃師啟方，安徽人民出版社，2005 年 12 月 第 1 次印刷。

19. 《宋代詩學》，張思齊，長沙：湖南人民，2000 年出版。

20. 《以俗為雅──推陳出新的宋詩》，莫礪鋒，遼海出版社，2001 年 1 月初版。

21. 《詩話與詩評》，張健，臺北：文津出版社有限公司，2006 年 6 月 一刷。

22. 《且介亭雜文二集》，魯迅，台北：風雲時代出版公司，中華民國 79 年 3 月初版。

23. 《宋詩鑑賞辭典》，上海：上海辭書出版社，1987 年 12 月一版。

24. 《宋遼金詩鑑賞》，上海，上海古籍出版社，1998 年 12 月第一 版。

25. 《宋詞鑑賞辭典》，上海：上海辭書出版社，1988 年 4 月第 1 版。

26. 《蘇軾選集》，王水照，台北：萬卷樓圖書有限公司，中華民國 86 年 2 月初版二刷。

27. 《王維詩》，鄧安生等譯注，台北：錦繡出版事業股份有限公司， 中華民國 82 年再版。

28. 《杜牧詩選》，周錫韋復選注，台北：遠流出版社，2000 年二版。

29. 《王安石詩選》，周錫韋復選注，台北：遠流出版社，2000 年台 灣二版一刷。

30. 《楊貴妃》，南宮博，麥田出版社，2002 年 4 月初版。

31. 《李白詩選》，馬里千選注，台北：遠流出版社，2003 年二版。

32. 《李商隱詩選注》，陳永正選注，台北：遠流出版社，2003 年台 灣二版。

33. 《王維詩選》，王福耀選注，台北：遠流出版社，2004 年台灣二版三刷。

34. 《秦觀詩詞文選評》，徐培均‧羅立剛撰，上海：上海古籍出版社，2003 年 12 月第 1 版。

學位論文

1. 《北宋詩學中「寫意」課題研究》，謝佩芬，台灣大學中文所博士論文，國立台灣大學出版委員會，中華民國 87 年 6 月初版。

2. 《黃庭堅詩論探微》，王源娥，東吳大學中文所碩士論文，中華民國 72 年。

3. 《江西詩派研究》，莫礪鋒，齊南：齊魯書社，南京大學中文所博士論文，1986 年 10 月第 1 版。

4. 《烏臺詩案研究》，江惜美，東吳大學中國文學研究所碩士論文，中華民國 75 年。

5. 《歐陽脩詩文理論及實踐》，歐陽美慧，中山大學中國語文系研究所碩士論文，中華民國 93 年。

6. 《宋詩話考》，鄧國軍，四川大學博士論文，2003 年 3 月 18 日。

單篇論文

1. 〈在資訊環境建構宋人筆記資料對宋代文學研究的意義——以釋惠洪《冷齋夜話》與胡仔《漁隱叢話》中蘇軾之相關述論為例〉，黃師啟方，第一屆「文學與資訊」科技會議，專題演講。

2. 〈胡仔生卒年及其他〉，曹濟平，《文學遺產》，1981 年第一期，頁 102～103。

3. 〈胡仔的生平、家世及其詞學觀點〉，楊海明，《江蘇師範學院學報》，1982 年第二期，頁 34～39。

4. 〈胡仔及其《苕溪漁隱叢話》〉，胡家祚，《徽州師專學報》，1983 年第一期。

5. 〈胡仔生年考〉，吳洪澤，《文學遺產》，1989 年第一期，頁 107。

6. 〈胡仔生平考述〉，葉當前、楊麗，《湖州師範學院學報》第六期
（2006 年 12 月），頁 54～57。

7. 〈論胡仔《苕溪漁隱叢話》的編纂方法及其寓義〉，張雙英，《中
華學苑》第四十五期，中華民國 84 年 3 月，頁 367～409。

8. 〈胡仔詩歌批評析論〉，張雙英，《宋代文學研究叢刊》第二期，
張高評主編，高雄：麗文文化事業有限公司，1996 年 9 月，頁 247
～259。

9. 〈試探胡仔論惠洪評詩之弊的理論基礎——作家兼批評家時角
色的糾葛〉，張雙英，《中國文學批評的理論與實踐》，台北：萬卷
樓，中華民國 79 年出版，頁 95～127。

10. 〈胡仔及其《苕溪漁隱叢話》論略〉，莫道才，《廣西師範大學學
報》，1992 年第三期，頁 59～63。

11. 〈胡仔的詞學批評探賾〉，李揚，《河南師範大學學報》第 25 卷
第 1 期，1998 年，頁 72～76。

12. 〈論《苕溪漁隱叢話》的詞學思想〉，顏翔林，《中國文學研究》，
2000 年第 2 期，頁 3～7。

13. 〈論《苕溪漁隱叢話》的宋詩史觀〉，聶巧平，《文學遺產》，2004
年第三期，頁 83～94。

14. 〈論三大宋代詩話總集的詩學思想——《詩話總龜》《苕溪漁隱
叢話》《詩人玉屑》的詩學思想比較研究〉，葉當前，《曲靖師範學
報》第 24 卷第 5 期，2005 年 9 月，頁 26～33。

電子資料庫

1. 國家圖書館的電子資料庫《四庫全書》。

2. 簫堯，「中國詩苑」（全唐詩）http://www.xysa.com/quantangshi/t-
731.htm

3. 簫堯，「全宋詞」http://www.xysa.com/xysafz/book/quansongci/t-

0022.htm

4. 蕭堯，「漢書」http://www.xysa.net/a200/h350/02qianhanshu/t-index.htm

5. 蕭堯，「晉書」http://www.xysa.net/a200/h350/05jinshu/t-index.htm

6. 蕭堯，「舊唐書」http://www.xysa.net/a200/h350/16jiutangshu/t-index.htm

7. 蔣嫦花，〈試論李商隱詩歌的獨特境界〉2005-7-25，網路資料，慧師網，http://www.18edu.com

8. 韓學宏，長庚大學通識教育中心助理教授，〈「隔葉黃鸝」、「出谷遷喬」與「千里鶯啼」——從鳥類生態角度談《全唐詩》中的黃鶯與黃鸝〉，網路資料，http://memo.cgu.edu.tw/fun-hon/%E9%BB%83%E9%B6%AF%E8%88%87%E9%BB%83X.htm

9. 國語辭典，中華民國 87 年 4 月版，http://140.111.34.46/dict/

10. 《鵬程隨筆》，〈四川壓酒〉，龔鵬程，2004.12.04，http://www.fgu.edu.tw/~kung/post32.htm

11. 《莫礪鋒詩話》，卷八，黃昏，http://bbs.yuwennet.com/dispbbs.asp?boardid=139&id=16064&page=1

12. 精品課程網，中國古代文學課程網，http://210.35.160.8/gdwxw/htj019.htm

13. 胡迎建，〈論黃庭堅的題畫詩〉（紀念黃庭堅誕生 960 周年學術研討會論文），http://www.poetry-cn.com/forum/web_read.php?id=1640

14. 《酒牌》，清陳洪綬，任熊、欒保群解說，山東畫報出版社，2005 年 9 月版，http://www.amazon.cn/detail/product.asp?prodid=zjbk192805&source=210088

15. 《人民日報海外版》，〈斜陽外　寒鴉萬點　流水繞孤村（妙句之妙）——宋·秦觀〈滿庭芳〉〉，2006 年 01 月 04 日第七版，http://www.people.com.cn/GB/paper39/16559/1458878.html

16. 佛教續藏經，第八十八冊，《居士傳》卷25，http://www.cbeta.org/result/normal/X88/1646_025.htm

17. 僧璨，〈信心銘〉，唐玄覺大師所撰〈永嘉大師證道歌〉，道教文化資料庫：http://www.taoism.org.hk/religious-activites&rituals/inner-alchemy/pg5-5-intro.htm

18. 《樂邦文類》卷三，http://www.suttaworld.org/big5-txt/sutra/lon/other47/1969a/1969-3.htm

19. 詩詞在線，http://www.chinapoesy.com/SongCi_chenke.html

20. 《宋詩鈔》（7），清吳之振，《浮溪集鈔》，http://bbs4.xilu.com/cgi-bin/bbs/view?forum=wave99&message=12336

附錄：胡舜陟詩論

摘要

　　胡舜陟號「三山老人」，乃《苕溪漁隱叢話》的作者胡仔之父〔註1〕，其詩論存在《苕溪漁隱叢話》前後集一百卷之中，其中前集有19則〔註2〕，後集有5則，總共有24則。

　　胡舜陟的24則詩論，承北宋初歐陽脩《六一詩話》以來「以資閒談」之風格、其中除了有關杜甫詩的詩論注解多達8則之外，所評論的文體牽涉文（孫元中〈啟事〉）、賦（賈誼〈鵩鳥賦〉）、史（《舊唐書》、《新唐書》）。所評論的時代則縱跨漢、唐、宋三代，而以唐、宋為主。另外還有僧人的異人異事，輕鬆的隨筆風格。

　　胡舜陟的詩論屬於傳統儒者的詩論，在詩歌思想上有濃厚的忠君愛國的思想，故以杜甫為典範，又重視詩歌的諷諫作用。在詩歌技巧上，注重用事、鍊字等技巧，避免詩病。

關鍵詞：胡舜陟、三山老人、詩論、詩話

〔註1〕苕溪漁隱曰：「三山老人，乃吾先君之道號也。」胡仔，《苕溪漁隱叢話》前集卷六，台北：長安出版社，中華民國67年12月初版，頁34。

〔註2〕《苕溪漁隱叢話》前集共有「三山老人曰」18則加上「苕溪漁隱曰：先君嘗云」（前集卷五十九）1則，共有19則。

前言

近人郭紹虞在其著作《宋詩話考》中評論《苕溪漁隱叢話》一書時，曾曰：「其中三山老人語錄與漁隱所加案語，均可別輯成書。」〔註3〕可見三山老人胡舜陟與胡仔的詩論，均有其詩論上的價值。

雖然胡舜陟不以詩文名家，在北宋文壇並非舉足輕重的文人，但其詩論有其文學史上的價值，由於至今尚無人整理胡舜陟的詩論，故余不揣翦陋，撰斯文以盡一己之力。

壹、胡舜陟生平

胡舜陟（1083～1143），字汝明，徽州績溪人。晚年自號三山老人。《宋史》有傳〔註4〕。登北宋大觀三年（1109）進士第，調山陰縣簿。歷任會州、秀州教諭。改宣教朗，遷監察御史。

宋高宗即位後，轉任朝請郎，以集英殿修撰出知廬州。任內修城池、備戰具，安定地方，使廬州成為淮西儲備州中唯一安定的州。擢徽猷閣待制，充淮西制置使，臨安知府，徽猷閣待制，京數路宣撫使，廬、壽鎮撫使，淮西安撫使。紹興六年（1136）為廣西經略，知靜江府。七年以政績封績溪開國男，進封子爵。八年（1138）上疏彈劾秦檜十大罪狀，被秦檜指使御史中丞常同上奏罷免。十年（1140），復任，進封新安伯，加封金紫光綠大夫、明國公。十一年（1141）十月，秦檜陷害岳飛，舜陟上疏為岳飛辯誣。十三年（1143），轉運使呂源與胡舜陟有舊仇，呂向朝廷誣告胡舜陟「受金盜馬」、「訕笑朝廷」，秦檜乘機挾權報復，奏派大理寺官袁楠、燕仰等審訊，將胡舜陟逼死獄中。

胡舜陟有惠愛，邦人聞其死，為之哭。其妻江氏訴於朝，詔通判德慶府洪元英究實。元英言：「舜陟受金盜馬，事涉曖昧，其得人心，

〔註3〕郭紹虞，《宋詩話考》，漢京文化事業有限公司，中華民國72年元月20日初版，頁83。

〔註4〕《新校本宋史并附編三種》（十四）（列傳第一百三十七），楊家駱主編，台北：鼎文書局，中華民國69年5月再版，頁11668～11670。

雖古循吏無以過。」帝謂檜曰：「舜陟從官，又罪不至死，勘官不可不懲。」遂送桷、仰之吏部。後詔贈少師。著作有《奏議文集》、《三山老人語錄》、《胡少師總集》6卷等。岳飛曾於靖康年間途經績溪縣華陽鎮時宿於胡舜陟家中，胡舜陟時任殿中侍御史。岳飛與胡舜陟之父胡咸話別時，曾題詩稱讚其子胡舜陟，身為侍御史，而不畏強權、對抗奸佞的勇氣：「杲杲日初出，浮雲已半空。梳頭促鞍馬，不覺東窗紅。別酒灑行淚，揮戈敢立功。聞公侍御子，奮臂折奸雄。」

貳、胡舜陟詩論

　　胡舜陟詩論——《三山老人語錄》，保存於《苕溪漁隱叢話》前後集一百卷〔註5〕中的「三山老人語錄」中，其中《叢話》前集共有 19 則〔註6〕，《叢話》後集有5則，總共有24則。茲就此24則加以歸納分析如下。

一、以杜甫為典範

　　胡舜陟24則詩論，有關杜甫詩的評論注解多達8則，佔了三分之一，胡舜陟喜愛杜甫詩，在《叢話》前集卷十三，胡仔曾說：

　　　先君平日，尤喜作詩，手校老杜集，所正舛誤甚多。句法，
　　　暮年深得其意味……〔註7〕

由此，可見胡舜陟的詩學取向。

　　這8則有關杜詩的評論，或者尋找其用事出處，或者詮釋其義，或者注解，間或闡其詩觀。

（一）字字有來處

北宋末期到南宋時期，受黃庭堅江西詩論的影響：

〔註5〕《苕溪漁隱叢話》以下將簡稱《叢話》。
〔註6〕包括胡仔《叢話》前集卷四十九有1則「苕溪漁隱曰：先父嘗云」，台
　　　北：長安出版社，中華民國67年12月初版，頁407。
〔註7〕《叢話》前集卷十三，頁87。

老杜作詩，退之作文，無一字無來處，蓋後人讀書少，故謂
韓、杜自作此語耳。古人能為文章，真能陶冶萬物，雖取古
人陳言入翰墨，如靈丹一粒，點鐵成金也。〔註8〕

黃庭堅教導後學以杜甫詩歌、韓愈文章為經典楷模，並認為杜、
韓之詩文的成功，乃在於從傳統中吸收營養——「取古人陳言」溶入自
己的詩歌文章，而造成「點鐵成金」的效果。

在黃庭堅「無一字無來處」的影響之下，開啟了後人許多詩話尋找
出處的詮釋運動。胡舜陟 24 則詩論中有 2 則有關造語出處的尋找：

三山老人《語錄》云：「張平子〈南都賦〉：『涓水蕩其胸。』
相如〈子虛賦〉：『弓不虛發，中必決眥。』〈望嶽詩〉：『蕩胸
生層雲，決眥入歸鳥。』借用二賦中字也，胸與眥當於山言
之，或以人言之非也。」〔註9〕（《叢話》前集卷九）

此則找出杜甫〈望嶽詩〉〔註10〕一詩的「蕩胸生層雲」的「蕩胸」一
詞出自於張衡〈南都賦〉的「涓水蕩其胸。」而「決眥入歸鳥」的「決
眥」一詞乃是出自於司馬相如〈子虛賦〉的「中必決眥」。

杜甫這兩句詩描述泰山緩緩升起的雲氣，蕩滌著他的心靈，極目
遠眺暮色中鳥兒的身影隱沒在出林之中。

另外《三山老人語錄》，還有一則談到韓愈詩的出處：

《三山老人語錄》云：「揚子雲《法言》：『鴻飛冥冥，弋人何
慕焉。』一本慕作纂。退之詩：『肯效屠門嚼，久嫌弋者纂。』」
〔註11〕（《叢話》前集卷十七）

此則找出韓愈〈崔十六少府攝伊陽，以詩及書見投，因酬三十韻〉「肯

〔註 8〕《叢話》前集卷九，頁 56。
〔註 9〕胡仔《叢話》前集卷九，台北：長安出版社，中華民國 67 年 12 月初
版，頁 61。
〔註10〕杜甫〈望嶽〉：「岱宗夫如何，齊魯青未了。造化鍾神秀，陰陽割昏曉。
蕩胸生曾（通作層）雲，決眥入歸鳥。會當凌絕頂，一覽眾山小。」
（《杜詩鏡銓》，清·楊倫編輯，台北：華正書局，頁 1～2）
〔註11〕《叢話》前集卷十七，頁 114～115。

效屠門嚼，久嫌弋者纂。」〔註12〕一詩中的「久嫌弋者纂」乃是出自於揚雄《法言》的「弋人何纂」。韓愈此詩呈現的心情為：寧可經過肉鋪而大嚼，縱使不能得到，至少心中稍可自慰，早已厭惡統治者對隱逸賢者的無可奈何的態度。

胡舜陟這兩則尋找出處的解詩法，只能說明時代的影響，對詩句本身的理解賞析，並沒有進一步的解釋或分析。南宋陸游《老學庵筆記》曾經對這種「「無一字無來處」的解詩法，提出了異議：「今杜詩，但尋出處，不知少陵之意，……縱使字字尋得出處，去少陵之意益遠矣。……〔註13〕

胡舜陟尚有一則注釋宋朝蘇轍〈省事詩〉中的「省事」之語的涵義——乃「省念入道」。

　　《三山老人語錄》云：「蘇子由嘗作〈省事詩〉云：『早歲讀書無甚解，晚年省事有奇功。』〔註14〕蓋省事即省念入道之

〔註12〕韓愈此詩詩名為〈崔十六少府攝伊陽，以詩及書見投，因酬三十韻〉「崔君初來時，相識頗未慣。但聞赤縣尉，不比博士慢。賃屋得連牆，往來忻莫間。我時亦新居，觸事苦難辦。蔬飧要同吃，破襖請來綻。謂言安堵後，貸借更何患。不知孤遺多，舉族仰薄宦。有時未朝餐，得米日已晏。隔牆聞讙呼，眾口極鵝雁。前計頓乖張，居然見真贋。嬌兒好眉眼，袴腳凍兩骭。捧書隨諸兄，累累兩角丱。冬惟茹寒虀，秋始識瓜瓣。問之不言饑，飯若厭魚蔥。才名三十年，久合居給諫。白頭趨走裏，閉口絕謗訕。府公舊同袍，拔擢宰山澗。寄詩雜詼俳，有類說鵾鶋。上言酒味酸，冬衣竟未撰。下言人吏稀，惟足彪與虥。又言致豬鹿，此語乃善幻。三年國子師，腸肚習藜莧。況住洛之涯，魴鱒可罩汕。肯效屠門嚼，久嫌弋者纂。謀拙日焦拳，活計似鋤剗。男寒澀詩書，妻瘦剩腰襻。為官不事職，厥罪在欺謾。行當自劾去，漁釣老葭菼。歲窮寒氣驕，冰雪骨碓棧。音問難屢通，何由覿清盼。」（《全唐詩》，清聖祖御製，台北：明倫出版社，中華民國60年5月初版，頁3802〜3803）

〔註13〕陸游，《老學庵筆記》卷七，台北：木鐸出版社，1982年初版，頁95。

〔註14〕蘇轍〈省事〉：「早歲讀書無甚解，晚年省事有奇功。自許平生初不錯，人言畢竟兩皆空。空中有實何人見，實際心知與佛同。煩惱消除病亦去，閉門便了此生中。」（《景印文淵閣四庫全書·欒城第三集》集部51，台灣商務印書館，中華民國75年7月初版，頁1112〜814）

門也。」〔註15〕（《叢話》前集卷四十六）

（二）以方言入詩

　　古詩與漢唐詩，是很少有俗字俚語進入詩歌的，但胡舜陟發現杜甫〈重過何氏〉一詩中已有以方言入詩，並為其注釋。

　　　　《三山老人語錄》云：「〈重過何氏〉詩云：『花妥鶯梢蝶，溪
　　　　喧獺趁魚。』西北方言以墮為妥，花妥即花墮也。」〔註16〕
　　　　（《叢話》前集卷十）

另一則，胡舜陟也談到王安石以當時「殺風景」俚俗之義嵌入詩句中：

　　　　《三山老人語錄》云：「唐人以對花啜茶，謂之殺風景，故荊
　　　　公〈寄茶與平甫詩〉有「金谷看花莫謾煎」之句。」〔註17〕
　　　　（《叢話》前集卷二十二）

此則記錄王安石〈寄茶與平甫詩〉以「對花啜茶」（光喝茶不喝酒）這等「殺風景」之事入詩。在《叢話》前集曾引蔡絛《西清詩話》引李商隱《義山雜纂》所談當時俚語習俗。其中有關「殺風景」舉了六個例子：「清泉濯足，花上曬褌，背山起樓，燒琴煮鶴，對花啜茶，松下喝道。」〔註18〕

　　近人莫礪鋒先生在〈論宋詩的「以俗為雅」及其文化背景〉中從蘇、黃及其他宋代詩人的作品中發現「以俗為雅」的兩種涵義。

　　一種是詩歌語言的「以俗為雅」。從漢魏六朝到隋唐五代，除了杜甫等少數人之外，詩人是不允許俗字俚語進入詩歌。到了宋代，詩人們

〔註15〕《叢話》前集卷四十六，頁 317。
〔註16〕《叢話》前集卷十，頁 63。
〔註17〕《叢話》前集卷二十二，頁 147。
〔註18〕《叢話》前集卷二十二，頁 147。前集卷二十二並有晏殊花前喝酒作
　　　　詩曰：「稽山新茗綠如煙，靜挈都藍煮惠泉，未向人間殺風景，更持醪
　　　　醑醉花前。」王安石因蔣大澤之奇夜謁公于蔣山，以「松下喝道」為
　　　　「殺風景」入詩「扶衰南陌望長楸，燈火如星滿地流，但怪傳呼殺風
　　　　景，豈知禪客夜相投。」後集卷二十三蘇軾〈次韻林子中春日兄寄詩〉
　　　　云：「為報年來殺風景，連江夢雨不知春。」等詩。

不再受這種觀點束縛。蘇、黃、陳師道詩中都有俚語俗字。……一種是詩歌題材方面的「以俗為雅」，唐代詩歌題材大體上被局限於以宮廷為中心的狹小範圍之內，除了杜甫、韓愈少數人的少量作品外，唐代詩壇對那些平凡、瑣屑的題材是不甚注意的。入宋以後，詩歌風氣有了很大的轉變。從歐陽脩、梅堯臣開始，詩人們把審美的目光投向生活的各個角落。〔註19〕

（三）詩歌反映政治與社會

劉若愚先生在《中國詩學・中國的傳統詩觀》中論及道學主義者的觀點時曾說過：

> 對於大多數正統的儒家學者來說，承襲孔子以來的「詩教」
> 觀念。堅持「溫柔敦厚，詩教也」（《禮記・經解》）的功用，
> 「詩教」　詩歌對人民塑造品性的教育作用。此外，認為
> 詩的功用尚包含對社會和政治事件的批判，反映人民對政府
> 的感情而且暴露社會弊病。但在反映手法上詩人應該是溫和
> 的，所謂「怨誹而不亂」，為達此目的，詩人應該使用寓言和
> 諷喻，而不是公開攻擊政府，這稱為「諷諫」。〔註20〕

胡舜陟秉持中國傳統的道學家詩觀，認為詩歌乃是溫和地反映人民對政府的感情，而且暴露社會弊病，故其在詮釋杜甫的〈登慈恩寺塔〉一詩時，云：

> 《三山老人語錄》云：「〈登慈恩寺塔〉詩，譏天寶時事也。
> 山者，人君之象，『秦山忽破碎』，則人君失道矣。賢不肖混
> 殽而清濁不分，故曰『涇渭不可求。』天下無綱紀，文章而
> 上都亦然，故曰：『俯視但一氣，焉能辨皇州。』於是思古之

〔註19〕莫礪鋒，《以俗為雅——推陳出新的宋詩》，遼海出版社，2001年1月初版，頁269～271。

〔註20〕劉若愚，《中國詩學》，〈中篇　中國的傳統詩觀，第一章　道學主義者的觀點：做為道德教與社會批判的詩〉，幼獅文化事業公司，中華民國74年6月五版，頁107～111。

聖君不可得，故曰：『回首叫虞舜，蒼梧雲正愁。』是時明皇
方耽于淫樂而不已，故曰：『惜哉瑤池飲，日宴昆侖丘。』賢
人君子，多去朝廷，故曰：『黃鵠去不息，哀鳴何所投。』惟
小人貪竊祿位者在朝，故曰：『君看隨陽雁，各有稻粱謀。』」
〔註21〕（《叢話》前集卷十二）

胡舜陟詮釋杜甫〈登慈恩寺塔〉一詩，以為杜甫此詩乃藉著登慈恩寺塔
而諷刺唐玄宗天寶年間的政治。因為玄宗當時正當耽溺於對楊貴妃的
寵愛，荒於政事，大權旁落於楊國忠一批小人身上，由於人君失道而使
賢、不肖混殽而清濁不分，小人貪竊祿位在朝，賢人君子反而多去朝
廷……，對國家前途表現憂心忡忡。

　　另一則，胡舜陟則從詩歌「可以觀」中，去觀察唐人社會「好飲
甜酒」的習俗，並舉出杜甫和韓愈的詩歌為例。

　　　《三山老人語錄》云：「唐人好飲甜酒，殆不可曉。子美云：
　　　『人生幾何春已夏，不放香醪如蜜甜』；退之云：『一樽春
　　　酒甘若飴，文人此樂無人知。』」〔註22〕（《叢話》前集卷十
　　　三）

杜甫此詩乃〈絕句漫興九首之八〉〔註23〕其中兩句，杜甫感慨人生苦
短，春天已悄然消逝，夏天大剌剌地來到，不要再辜負香醇的美酒，把
它放得像蜜一樣甜。另一首則是韓愈的〈芍藥歌〉〔註24〕其中兩句，

〔註21〕《叢話》前集卷十二，頁80～81。

〔註22〕《叢話》前集卷十三，頁86。

〔註23〕杜甫〈絕句漫興九首之八〉全首如左：「舍西柔桑葉可拈，江畔細麥復
　　　纖纖。人生幾何春已夏，不放香醪如蜜甜。」（《杜詩鏡銓》，清・楊倫
　　　編輯，台北：華正書局，頁357）

〔註24〕韓愈〈芍藥歌（一本作王司馬紅芍藥歌）〉：「丈人庭中開好花，更無凡
　　　木爭春華。翠莖紅蕊天力與，此恩不屬黃鐘家。溫馨熟美鮮香起，似
　　　笑無言習君子。霜刀剪汝天女勞，何事低頭學桃李。嬌癡婢子無靈性，
　　　競挽春衫來此並。欲將雙頰一晞紅，綠窗磨遍青銅鏡。一樽春酒甘若
　　　飴，丈人此樂無人知。花前醉倒歌者誰，楚狂小子韓退之。」（《全唐
　　　詩》，清聖祖御製，台北：明倫出版社，中華民國60年5月初版，卷
　　　345第10首，頁3870）

韓愈談到春酒甘甜如糖，老前輩這種樂趣無人瞭解。〔註25〕

（四）考辨注解杜詩

胡舜陟既喜愛杜甫詩，「手校老杜集，所正舛誤甚多」，所以別人對杜詩誤解，不能不加以辨證。

> 《三山老人語錄》云：「〈姜小府設膾歌〉云：『姜侯設膾當嚴冬，昨日今日皆天風。』或謂譏姜之慳，唐人已有『慳風澀雨』之語，非也。蓋言嚴冬天寒，又連日有風，黃河冰益厚矣。當此時而鑿冰取魚主膾，其意勤甚，故曰：『黃河美魚不易得，鑿冰恐侵河伯宮。』」〔註26〕（《叢話》前集卷十三）

此則辨證杜甫〈姜少府設膾歌〉〔註27〕並非唐人所誤解以為杜甫意在以「昨日今日皆天風」來譏諷姜的慳吝，反而是指姜侯意甚殷勤，嚴冬天寒，雖天風刺骨，仍鑿冰取魚烹煮調理以款待客人。並以接下去的三、四句來加強自己的論點。

另一則分別注解杜甫〈橋陵詩〉、〈憶昔〉詩、〈舞劍器行〉、〈遣懷〉詩中所指的「先帝」分別為睿宗、肅宗、唐玄宗等不同先帝。

> 《三山老人語錄》云：「〈橋陵詩〉：『先帝昔晏駕，茲山朝百靈。』先帝即睿宗也。〈憶昔〉詩：『憶昔先帝巡朔方，千乘萬騎入咸陽。』先帝即肅宗也。〈舞劍器行〉：『先帝侍女八千人，公孫劍器為第一。』（『為』原作『物』，今據徐鈔本校改）

〔註25〕此詩倒數第三句《全唐詩》作「丈人此樂無人知」而《苕溪漁隱叢話》作「文人此樂無人知」。

〔註26〕《叢話》前集卷十三，頁84。

〔註27〕此詩為杜甫〈閿鄉姜七少府設膾戲贈長歌〉「姜侯設膾當嚴冬，昨日今日皆天風。河凍未漁（一作味魚）不易得，鑿冰恐侵河伯宮。饗人受魚鮫人手，洗魚磨刀魚眼紅。無聲細下飛碎雪，有骨已剁觜春蔥。偏勸腹腴愧年少，軟炊香飯緣老翁。落碪（砧同）何曾白紙溼，放筯未覺金盤空。新歡便飽姜侯德，清觴異味情屢極。東歸貪路自覺難，欲別上馬身無力。可憐為人好心事，於我見子真顏色。不恨我衰子貴時，悵望且為今相憶。」（《杜詩鏡銓》，清·楊倫編輯，台北：華正書局，頁209～210）

〈遣懷〉詩:『先帝正好武，寰海未雕枯。』先帝即明皇也。」
〔註28〕（《叢話》前集卷十三）

另外，胡舜陟斥責小說胡亂捏造唐玄宗稱美杜甫〈羌村詩〉的無稽之談，因為「致世之亂者」——導致安祿山之亂的是唐玄宗，所以胡舜陟認為唐玄宗不可能會去贊美杜甫〈羌村詩〉中反映亂世的描寫。

> 《三山老人語錄》云:「羌村詩:『夜闌更秉燭，相對如夢寐。』一小說謂有驪山，夢明皇稱美此二句。然子美詩云:『世亂遭飄蕩，生還豈偶然。』遂乃有「秉燭」之語，則致世之亂者誰邪？明皇得不憨乎！猶誦其語而譽之，可謂無恥矣。此小說之無稽也。」〔註29〕

二、重視詩歌技巧

（一）「用事」須奇

對於詩歌的「用事」，早在魏晉南北朝，鍾嶸在其〈詩品序〉中就持反對的看法:

> 鍾嶸〈詩品序〉:
>
> 至乎吟詠情性，亦何貴於用事？「思君如流水」，既是即目。「高臺多悲風」，亦惟所見。「清晨登隴首」，羌無故實。「明月照積雪」，詎出經史。觀古今勝語，多非補假，皆由直尋。〔註30〕

而劉勰《文心雕龍·事類篇》對於「用事」則持不同的看法:

> 據事以類義，援古以證今。……有學飽而才餒，有才富而學貧。學貧者迍邅於事義，才餒者劬勞於辭情，……才為盟主，學為輔佐;……綜學在博，取事貴約。……凡用舊合機，不

〔註28〕《叢話》前集卷十三，頁88。
〔註29〕《叢話》前集卷六，頁34。
〔註30〕《歷代詩話》，清·何文煥輯，台北:漢京文化事業有限公司，中華民國72年1月1日初版，頁4。

當自其口出，引事乖謬，雖千載而為瑕。〔註31〕

劉勰認為用事是出於文章表達上的需要，援用事例來證明文義，引用古事來證明今義。並認為一個有才華的人，仍需輔以學問，才不會在引用古事典故以類比事理時舉不出例子來。而要補救才華，博學仍是最重要的方法，但是用事的原則務在簡約。只要引用典故得宜，就像作者自己口中說出來的話一樣自然，但如果錯用典故，那就是一大瑕疵。

在《叢話》前集卷十五也引《後山詩話》云：

> 子瞻謂浩然詩，韻高而才短，如造內法酒手，而無材料耳。
> 〔註32〕

東坡批評孟浩然的詩歌，雖然有人品高尚頗有才華，但卻缺少材料，即是「學貧者迍邅於事義」的詮釋，這也是宋朝文壇中的共同看法，宋文人莫不博學為榮。這一點引起南宋嚴羽《滄浪詩話‧詩辯》強烈批評：

> 近代諸公，乃作奇特解會，遂以文字為詩，以才學為詩，以議論為詩，夫豈不工？終非古人之詩也。蓋於一唱三歎之音有所歉焉。且其作多務使事不問興致，用字必有來歷，押韻必有出處，讀之反覆終篇，不知著到何在……〔註33〕

在《叢話》前後集一百卷中，胡仔也屢次引用諸家談到「用事」的原則：

> 《西清詩話》云：「杜少陵云：『作詩用事，要如禪家語：水中著鹽，飲水乃知鹽味。』此說詩家秘密藏也。……善用事者，如係風捕影，豈有跡邪。」〔註34〕（《叢話》前集卷十）

〔註31〕《文心雕龍讀本》，梁‧劉勰著，王更生注譯，台北：文史哲出版社，中華民國 72 年 11 月初版，頁 168～170。
〔註32〕《叢話》前集卷十五，頁 101。
〔註33〕《歷代詩話》，清‧何文煥輯，台北：漢京文化事業有限公司，中華民國 72 年 1 月 1 日初版，頁 688。
〔註34〕《叢話》前集卷十，頁 66。

《石林詩話》云:「詩之用事,不可牽強,必至於不得不用而後用之,則事辭為一,莫見其安排鬥湊之跡。……」〔註35〕
(《叢話》前集卷四十)

《蔡寬夫詩話》云:「荊公嘗云:『詩家病使事太多,蓋皆取其與題合者類之,如此乃是編事,雖工何益;若能自出己意,借事以相發明,情態畢出,則用事雖多,亦何所妨。』……」
〔註36〕(《叢話》後集卷二十五)

以上諸家談到「用事」的原則,乃「自出己意」為主,「用事」只是藉以輔助文義而已,以期事為我所用,且「用事」必須做到如水中著鹽而不著痕跡。

「用事」乃詩家技巧之一,宋人詩話亦記載許多詩歌「用事」的成敗巧拙,胡舜陟當然也不免對「用事」這一詩家技巧提出看法。

《三山老人語錄》云:「自來九日多用落帽事,獨東坡云:『破帽多情卻亦戀頭』,尤為奇特。」〔註37〕(《叢話》前集卷四十一)

這首詞是蘇軾的詞作〈南鄉子〉重九涵輝樓呈徐君猷,全詞如下:
　　霜降水痕收,淺碧鱗鱗露遠洲。酒力漸消風力輭,颼颼,破帽多情卻戀頭。　　佳節若為酬,但把清尊斷送秋。萬事到頭都是夢,休休,明日黃花蝶也愁。

此闋詞乃東坡於烏台詩案之後貶謫黃州期間,於元豐五年(1082)重陽日在郡中涵輝樓宴席上為黃州知州徐君猷而作。詞中抒發了東坡以順處逆、曠達樂觀而又略帶惆悵、哀愁的矛盾心境。

詞的上片一開始描寫登上涵輝樓上遠眺的景致。深秋霜降、江上水淺的景象。水波鱗鱗,因為深秋水降,江中的沙洲冒出了頭來。接下

〔註35〕《叢話》前集卷四十,頁276。
〔註36〕《叢話》後集卷二十五,頁179。
〔註37〕胡仔,《叢話》前集卷四十一,台北:長安出版社,中華民國67年12月初版,頁283。

來寫酒後心情。酒力漸退，感到秋風颼颼的涼意，而頭上的這頂破帽對他似乎很有感情，不管風怎樣狂吹，抵死不肯離開。

這裡用了一個重陽節時「孟嘉落帽」的典故。晉時孟嘉於在重陽節登高賞菊時，帽子被風吹落卻渾然不知，瀟灑自如，氣度恢宏，對於孫盛嘲謔他落帽失禮，則是馬上才思敏捷地寫一篇文采華茂的文章，為自己的落帽失禮答辯，贏來滿座地喝采。這則典故是唐宋詩詞中重陽節常用的典故。蘇軾對這一典故加以反用，用擬人化的手法描寫自己的烏紗帽雖破舊不堪，卻對他戀戀不捨地不願拋棄他而去。「破帽」在這裏顯然具有世事紛紛擾擾、官場勾心鬥角的象徵隱喻之義。東坡對於這樣惡劣的官場，既無法超脫，又無能擺脫，「破帽多情卻戀頭」只好戲謔且無可奈何地說「破帽」多情地眷戀著他，也算是一種自我解嘲的人生態度了。

胡舜陟對於東坡此詞的用孟嘉落帽之事，卻能不落俗套，反用其事而使事為我用，「尤為奇特」。惜如何「奇特」，卻惜字如金，未加以闡釋。

胡舜陟還有一則推崇宋朝余靖的〈落花詩〉：

> 《三山老人語錄》云：「余襄公有〈落花詩〉云：『金谷已空新步障，馬嵬徒見舊皮囊。』可亞于二宋（宋祁兄弟）。」
> 〔註38〕（《叢話》後集卷二十）

余靖〈落花詩〉〔註39〕全詩如下：

> 小園斜日照殘芳，千里傷春意未忘。金谷已空新步障，馬嵬徒見舊香囊。鶯來似結啼鶯怨，蝶散應知夢雨狂。清賞又成經歲別，卻歌團扇寄回腸。

金谷園是晉代石崇的名園，金谷園昔日的繁華，道旁曾架設遮蔽風寒、塵土或禁人窺視的嶄新帳幕，如今早已消失無蹤；而曾經集「三

〔註38〕胡仔，《叢話》後集卷二十一，頁142。
〔註39〕《景印文淵閣四庫全書·武溪集》集部28，台灣商務印書館，中華民國75年7月初版，頁1089～21。

千寵愛在一身」不可一世的楊玉環，在安祿山之亂時，卻被最寵愛她的唐玄宗命令高力士賜死，如今也只能在馬嵬坡上憑弔她早已枯朽的軀體。這一聯詩用了兩個不同的時代，不同的典故，闡釋人生繁華富貴轉眼成空，猶如飄落塵土的落花般短暫。

胡舜陟推崇余靖的〈落花詩〉，可謂與宋祁兄弟不相上下，但卻沒有進一步分析解釋是什麼「可亞於二宋」？筆者由余靖這一聯詩用了兩個典故來闡釋人生繁華如夢的道理，而宋祁兄弟的詩文具有遣詞華麗，用典豐贍的特色，或者胡舜陟指的就是余靖與宋祁兄弟具有詞華典贍的共同特色吧！

另一則胡舜陟評論孫元中〈啟事〉的「對偶新奇」：

> 《三山老人語錄》云：「孫元中〈啟事〉云：『好事多載酒殽，
> 時念揚雄之句，諸公盡登臺省，誰憐鄭老之窮。』對偶亦新
> 奇。」〔註40〕（《叢話》後集卷三十六）

此則亦是惜墨如金，未加以闡釋對偶如何新、如何奇？只見對偶工整，至於如何新奇，則有待讀者自己心領神會。

中國傳統的詩話詞話的批評，往往被現代的文學批評家譏為「印象式批評」，黃維樑先生在其〈詩話詞話中摘句為評的手法〉〔註41〕一文中就指出：「詩話的批評，文字簡約，好用比喻，基本上是印象式的。」〔註42〕，並認為印象式批評家「雅好摘錄詩詞中佳句，故時附失精簡批語，有時摘而不評，只攬佳句羅列出來……」〔註43〕，說「詩話詞話中的評語，有時針對一字一詞，有時則籠括一體一代。」〔註44〕

葉維廉先生在《中國現代文學批評選集・序》中亦曾針對中國傳

〔註40〕《叢話》後集卷三十六，頁284。
〔註41〕收錄在黃維樑《中國文學縱橫論》一書中，台北：東大圖書公司，中華民國77年7月初版，頁241～259。
〔註42〕黃維樑，《中國文學縱橫論》，頁245。
〔註43〕黃維樑，《中國文學縱橫論》，頁241。
〔註44〕黃維樑，《中國文學縱橫論》，台北：東大圖書公司，中華民國77年8月初版，頁243。

統詩話的批評提出看法：

> 中國傳統批評中幾乎沒有娓娓萬言的實用批評，我們的批評
> 只提供一些美學上的態度與觀點，而在文學鑑賞時，只求「點
> 到即止」。……「點到即止」的批評常見於「詩話」，「詩話」
> 中的批評片斷式的，……它只求「畫龍點睛」的批評……這
> 種「言簡而意繁」的方法，……是近似詩的表達形態……容
> 易流於隨意的印象批評……〔註45〕

胡舜陟在北宋文學氛圍中，未能脫離傳統詩話批評那種「點到即
止」的印象式批評，亦是未能跳時代限制使然。

沈謙先生在《期待批評時代的來臨》一書中就以正面肯定的態度
指出傳統詩話批評的價值：

> 詩話詞話有好有壞，主觀印象的固然很多，但也有不少詩話
> 詞話，並非純留在第一層的主觀印象，而是經過客觀分析、
> 比較、衡鑑而後得出的結論，只不過古人沒有把客觀分析的
> 過程寫出來罷了。沒有寫出來，並不是沒有，更非不能，而
> 是不為。……他們著眼在最後的結評是否精當，而不在乎將
> 過程寫出來。〔註46〕

雖然，傳統詩話有其局限性，流於主觀、片面、印象式批評的詰難，但
仍不能否定其寫作過程中，經過客觀分析、比較、衡鑑之後得出的結論
之價值性。

（二）鍊字

劉勰《文心雕龍・練字篇》，曾對鍊字提出看法：

> 綴字屬篇，必須揀擇：一避詭異，二省聯邊，三權重出，四
> 調單復。……故善為文者，富於萬篇，貧於一字……〔註47〕

〔註45〕葉維廉，《中國現代文學批評選集》，台北：聯經，1979 年 7 月，頁 1
～5。

〔註46〕沈謙，《期待批評時代的來臨》，台北：時報，1979 年 5 月。

〔註47〕《文心雕龍讀本》，梁・劉勰著，王更生注譯，台北：文史哲出版社，

雖然，劉勰說的強調的是「字形」的問題，但不可否認，一字之不妥，足為一篇之瑕疵，故向來文人學士，莫不注意文字的鍛鍊。

《叢話》曾引其他詩話強調鍊字的重要，如引《詩眼》談鍊字的重要：

> 《詩眼》云：「世俗所謂樂天《金針集》，殊鄙淺，然其中有可取者，『煉句不如煉意』，非老於文學不能道此。又云：『煉字不如煉句』，則未安也，好句要須好字，如李太白詩，『吳姬壓酒喚客嘗。』見新酒初熟，江南風物之美，工在壓字。老杜〈畫馬詩〉：『戲拈禿筆掃驊騮。』初無意於畫，偶然天成，工在拈字。〈柳詩〉：『汲井漱寒齒』，工在汲字。工部又有所喜用字，如『脩竹不受暑』，『野航恰受兩三人』，『吹面受和風』，『輕燕受風斜』，受字皆入妙。老坡尤愛『輕燕受風斜』，以謂燕迎風低飛，乍前乍卻，非受字不能形容也。至於『能事不受相促迫』，『莫受二毛侵』，雖不及前句警策，要自穩愜爾。」〔註48〕（《叢話》前集卷八）

又引葉夢得《石林詩話》推崇杜甫鍊字開闔變化，不可形跡云：

> 詩人以一字為工，世固知之。惟老杜變化開闔，出奇無窮，殆不可以形跡捕詰。〔註49〕（《叢話》前集卷八，杜少陵三）

由上可見宋人寫詩論詩，多注意「鍊字」的功夫，而《叢話》的作者胡仔亦在其詩話中論述「鍊字」的重要性：

> 苕溪漁隱曰：「詩句以一字為工，自然穎異不凡，如靈丹一粒，點石成金也。……吟詩，要一兩字工夫。」觀此，則知余之所論，非鑿空而言也。〔註50〕（《叢話》後集卷九）

在《叢話》中，胡仔曾引其父胡舜陟修改古詞〈絳都春〉及東坡〈水調

中華民國 72 年 11 月初版，頁 188。

〔註48〕胡仔，《叢話》前集卷八，台北：長安出版社，中華民國 67 年 12 月初版，頁 49。

〔註49〕《叢話》前集卷八，頁 46。

〔註50〕《叢話》後集卷九，頁 64。

歌頭〉之文字的記載：

> 苕溪漁隱曰：「先君嘗云：柳詞『鼇山彩構蓬萊島』〔註 51〕
> （『構』字，原作墨可占六格，明鈔本作『字犯太上皇御名』，
> 按當是『構』字，今訂補。）當云『彩締』，坡詞『低綺戶』，
> 當云『窺綺戶』，二字既改，其詞益佳。〔註 52〕（《叢話》前
> 集卷五十九）

胡舜陟改古詞「鼇山彩構蓬萊島」為「鼇山彩締蓬萊島」，改東坡〈水
調歌頭〉一詞下片「轉朱閣，低綺戶，照無眠……」的「低綺戶」為「窺
綺戶」，至於改得好不好，有正反兩面的評價。

關於胡仔所認為的古詞「鼇山彩構蓬萊島」，實乃丁仙現的詞作〈絳
都春〉，〔註 53〕全詞如下：

> 融和又報。乍瑞靄霽色，皇州春早。翠幰競飛，玉勒爭馳都
> 門道。鼇山綵結蓬萊島。向晚色雙龍銜照。絳綃樓上，瓊芝
> 蓋底，仰瞻天表。　　縹緲。風傳帝樂，慶三殿共賞，群仙
> 同到，迤邐御香，飄落人間聞嬉笑。須臾一點星毬小。漸隱
> 隱、鳴鞘聲杳。游人月下歸來，洞天未曉。

全詞表現的是元宵節慶時，京城的熱鬧景況。元宵節時布置花燈，疊成
鼇形。「鼇山」原指古代傳說海上有巨龜背負神山，後世每逢元宵燈節，
便摹擬其形，把無數絢麗多彩的花燈紮架而起，供遊人觀賞，就像蓬萊
仙境，加上元月十六，皇帝親臨，百姓們爭相「瞻御表」場面盛大。四

〔註 51〕　「鼇山彩構蓬萊島」其他版本皆作「鼇山彩結蓬萊島」。

〔註 52〕　《叢話》前集卷五十九，頁 407。在《苕溪漁隱叢話》後集卷三十九，
胡仔糾正前集弄錯作者的錯誤：苕溪漁隱曰：「先君嘗云：『古詞有〈絳
都春〉，有鼇山綵構蓬萊島之句，當云綵締。』余於前集，誤以古詞為
柳詞，今正是之。」（頁 319）

〔註 53〕　此詞除了《苕溪漁隱叢話》作「鼇山彩構蓬萊島」之外，其他作「鼇
山彩結蓬萊島」。收錄在《全宋詞》中，作者為丁仙現，詞牌為〈絳都
春〉。《全宋詞》，唐圭章編，台北：明倫出版社，中華民國 59 年 12 月
初版，頁 371。編者有案語曰：「此首誤入吳文英《夢窗詞》集，曹元
忠又誤補入柳永《樂章集》。」

處歌樂喧天，鞭炮之聲陣陣，只見遠近懸於竿上的燈毬，在半空中高低旋迴有若飛星，萬街千巷，盡皆繁華。詞意大致上描繪都城佳節繁華景象。〔註54〕

　　胡舜陟改丁仙現〈絳都春〉的「鼇山彩構蓬萊島」為「鼇山彩締蓬萊島」是否改得比較好，姑且不論，因「構」字原為墨丁，乃後人所加，且其他版本為「結」字而非「構」字，暫且不予置評。

　　至於曾被胡仔評為中秋最佳詞選的東坡〈水調歌頭〉：

　　　　苕溪漁隱曰：「〈中秋詞〉，自東坡〈水調歌頭〉一出，餘詞盡廢。」〔註55〕（《叢話》後集卷三十九）

　　東坡〈水調歌頭〉的下片「轉朱閣，低綺戶，照無眠……」中的「低綺戶」改為「窺綺戶」，是否真如胡仔所說：「字既改，其詞益佳」，則有待商榷，至今仍有見仁見智的不同的看法和評價。

　　今人楊光治先生在其文章〈一字師〉中指出：

　　　　「低綺戶」不過是說月光低低地照進「綺戶」（雕花的門窗）而已；「窺」卻是悄悄地看著的意思，這一來，月亮就有生命、有性格了。月亮那清亮的「目光」悄悄地凝視著「綺戶」，投射到心事重重、輾轉反側的失眠者身上，是同情失眠者還是嘲笑失眠者庸人自擾？結合下句「不應有恨……」來看，更別具情味。所以「窺」字比「低」字生動、深刻得多。如果蘇東坡有知，定會拜胡舜陟為一字師。〔註56〕

　　但也有不表贊同的意見。如網路資料──慧師網的佚名作家則表示：

　　　　下片換頭處三句，寫月亮從朱紅色的樓閣上面轉過去，低低

〔註54〕此處參考楊宜珍，《兩宋元宵詞淺談》，國立台南師範學院語文教育學系專題研究論文，94級，頁11。

〔註55〕胡仔，《苕溪漁隱叢話》後集卷三十九，頁321。

〔註56〕網路資料，楊光治，〈今晚副刊〉詩林拾趣〈一字師〉，及〈一字師〉語文天地網──小學教師，皆有此則記載。http://www.ywtd.com.cn/GB/teacher/2003-09/24content_11131.htm

地照著雕花的窗戶，照著情思滿懷、睡不著覺的詞人自己。胡仔的父親胡寅〔註57〕曾主張將「低綺戶」改為「窺綺戶」，認為如此改後「其詞愈佳」。我以為不然。殊不知「低」在這裏兼表時空。詞人用月亮的低垂，暗示時間的流逝。正由於月亮的西沉，詞人又睡不著覺，才引起以下的一連串思想活動：「不應有恨，何事長向別時圓？」月亮跟人們該沒有什麼怨恨吧？為什麼老是揀人們離別的時候團圓呢？這樣便轉到懷念弟弟蘇轍的主題上來。〔註58〕

胡舜陟是否為東坡的「一字師」，就有待前輩諸賢加以評騭了。

（三）忌重疊用字（詩病）

《三山老人語錄》云：「白樂天〈寄劉夢得詩〉，有『歎鬢白無兒』之句，劉贈詩曰：『莫嗟華髮與無兒，卻是人間久遠期。雪裏高山頭蚤白，海中仙果子生遲。于公必有高門慶，謝守何煩曉鏡悲。倖免如新分非淺，祝君長詠夢熊詩。』注云：『高山本高於門使之高，二義殊，古之詩流曉此。』唐人忌重疊用字如此。今人詩疊用字者甚多，東坡一詩猶兩耳字韻，亦曰義不同。」〔註59〕（《叢話》前集卷十七）

此則胡舜陟以劉禹錫〈蘇州白舍人寄新詩，有嘆早白無兒之句，因以贈之〉〔註60〕一詩，有二「高」字，自注二「高」之義殊，來指出唐詩忌諱「重疊用字」，但當代詩人中卻有許多犯了「重疊用字」的詩病。

〔註57〕良玉按：此處誤將胡寅當做胡仔之父，應是胡舜陟才對。

〔註58〕網路資料，慧師網，天真的情趣，深邃的思考——說蘇軾的〈水調歌頭·明月幾時有〉，2005 年 7 月 22 日，http://www.18edu.com/contentpublish/news_detail.php?nowmenuid=25&id=5324&cpath=0021:0034:&catid=34。

〔註59〕胡仔，《叢話》前集卷十七，頁 112，台北：長安出版社，中華民國 67 年 12 月初版。

〔註60〕劉禹錫此詩詩名為〈蘇州白舍人寄新詩，有嘆早白無兒之句，因以贈之〉乃《全唐詩》卷 360 第 5 首，清聖祖御製，台北：明倫出版社，中華民國 60 年 5 月初版，頁 4061。

（四）奪胎換骨

宋人強調繼承前代文學遺產而有有創新，或者「師古人之意」，或者「師古人之辭」，以求達到「以故為新」的目的。

> 《三山老人語錄》云：「六一居士喜溫庭筠詩『雞聲茅店月，
> 人跡板橋霜』，嘗作〈過張至秘校莊詩〉云：『鳥聲梅店雨，
> 野色柳橋春』，效其體也。」〔註61〕（《叢話》前集卷二十三）

以上這則歐陽脩〈過張至秘校莊詩〉乃是學習溫庭筠詩〈商山早行〉「雞聲茅店月，人跡板橋霜」〔註62〕之體。胡舜陟並未說明「體」義為何？筆者以為歐陽脩仍仿效溫庭筠的格式，學習其構思方式，來創造自己的詩。只是溫庭筠描寫的是冬天清晨趕路者的艱辛，歐陽脩描繪的是春天的細雨、鳥鳴、綻放梅花的店舖，荒郊野地的橋邊的柳樹抽出了嫩芽，預報春的到來。

前人對「奪胎換骨」有頗多微辭，有「剽竊」之譏。但今人莫礪鋒先生在其〈黃庭堅「奪胎換骨」辨〉中為這種學習前人的手法辯解，大略云：

> 一般反對「奪胎換骨」滿往只看到它有所因襲，而忽略了其
> 中包涵的求新精神，黃庭堅要求努力向前人學習，借鑒前人
> 詩文中的語言技巧、詞彙、典故等修辭，達到「以故為新」，
> 「以故」只是手段，「為新」才是目的。〔註63〕

〔註61〕胡仔，《叢話》前集卷二十三，頁153，台北：長安出版社，中華民國67年12月初版。

〔註62〕溫庭筠〈商山早行〉：「晨起動征鐸，客行悲故鄉。雞聲茅店月，人跡板橋霜。槲葉落山路，枳花明驛牆。因思杜陵夢，鳧雁滿回塘。」（《全唐詩》卷581第21首，清聖祖御製，台北：明倫出版社，中華民國60年5月初版，頁6741）

〔註63〕莫礪鋒在《江西詩派研究》一書中舉杜甫「春水船如天上坐，老年花似霧中看。」用初唐‧沈佺期「舟如天上坐，魚似鏡中懸。」之詩句，乃是「師古人之意」；杜甫「薄雲岩際宿，孤月浪中翻」乃用梁‧何遜「薄雲岩際出，初月波中上」之詩句，乃是「師古人之辭」。此乃杜甫善於「以故為新」。（齊魯書社出版社，1986年10月第1版，頁286～287）

「奪胎換骨」或模仿借用前人的詩意，或模仿前人的格式，或模仿借用前人的詩語，或模仿前人的詩體，總之，學習前人的文學遺產，再加以新的生命。

（五）追求「工」的境界

胡舜陟比較王安石與歐陽脩詩中描繪閒適的兩聯，加以比較兩者優劣：

> 《三山老人語錄》云：「荊公詩云：『細數落花因坐久，緩尋芳草得歸遲。』六一居士詩云：『靜愛竹時來野寺，獨尋春偶過溪橋。』二公皆狀閒適，荊公之句為工。」〔註 64〕（《叢話》前集卷三十六）

此則比較王安石〈北山〉〔註 65〕、歐陽脩〈退居述懷寄北京韓侍中二首（之二）〉〔註 66〕之詩兩聯、皆為描繪閒適之詩，胡舜陟以為王安石詩為「工」。但未說明如何「工」法，又是一則典型的摘句代批評。筆者以為此處胡舜陟乃是比較兩人同樣描述悠閒之態，但歐陽脩只是單純描繪悠閒的時光——愛幽靜時常來到山野的寺廟，獨自尋訪春天偶然經溪橋，並沒有進一步描寫悠閒的狀態。然而王安石卻寓悠閒於「細數落花」與「緩尋芳草」之中，呈現出一幅悠閒的畫面，達到梅聖俞所謂「狀難寫之景如在目前」〔註 67〕，所以胡舜陟認為王安石為「工」。

〔註 64〕胡仔，《叢話》前集卷三十六，台北：長安出版社，中華民國 67 年 12 月初版，頁 241。

〔註 65〕王安石〈北山〉：「北山輸綠漲橫陂，直塹回塘灩灩時。細數落花因坐久，緩尋芳草得歸遲。」（《景印文淵閣四庫全書·王荊公詩注》集部 45，台灣商務印書館，中華民國 75 年 7 月初版，卷四十二，頁 1106～312、313）

〔註 66〕歐陽脩〈退居述懷寄北京韓侍中二首（之二）〉：「書殿宮臣寵並叨，不同憔悴返漁樵。無窮興味閒中得，強半光陰醉裏銷。靜愛竹時來野寺，獨尋春偶過溪橋。猶須五物稱居士，不及顏回飲一瓢。」

〔註 67〕《歷代詩話·六一詩話》中歐陽脩引梅聖俞的話，清·何文煥輯台北：漢京文化事業有限公司，中華民國 72 年 1 月 1 日初版，頁 267。

三、重視詩歌的諷諫作用

胡舜陟的詩觀屬於傳統儒家的詩教觀。肯定詩歌的教化與諷諫的功能。《禮記‧經解》:「孔子曰:入其國,其教可知也。其為人也,溫柔敦厚,詩教也。」〔註68〕

胡舜陟推崇杜甫〈送嚴武還朝詩〉及魏野的〈贈王文正公詩〉、〈贈寇萊公〉詩皆有「規勸之語」,感嘆當時讀書人寫給上官的詩,「無非諛詞」。

> 《三山老人語錄》云:「杜子美〈送嚴武還朝詩〉:『公若登臺輔,臨危莫愛身。』勸以仗節死義也。魏野〈贈王文正公詩〉:『西祀東封都了畢,好來相伴赤松遊。』〈贈寇萊公〉詩:『好去上天辭將相,卻來平地作神仙。』勸之使退也。近世士人與上官詩,無非諛詞,未聞有規勸之語如此者。」
> 〔註69〕(《叢話》前集卷十三)

杜甫〈送嚴武還朝詩〉勸嚴武在緊急危難之時刻,寧可仗節死義而犧牲自己,也不要因為愛這區區之身而危害道義。魏野〈贈王文正公詩〉也勸王曾隨著天子祭祀完畢之後,就不要再眷戀榮華富貴,功成身退,避穀學道,像赤松子一樣隱跡仙道。魏野〈贈寇萊公〉詩也是勸寇準不要眷戀高高在上的宰相職位,而要下來塵世間享受老百姓快樂的神仙生活。

評論柳宗元〈平淮夷頌〉的內容,談到賊人「以逆取敗」,明確地表達胡舜陟文學觀——詩文的諷諫功能。

> 《三山老人語錄》云:「柳子厚〈平淮夷頌〉曰:『赤子匍匐,厥父是亢,怒其萌芽,以悖太陽。』言賊以逆取敗,最為精確。」〔註70〕(《叢話》前集卷十八)

〔註68〕《禮記正義》,十三經注疏整理委員會整理,北京大學出版社,2000年12月第一版,頁1597。
〔註69〕《叢話》前集卷十三,頁87。
〔註70〕胡仔,《叢話》前集卷十八,台北:長安出版社,中華民國67年12月初版,頁121。

此則胡舜陟評論柳宗元〈平淮夷頌〉文字精確，乃在其反映淮夷的失敗，乃在淮夷的統治者態度強硬、高傲，讓人民過著高痛苦的指數，所以老百姓的憤怒不得不萌芽壯大，對抗他們的「太陽」（統治者）。

四、其他

蔡鎮楚《中國詩話史》曰：

> 北宋詩話，以歐陽修創作的《六一詩話》開其端……這一階段，宋詩話主要是沿著歐陽修所開拓的「以資閒談」的路線展。詩話以論詩及事為主，屬於閒談隨筆體者居其多數。……以「以資閒談」為宗，以「記事」為主，重在詩歌本事的記述，用事造語的考釋和尋章摘句的欣賞。〔註71〕

由於北宋詩話的性質，在文學理論上尚不夠成熟，屬於「閒談隨筆體」，所以胡舜陟的《三山老人語錄》也不免有蕪雜的毛病。

除了上述筆者整理歸納的胡舜陟詩論——「以杜甫為典範」、「重視詩歌技巧」、「重視詩歌的諷諫作用」之外，尚有幾則零星的隨筆評論，如：漫談漢·賈誼〈鵩鳥賦〉乃是繼老莊之後，論性命死生之說，後人皆不能出其右〔註72〕。評論《新唐書》不若《舊唐書》詞暢而理

〔註71〕蔡鎮楚，《中國詩話史》，湖南文藝出版社，1988 年 5 月第 1 版，頁 50。

〔註72〕三山老人語錄云：「性命死生之說，老莊論之備矣。自秦滅學之後，賈誼首窺其奧，為長沙傅，有鵩鳥入舍，為賦以自廣，曰：『千變萬化，未始有極！忽然為人，何足控摶；化為異物，又何足患！小智自私，賤彼貴我；達人大觀，物無不可。眾人惑惑，好惡積億；真人恬漠，獨與道息。釋智遺形，超然自喪；寥廓忽荒，與道翱翔。乘流則逝，得坻則止；縱軀委命，不私與己。其生兮若浮，其死兮若休；澹乎若深淵之靜，泛乎若不繫之舟。不以生故自寶，養空而浮。』此語自漢以來，言達性命、齊生死者，皆不能出其右已；晉、宋間清談，推本其言而已。漢興，至文帝時，朝儒臣，惟誼年甚少，而學甚博，非有師友漸磨之益，風俗遷染之效，而獨穎然秀出，論時政則盡人事，論性命則盡天理，後世無以復加，豈非豪傑乎！」（《叢話》後集卷一，頁3）

順〔註73〕。明州妙音僧法淵的奇人異事〔註74〕。獲得韓愈〈讀皇甫湜
公安園池詩作詩題其後〉的善本，比原版本多了八字，而抄錄保存，以
釋「數句不可曉」的疑惑〔註75〕。比較五代鄭遨的〈茶詩〉和宋朝范
仲淹的茶詩〔註76〕，疑惑茶色以「白」為貴，但二公茶詩卻歌詠茶之

〔註73〕《三山老人語錄》云：《舊唐史》：「蔣伸從容言於上曰：近日官頗易得，
　　　　人思徼幸。上驚曰：如此，則亂矣。對曰：亂則未亂，但徼幸者多，亂
　　　　亦非難。上稱歎再三。」《新史》易其語云：「此爵賞稍易，人心且偷。
　　　　帝愕然曰：偷則亂矣。伸曰：否，非遽亂，但人有覦心，亂由是生。」
　　　　不若《舊史》詞暢而理順也。（《叢話》後集卷二十三，頁172）
〔註74〕《三山老人語錄》云：「明州妙音僧法淵，為人佯狂，日飲酒市肆，歌
　　　　笑自如，丐錢於人，得一錢即欣然以為足，得之多復與道路廢疾窮者；
　　　　能言人禍福，無不驗，人疑其精于術數，故號淵三命。發言無常，及
　　　　問之，掉頭不顧，惟云去去。有喪之家，必往哭之，葬則送之，無貧
　　　　富皆往，莫測其意，人以為狂，又號曰顛僧。大覺禪師初住育王，開
　　　　堂，僧倔然出問話，人莫不竊笑。大覺問：『顛僧是顛了僧，僧了顛？』
　　　　答云：『大覺是大了覺，覺了大？』大覺嘿然，眾皆驚駭。一日，忽于
　　　　市相別，攜酒一壺，至郡守宅前，據地而飲，觀者千餘人。酒盡，懷
　　　　中出頌一首，欲化去，眾皆引聲大呼云：『不可於此。』遂歸妙音，趺
　　　　坐而化。頌曰：『咄咄，平生顛蹶。欲問臨行，爐中大雪。』真相至今
　　　　存焉。」（《叢話》後集卷三十七，頁303）
〔註75〕《三山老人語錄》云：「〈讀皇甫湜公安園池詩作詩題其後〉，其中有數
　　　　句不可曉，蓋本脫誤也。嘗得一善本，乃一詩，仍多八字，一云：『晉
　　　　人目二子，其猶吹一呹。區區自其下，顧肯掛牙舌。《春秋》書王法，
　　　　不誅其人身。《爾雅》著蟲魚，定非磊落人。湜也困公安，不自閑其閑。
　　　　窮年枉智思，掎摭糞壤間。糞壤多污穢，豈有臧不臧。誠不如兩忘，
　　　　擔以一概量。』一云：『我有一池水，蒲葦生共間。蟲魚沸相嚼，日夜
　　　　不得閒。我初往觀之，其後益不觀；觀之亂我意，不如不觀完。用將
　　　　濟諸人，捨得業孔顏。百年詎幾時，君子不可閒。』」（《叢話》前集卷
　　　　十七，頁113～114）今《全唐詩》卷341第6首韓愈〈讀皇甫湜公安
　　　　園池詩書其後二首〉的第二首「湜也困公安，不自閑窮年。枉智思掎
　　　　摭，糞壤污穢豈有臧。誠不如兩忘，但以一概量。我有一池水，蒲葦
　　　　生其間。蟲魚沸相嚼，日夜不得閒。我初往觀之，其後益不觀。觀之
　　　　亂我意，不如不觀完。用將濟諸人，捨得業孔顏。百年詎幾時，君子
　　　　不可閒。」字句稍有不同。（《全唐詩》，清聖祖御製，台北：明倫出版
　　　　社，中華民國60年5月初版，頁3824）
〔註76〕只引兩句「黃金碾畔綠塵飛，碧玉甌中翠濤起。」此詩名乃〈和章岷
　　　　從事鬥茶歌〉。全詩如下：「年年春自東南來，建溪先暖冰微開。溪邊
　　　　奇茗冠天下，武夷仙人從古栽。新雷昨夜發何處，家家嬉笑穿雲去。

「碧綠」，不知為何？〔註77〕

結論

　　胡舜陟的詩論雖承宋初詩話「以資閒談」的輕鬆隨筆路線，但仍
有他自己嚴謹的詩論觀點——「以杜甫為典範」、「重視詩歌技巧」、
「重視詩歌的諷諫作用」，而他在詩人用事造語的考釋，自有其考證注
釋之勞，和尋章摘句的欣賞批評之功。胡舜陟的 24 則詩論，除了集中
8 則有關杜甫詩的評論注解之外，所評論的文體橫跨文（柳宗元〈平淮
夷頌〉、孫元中〈啟事〉）、賦（賈誼〈鵬鳥賦〉）、史（《舊唐書》、《新唐
書》）。所評論的時代則縱跨漢、唐、宋三代，而以唐、宋為主。

參考書目（按照引書先後）

1. 《苕溪漁隱叢話》，宋‧胡仔，台北：長安出版社，中華民國 67
   年 12 月初版。

2. 《宋詩話考》，郭紹虞，台北：漢京文化事業有限公司，中華民國
   72 年元月 20 日初版。

　　露牙錯落一番榮，綴玉含珠散嘉樹。終朝採摘未盈襜，唯求精粹不敢
貪。研膏焙乳有雅製，方中圭兮圓中蟾。林下雄豪先鬥美。北苑將期
獻天子，鼎磨雲外首山銅，瓶攜江上中泠水，黃金碾畔綠塵飛，碧玉
甌中雪濤起。鬥餘味兮輕醍醐，鬥餘香兮薄蘭芷。其間品第胡能欺，
十目視而十手指。勝若登仙不可攀，輸同降將無窮恥。于嗟天產石上
英，論功不愧階前蓂。眾人之濁我可清，千日之醉我可醒。屈原試與
招魂魄，劉伶卻得聞雷霆。盧仝敢不歌，陸羽須作經。森然萬象中，
焉知無茶星。商山丈人休茹芝，首陽先生休采薇。長安酒價減千萬，
成都藥市無光輝。不如仙山一啜好，泠然便欲乘風飛。君莫羨花間女
郎只鬥草，贏得珠璣滿斗歸。」其他版本乃作「碧玉甌中雪濤起」而
非「碧玉甌中翠濤起」，疑胡舜陟版本有誤。

〔註77〕《三山老人語錄》云：「五代時，鄭遨〈茶詩〉云：『嫩芽香且靈，吾
　　　　謂草中英。夜臼和煙搗，寒爐對雪烹。羅憂碧紛散，嘗見綠花生。最
　　　　是堪珍重，能令睡思清。』范文正公詩云：『黃金碾畔綠塵飛，碧玉甌
　　　　中翠濤起。』茶色以白為貴，二公皆以碧綠言之，何邪？」（《叢話》
　　　　前集卷四十六，頁 313）

3. 《新校本宋史并附編三種》，楊家駱主編，台北：鼎文書局，中華民國 69 年 5 月再版。

4. 《杜詩鏡銓》，清・楊倫編輯，台北：華正書局，中華民國 67 年 12 月初版。

5. 《全唐詩》，清聖祖御製，台北：明倫出版社，中華民國 60 年 5 月初版。

6. 《老學庵筆記》，宋・陸游，台北：木鐸，1982 年初版。

7. 《景印文淵閣四庫全書》，清・紀昀等編纂，台北：台灣商務印書館，中華民國 75 年 7 月初版。

8. 《以俗為雅——推陳出新的宋詩》，莫礪鋒，遼海出版社，2001 年 1 月初版。

9. 《中國詩學》，劉若愚，台北：幼獅文化事業公司，中華民國 74 年 6 月五版。

10. 《歷代詩話》，清・何文煥輯，台北：漢京文化事業有限公司，中華民國 72 年 1 月 1 日初版。

11. 《文心雕龍讀本》，梁・劉勰著，王更生注譯，台北：文史哲出版社。中華民國 72 年 11 月初版。

12. 《中國文學縱橫論》，黃維樑，台北：東大圖書公司，中華民國 77 年 8 月初版。

13. 《中國現代文學批評選集》，葉維廉，台北：聯經，1979 年 7 月。

14. 《期待批評時代的來臨》，沈謙，台北：時報，1979 年 5 月。

15. 《兩宋元宵詞淺談》，楊宜珍，國立台南師範學院語文教育學系專題研究論文，94 級。

16. 〈一字師〉，楊光治，語文天地網——小學教師，網路資料：Lhttp://www.ywtd.com.cn/GB/teacher/2003-09/24/content_11131.htm

17. 〈天真的情趣，深邃的思考——說蘇軾的「水調歌頭・明月幾時有」〉，佚名，2005 年 7 月 22 日，慧師網，網路資料：http://www.

18edu.com/contentpublish/news_detail.php?nowmenuid

18. 《江西詩派研究》，莫礪鋒，齊魯書社出版社，1986 年 10 月第 1 版。

19. 《中國詩話史》，蔡鎮楚，湖南文藝出版社，1988 年 5 月第 1 版。